最後の放蕩者

ニコラ・コーニック 作

石川園枝 訳

ハーレクイン・ヒストリカル・ロマンス

東京・ロンドン・トロント・パリ・ニューヨーク・アテネ・アムステルダム
ハンブルク・ストックホルム・ミラノ・シドニー・マドリッド・ワルシャワ
ブダペスト・リオデジャネイロ・ルクセンブルク・フリブール

The Last Rake in London

by Nicola Cornick

Published by Harlequin K.K., Tokyo, 2008

◇作者の横顔

ニコラ・コーニック　イギリスのヨークシャー生まれ。詩人の祖父の影響を受け、幼いころから歴史小説を読みふけり、入学したロンドン大学でも歴史を専攻した。卒業後、いくつかの大学で管理者として働いたあと、本格的に執筆活動を始める。現在は、夫と二匹の猫と暮らしている。

主要登場人物

サリー・ボウズ……………………ナイトクラブの経営者。
ペトロネラ・ボウズ………………サリーの妹。愛称ネル。
コンスタンス・ボウズ……………サリーの妹。愛称コニー。
マティ・マトソン…………………サリーのメイド。
バーティー・バセット……………コニーの恋人。
ジャック・ケストレル……………バーティーのいとこ。実業家。
シャーロット・ハリントン………ジャックの妹。愛称シャーリー。
レディ・オットリーヌ・ケストレル……ジャックの大おば。

プロローグ

一九〇八年　六月

ジャック・ケストレルは女を捜していた。

それも、ただの女ではない。死にかけている老人を強請《ゆす》るような、良心のかけらもない強欲な性悪女だ。

ジャックは女が今夜このウォレス・コレクションで開かれる展覧会に現れると聞いてやってきたが、当の女の顔を知らなかった。女と引き合わせてくれるよう頼んでおいた美術館の館長を捜しながら、階段のいちばん上に立って、肖像画と細密肖像画の展覧会に押しよせた人々を見渡す。大半は数人ずつに分かれ、温室やホールでシャンパンを片手に立ち話をしていた。彼らの目的は絵を鑑賞することよりもむしろ、着飾ったその姿を人に見せることにある。紳士は夜会服に身を包み、女性は色とりどりのドレスにつばの広いピクチャー・ハットという装いで、彼女たちの身に着けているダイヤモンドが豪華なシャンデリアに勝るとも劣らない輝きを放っていた。

ジャックは階段から向き直り、グランド・ギャラリーに通じる廊下をゆっくり歩いていった。いとこのケストレル公爵が、今夜の展覧会に肖像画を何点か貸しだしていた。そのなかには、画家ジョージ・ロムニーがジャックの曾祖父母《そう》に当たる、ジャスティン・ケストレル公爵夫妻を描《か》いた作品も二点ふく

まれていた。ジャックは早くその絵が見たかった。最後にその絵を見たとき、絵はサフォーク州にあるケストレル家の邸宅、ケストレル・コートの薄暗い部屋の隅にしまいこまれて埃《ほこり》をかぶっていた。今の公爵のバフィーは美術にはまったく関心がなく、先祖から譲り受けた絵画の収蔵品を、目減りしていくいっぽうの地所から上がる収入を補うための資産としか見なしていなかった。つい先週も、ジャックが千ポンドを用立て、スタッブズの競馬を題材にした連作をそっくりサザビーズの競売にかけるところだったのを阻止したばかりだった。

小さな客間でケストレル一族の肖像画を眺めているのはわずかにひとりだけだった。絵は美しく展示され、計算された位置に置かれたオイルランプの明かりが作品をよりすばらしいものにしていた。ジャックの先祖の肖像画を照らしているのと同じやさしい光が、絵の前に立っている女性も照らし、つばの広い帽子の下からのぞく白い肌を薔薇《ばら》色に輝かせ、目元に神秘的な影を投げかけていた。女性は美しいひだのある、ピンク色のシルクのイブニングドレスを着て、大きな黒いピクチャー・ハットをかぶっていた。帽子のつばには、ドレスに合うピンク色のリボンと薔薇の花が飾られていた。

ジャックは入り口で足を止め、女性の顔にじっと視線を注いだ。そのとき、女性が手を伸ばして、じかに彼の胸に触れたかのような奇妙な感覚にとらわれた。こんな気持ちになったのは生まれて初めてだ。ジャックは若いときにたった一度だけ、女性にのめりこんで道を踏みはずしたことがあるが、それ以来女性には深入りせず、たがいの肉体的な欲求を満た

すだけの関係にとどめていた。出会った瞬間、心臓が止まりそうな強い衝撃を受けた女性はただのひとりもいなかった。ジャックは突然わき起こった感情の不快なざわめきを無視して部屋に入っていくと、女性の横に立った。

女性は振り向かなかった。彼女はジャスティン・ケストレルの肖像画にじっと見入っている。ジャスティン・ケストレルは黒髪に黒い瞳を持つ英国摂政時代の典型的な美男で、放蕩《ほうとう》者として知られていた。それを証明するかのように、唇には誘いかけるような笑みが浮かび、目には危険な光が宿っていた。

「肖像画がお気に召しましたか？」

ジャックの静かな問いかけに女性はようやく振り向いた。美しいはしばみ色の目を見開いてジャックの顔から肖像画に、それからまた彼の顔に視線を戻す。彼女の唇にゆっくりと笑みが浮かんだ。

「とてもハンサムな方ですね」彼女は落ち着いた声で言った。「よく似ていらっしゃいますわ。ご自分でもお気づきになっていらっしゃるのでしょうけれど」

ジャックはお辞儀をした。「これはわたしの曾祖父です。ジャック・ケストレルと申します。なんなりとお申しつけください」

女性はかすかに黒い眉を上げたが、ジャックに自分の名前を教えようとはしなかった。ジャックは彼女がわざとそうしているのに気づいた。それはめずらしいことだった。ジャック・ケストレルと知り合いになるのを拒む女性はほとんどいない。彼が資産家だということもあるが、その前に彼の容姿が女性の心を引きつけずにはおかなかった。

「こちらの女性は――」彼女の関心は公爵夫人の肖像画に移っていた。みごとなとび色の髪を持つ、エメラルド色のサテンのドレスに高価な宝石を身につけたはっとするほど美しい女性だった。「あなたの曾祖母に当たる方ですね？」

「そうです」ジャックは言った。「レディ・サリー・サルティア。その美貌《びぼう》と知性で評判だった女性です。英国摂政時代のロンドンの社交界の人々の半分は彼女にひれ伏していました。ほかに類を見ない女性です」

「すばらしいわ」女性はおもしろがるような口調で言った。「知性を隠そうとしなかった勇気ある女性の話を聞くことはめったにありませんもの。それだけでも尊敬に値します」

「彼女は他人にどう思われようとまったく気にしなかったのだと思います」ジャックは言った。「夫はそんな妻を愛し、敬っていました。自分にはもったいない妻だと言っていたくらいです」彼は笑った。「射撃の腕も夫より上だったそうです」

「役に立つたしなみを身につけていらしたんですね」彼女は言った。そして、白いドレスを着た少女が描かれた小さな肖像画に顔を近づけた。ランプの明かりが帽子の下からのぞく褐色の髪のひと筋を金色に輝かせ、頬に影を躍らせた。「こちらはご夫妻のお嬢さまですか？」彼女はたずねた。

ジャックはうなずいた。「わたしの大おばのオットリーヌです」

「まだご健在でいらっしゃいますの？」

「ええ」ジャックは力強くうなずいた。

彼女の瞳がいたずらっぽく輝いた。「並はずれた

女性なのでしょうね」彼女はジャックを見た。

ジャックはふたたび、彼女の澄んだはしばみ色の瞳に心を射抜かれ、心臓を手でわしづかみにされたような強い衝撃を受けた。それはまったく予想していなかったことだった。

「それでは」女性は言った。「貴顕なご先祖の方々をご紹介いただだいてありがとうございました、ミスター・ケストレル」

女性は立ち去ろうとしている。ジャックは引き止めねばならないと思った。彼女のことをもっと知りたい。まだ彼女を行かせたくなかった。

「美術には特に関心がおありですか？」ジャックはたずねた。

彼女は首を横に振った。「音楽と同じように人並みの関心はありますけれど、それほど強い関心があるわけではありません。わたしは仕事に生きがいを感じていますので」

ジャックは横目でちらりと彼女を見た。正直驚いていた。彼女は店や工場で働いている自立した新しいタイプの女性には見えなかった。華やかで、何不自由なく育った裕福な女性のように見える。ジャックが職業をたずねようとすると、彼女は彼にほほえみかけた。官能的な笑みだったが、期待させるようなものはなにもなかった。

「よろしければ、ミスター・ケストレル、コズウェーの細密肖像画を見たいのですが。とてもすばらしいと聞いていますので」

「それでしたら、わたしがグランド・ギャラリーまでお供しましょうか？」ジャックはすかさず申し出た。

女性はほんの一瞬躊躇《ちゅうちょ》したあと、首を横に振った。「せっかくですけれど、お断りしますわ。友人と来ていますので。彼を捜しませんと」

「あなたをひとりにするなんて、お友だちはなにを考えているのでしょうね」ジャックは言った。

彼女はジャックにちらりと笑みを見せた。「自分の面倒は自分で見られますわ。それに、彼はほんとうにただのお友だちにすぎませんの」

「それを聞いて安心しました」

女性はため息をついた。「いけませんわ。わたしはあなたとこれ以上知り合いになるつもりはありません、ミスター・ケストレル。ハンサムな男性にのぼせあがるような年でもありませんし」

彼女はせいぜい二十五歳にしか見えなかったので、彼に世慣れているような印象を与えようとしたのではないかとジャックは思った。経験豊富なジャックは、ここで無理強いするようなことはしなかった。そんなことをすれば、逆効果だということは百も承知だった。

「せめて、お名前だけでも」ジャックはそう言って、彼女の手を取った。彼女は肘まで届く長さの黒い絹の手袋をしていた。なめらかな手触りで、一瞬彼女の手が震えているように感じられた。彼女は表情を隠すように、黒く長いまつげを伏せた。

「サリー・ボウズです」彼女は言った。「ごきげんよう、ミスター・ケストレル」彼女はほほえんでジャックの手から手を引き抜くと、後ろを向いて立ち去っていった。グランド・ギャラリーのほうに向かって廊下を歩いていく彼女に照明が当たり、ピンク色のドレスが輝いて見えた。ジャックはドレスの下

の女らしい曲線を強烈に意識させられた。彼女がサリー・ボウズ。ジャックは愕然《がくぜん》とし、みぞおちをしたたかに殴られたような苦しさをおぼえた。死にかけている老人から金を強請りとろうとしている、良心のかけらもない強欲な性悪女……。これで彼女がなにをして生計を立てているかがわかった。彼女はナイトクラブのホステスで、男の弱みにつけこんでは金を強請っているのだ。

だが、ジャックのあらゆる本能はその事実を否定しようとした。彼女とは少し話をしただけだが、すっかり彼女に魅了されていた。ジャックは自分の直感には絶対的な自信を持っていた。間違えるはずがない。ジャックは腹立たしさと同時に、なにか失望に近いものを感じた。

ジャックはとっさに彼女のあとを追ったが、そのとき、紳士が現れ、彼女に腕を差しだした。彼女が紳士にほほえみかけるのを見て、ジャックは嫉妬《しっと》に胸を突かれた。それは自分でも驚くほど強い感情だった。ジャックはその男を知っていた。グレゴリー・ホルト卿《きょう》。昔からの知り合いだった。ホルトがミス・ボウズのつぎの犠牲者なのだろうか？

ジャックは背筋をすっと伸ばした。明日またミス・ボウズを捜しだして、はっきり言ってやろう。おじから金を強請るのはやめるようにと。そして、警告してやるのだ。わたしを敵にまわせば恐ろしいことになるぞ、と。

1

「ミス・ボウズ?」

耳元で低い声がした。豊かで、聞きおぼえのある声。サリーはぱっと目を覚ました。一瞬、自分がどこにいるのかわからなかった。首がかすかに痛み、頬になにかひんやりとするものが押しあてられていた。

紙だわ。

また事務室で居眠りしてしまったらしい。サリーは送り状や支払い指図書が積みあげられた机の上にうつ伏せになって眠っていた。なかば目を開けると、部屋は暗く、わずかにランプの明かりが灯《とも》っているだけだった。ドアの向こうからかすかに音楽と人の話し声が聞こえ、葉巻の煙とワインのにおいがした。遅い時間にちがいない。ブルーパロット・クラブの夜はすでに始まっているのだ。

「ミス・ボウズ?」

呼びかける声にさっきまでのやさしさはなく、かすかにいらだちが感じられた。サリーは体を起こし、凝った筋肉の痛みにひるみながら目をこすった。何度か瞬《まばた》きして目を開け、見えたものに驚いて目を見開き、それから、夢を見ているのではないことを確かめるためにふたたび目をこすった。

夢を見ているのではなかった。彼はまだそこにいた。

ジャック・ケストレルはサリーの机に両手を突い

て、身を乗りだしていた。彼の黒い瞳と彼女の瞳は同じ高さにあり、顔と顔は十センチくらいしか離れていなかった。これだけ接近していると、顔全体を見ることはできなかったが、サリーは昨夜会った彼の顔のひとつひとつの造作をはっきりおぼえていた。ジャック・ケストレルは一度会ったら忘れられない男性だ。彼の容姿はそれほどまでに印象的だった。思わず触れてみたくなるような艶《つや》やかな黒い髪は、夏の風に吹かれてわずかに乱れている。鼻は高く、わし鼻になる寸前で踏みとどまり、唇は罪深いまでに官能的だった。サリーが男性の容姿にだけ惹《ひ》かれることはめったになかった。社交界にデビューしたばかりのうぶな若い娘でもあるまいし、ハンサムな男性にのぼせあがるようなことはない。それでも、ジャック・ケストレルには女性を夢中にさせる魅力があり、実際、昨夜は彼と話をして楽しかった。正直に言えば、とても楽しかった。危険だとわかってはいても、彼といっしょに過ごしたいという誘惑に抗《あらが》うには相当な意志の力が必要だった。彼のエスコートの申し出を受け入れるのはいとも簡単なことだっただろう。そのあとは食事の誘いに応じ、さらにそのあとは……。

サリーが男性にこれほど強い誘惑を感じるのは久しくないことだったが、ジャック・ケストレルと親しくなるのが危険だということはよくわかっていた。彼の名前を聞いたとたん、サリーは警戒した。エドワード七世の社交界で、ジャック・ケストレルの名前を知らない者はなかった。公爵家のケストレル家は、十八世紀と十九世紀において数多くの放蕩者《ほうとう》を生みだしてきた。ジャック・ケストレルは、ケスト

レル家最後の放蕩者だと言う人たちもいた。彼にも先祖と同じ血が色濃く流れているのだ。彼は今現在の公爵のいとこで、ゆくゆくは公爵の位を継承することになっている。若いときに人妻との不倫で世間を騒がせ、十年間国を離れていたが、実業家として成功し、ひと財産築いて戻ってきた。

サリーは彼が危険な男だと世間で言われる理由がわかるような気がした。彼は男性的な魅力に満ちあふれている。女性ならばだれしも彼にうっとりするだろうが、サリーはそうなるつもりはなかった。

サリーはふいに、ジャック・ケストレルをじっと見つめたままでいるのに気づいた。急に頬が熱くなり、ジャックの口元から無理やり視線をそらしたが、すると今度は彼と目が合ってしまった。ジャックの目には友好的とは言いがたい表情が浮かんでいた。

サリーはとっさに身を引き、彼女のその反応を見て彼が目を細めるのに気づいた。ジャックは体を起こして、机から離れた。

彼は今夜は夜会服を着ていなかった。彼がブルーパロット・クラブの常連客に見間違われることはまずないだろう。客の大半は、贅沢《ぜいたく》な暮らしに慣れきったエドワード国王の側近の、太った金持ちの男性か、最近ロンドンで影響力を増している洗練されたアメリカ人の旅行客だった。ときどき、由緒ある貴族の家の出の若い軍人が休暇で訪れ、派手に遊んでいくこともあった。ジャック・ケストレルはかつて軍人だったように思えた。引き締まった片方の頬に残る長い傷跡がそれを物語っている。彼はストランド街のクラブにいるよりも、北西辺境か、南アフリカにいるほうがはるかにお似合いだ。長身でたくま

しく、日に焼けて、年齢は三十歳くらいにはなるだろうか。夜会服の代わりに、ひと目でサヴィル・ロウで仕立てたとわかるスーツを着て、その上に褐色の革のロングコートをはおっている。そして、思わず見入ってしまうようなゆったりした優雅な歩き方をした。彼が振り向いたとき、サリーは一瞬息が止まりそうになった。ジャック・ケストレルが抗いがたい魅力の持ち主であることは否定できない。だが今、その表情はきびしく、断固とした意志の強さがうかがえた。

「起こしてしまって申し訳ない」彼は物憂げな口調で言った。「職業柄、眠れるときに眠っておかなければならないのはわかっています」

サリーはジャックの発言をどう受けとったらいいのかわからなかった。経理の仕事は嫌いではないが、寝る間も惜しんでするほどおもしろいとは思わなかった。夕方、机でついうたた寝してしまったのは、昨夜ウォレス・コレクションに出かけて遅くなったにもかかわらず、今朝早起きをして、一週間後にお披露目を控えた真紅の広間、クリムゾン・サロンの改装工事の仕上げに立ち合ったからだ。改装には半年かかり、ロンドンは今、その話題で持ちきりだった。お披露目の際には必ず足を運ぶと、国王が約束してくれたほどだ。

「あなたがミス・ボウズですね?」サリーが黙っていると、ジャック・ケストレルは明らかにいらだっている。

「あの、ええ、そうですわ。昨夜《ゆうべ》そう申しあげたはずですけれど」サリーは咳《せき》払いをした。なんて自信のない言い方なの? ロンドンでいちばん流行《はや》って

いる最新のクラブの経営者にはとても思えないわ。

サリーはかつては確かにミス・ボウズだった。オックスフォードの上流階級の家に生まれ、ミス・ペトロネラとミス・コンスタンスというふたりの妹を持つ三姉妹の長女だった。でも、あれからいろいろなことがあった。

ジャック・ケストレルの冷たい視線にさらされて、サリーは二十七歳という実際の年齢よりも若くなったような気がした。若く、なぜか、自分がひどく無防備に感じられた。彼女は椅子の上で姿勢を正し、目にかかる髪を払いのけ、指についたインクの染みが顔にもついていないことを心から願った。サリーはジャック・ケストレルにふいを突かれたことに激しい憤りをおぼえた。いつもは店が開く前にイブニングドレスに着替えるのだが、つい居眠りしてしまい、こういうときにかぎって、だれも起こしに来てくれなかった。

「どんなご用件でしょうか、ミスター・ケストレル？」サリーはひどく事務的な口調でたずねた。これが友好的な訪問でないことはわかっていた。昨夜の短い出会いがどれほど心をそそられるものだったとしても、それを根底から覆すようななにかがあったにちがいない。彼が今、怒っているのは明らかだった。

「わたしがここに来た理由はおわかりのはずですよ、ミス・ボウズ」ジャックは冷ややかな口調で言った。「昨夜あなたの正体がわかっていたら、あの場で話を切りだしていたでしょう。ですが、ご存じのように、気づくのが遅すぎました。でも、あなたはいずれわたしが訪ねてくるとわかっていたはずです」

サリーは立ちあがった。そうすると、自分が少しでも強く、有能になれたような気がした。「申し訳ありませんが」丁寧な口調で返す。「あなたがなんの話をなさっているのかさっぱりわかりませんわ、ミスター・ケストレル。あなたがなぜここにいらしたのかも。ブルーパロットの評判をお聞きになっていらしたのならべつですけれど」

サリーはジャックがかつてモンテカルロのカジノで、たったひと晩でシャンパンだけに千ポンドも使ったことがあると聞いたことがあった。ブルーパロットでも同じようにしてくれるといいのだけれど……。彼の敵意に満ちた表情を見るかぎり、それはありえそうになかった。

サリーの言葉を聞いて、ジャックは口元をゆがめて皮肉な笑みを浮かべた。「ブルーパロットがどんなサービスを提供しているのかよく存じあげていますよ、ミス・ボウズ」彼はゆっくりと言った。「わたしはそのために来たのではありません」

サリーは肩をすくめた。「それでしたら、わたしを啓発しにいらしたの？」彼女は机の上の書類を手で示した。「あなたのおかげですっかり目が覚めましたけれど、ミスター・ケストレル、あいにく、あなたと謎《なぞ》かけをして遊んでいる暇はありませんの。昨夜も申しあげましたように、わたしは仕事に生きがいを感じています。すぐにでも仕事に戻りたいのです」

稲妻が走ったかのように、ジャックの目が突然ぎらりと光り、怒りの炎が燃えあがった。サリーは彼の怒りを肌で感じた。彼はふくれあがるいっぽうの彼女への敵意を必死で抑えている。もっと部屋が明

るければよかったのにとサリーは思った。ランプの明かりひとつだけでは部屋は薄暗く、自分がひどく不利な気がした。

「あなたがご自分のなさっていることに生きがいを感じておられるのはよくわかります」ジャックは歯のあいだから押しだすように言った。「わたしがどんな用件で来たか気づいていないふりをするとは、あなたも相当な神経の持ち主だ」

サリーはすぐには答えなかった。身を守る盾のようにしていた机の後ろから出ると、ガスランプの明かりを大きくしてマッチをすり、二番目、三番目のランプにも火をつけた。さいわい手は震えず、内心の動揺を悟られることはなかった。サリーはジャック・ケストレルの視線が自分の顔に注がれているのを感じた。彼がそこにいるだけで部屋が狭くなったような気がした。

振り向くと、すぐ後ろにジャックが立っていた。彼の目にはほほえみらしきものが浮かんでいたが、サリーは少しも安心できなかった。こうして立ってみたところ、彼女の頭はジャックの肩までしか届かなかった。背の高いサリーが男性を見あげるのはめずらしいことだった。

「それで」ジャックは静かに言った。「気が変わりましたか？　いつまでもしらを切りとおしてもむだですよ」彼は品定めするような目でサリーを上から下まで眺めまわした。「あなたは想像していたのとはだいぶ違う」ゆっくりと言いたす。彼はサリーのあごに手を添え、ランプのほうに顔を向けさせた。

「昨夜初めて会ったとき、あなたの名前を聞いて正直驚きました。もっと古典的な美女を想像していた

ので。ミス・ボウズは美しいと評判――」

サリーはジャックの手をぴしゃりとたたいて払いのけた。侮辱とも取れる彼の発言に怒りを感じながらも、彼に触れられただけで肌がぞくぞくした。その目で見つめられると、地味な茶色のブラウスとスカートの下の体を意識せずにはいられなかった。とても変な気分だわ……。この熱く、体の内側がとろけるような感覚はいったいなんなのだろう？　まるでコルセットを脱がされ、裸にされたような気がする。ブルーパロットに足しげく通う紳士のだれひとりとして、わたしをこんな気持ちにさせた男性はいなかった。

「ミスター・ケストレル……」サリーはできるだけ声を落ち着かせて言った。「謎かけはもうやめていただけませんか？　はっきり申しあげて退屈です。わたしの容姿が美しかろうとそうでなかろうと、それはわたしが気にすることであって、あなたにはなんの関係もないことです。それ以外のことに関しては、はっきり説明していただかないと、店の者を呼んで外に連れだしますよ」

ジャックは笑って、手を体の脇《わき》に垂らした。「どうぞ。やれるものなら、やってごらんなさい。でも説明は喜んでさせていただこう、ミス・ボウズ」彼はやさしく言ったが、それは見せかけにすぎなかった。「わたしは愚か者のいとこのバーティー・バセットが、あなた宛《あて》に書いた手紙を取り戻しに来たんです。買いとらなければ世間に公表すると、あなたが彼の死にかけている父親を脅す材料にした手紙ですよ」

サリーはジャックがなにを言っているのかさっぱ

りわからなかった。もちろん、バーティー・バセットは知っている。貴族の青年で、愛嬌《あいきょう》はあるがあまり頭がいいとは言えず、クラブにやってきては派手に遊んでいた。この前彼が店を訪れたときには、妹のコニーが彼の膝の上に乗って、緑の間でポーカーをしていた。

コニー……。もしかしたらコニーが……。

サリーは額をさすった。ジャックはわたしを美しいミス・ボウズと呼んだが、それは末の妹のコニーのことだ。コニーことコンスタンスは評判の美女だった。ジャック・ケストレルに触れられてこれほど気が散っていなければ、彼がわたしとコニーを取り違えていることにもっと早く気づいただろうに。ミス・コンスタンス・ボウズは眉の美しさを讃《たた》える詩を捧《ささ》げられるほど美しく、彼女に言われれば、紳士はどんな無理な約束でも交わした。でも、サリーは妹の美しさを妬《ねた》んだことは一度もなかった。彼女は姉妹のなかでいちばん知性に恵まれていたからだ。

ジャック・ケストレルはサリーの顔に表れる表情をじっと観察していた。

彼は考え深げに言った。「わたしが最初に話を切りだしたとき、あなたはわたしがなんの話をしているのかさっぱりわからなかった。そうではありませんか、ミス・ボウズ？　そして、今度は急に気がついた」

「どうしてそんなことがおわかりになるの？」サリーはかっとして言った。赤の他人に簡単に胸の内を読まれてしまった自分が腹立たしかった。

「あなたはとても表情が豊かだ」ジャックは机の端に腰かけ、片方の足をぶらぶらさせている。「あな

たはバーティーの愛人ではないな。バーティーはあなたには若すぎるし、どう見ても不釣り合いだ」

「あなたとは違って、ですわね、ミスター・ケストレル」サリーは恐ろしく冷ややかな口調で言った。「あなたははるかに経験がおありのようにお見受けしますもの」

ジャックはサリーに罪深いほどいたずらっぽい笑みを投げてよこした。昨夜の出会いが鮮明によみがえる。サリーは膝の力が抜けそうになり、趣味のよい靴のなかで爪先をぎゅっと丸めた。「そう思っていただいてけっこうです」彼は言った。「わたしのことはジャックと呼んでください。ここはあまり堅苦しくする必要のない場所だと思いますので」

確かにそうだが、サリーはジャック・ケストレルに指図されたくはなかった。ここはわたしのクラブだ。だれの指図も受けない。

「ミスター・ケストレル」サリーは言った。「あなたのご指摘のように、わたしはミスター・バセットの愛人ではありません。この件に関してはわたしはなにも存じあげません。なにか誤解なさっているようですね」

ジャックはため息をついた。表情がふたたび険しくなる。「このような件では誤解はつきものです。あなたこそ、おじが大金を出すと誤解している」

サリーは怒りに頬を紅潮させて強く否定した。「わたしはだれも強請《ゆす》ってなどいません!」

「おそらく、そうでしょう」ジャックは流れるような優雅な動作で立ちあがった。「でも、だれがそんなことをしているのかは知っていますね?」

サリーはまじまじと彼を見つめた。そのあいだ、

彼女の頭はめまぐるしく動いていた。彼女の推測が正しければ、ロンドン一の美女と評判の妹のコニーが、愚かにも貴族を脅迫しようとしている。妹がいかにもやりそうなことだった。コニーの美しさはだれもが認めるところだったが、妹は知的とは言いがたく、甘やかされて育ったのでわがままだった。欲しいものが手に入らなければ、足を踏みならしてだだをこねる。バーティーとの関係がうまくいかなくなったのだとしたら、コニーは彼からしぼりとれるだけしぼりとろうとするだろう。その結果、ジャック・ケストレルがわたしの事務室に立って、敵意に満ちた表情でわたしをにらんでいるのだ。

「犯人はあなたの妹さんなのではありませんか?」ジャックが静かに言うと、サリーは飛びあがった。

彼はどうしてこんなに簡単にわたしの心を読むことができるのだろう?「妹さんにはお会いしたことはありませんが、噂《うわさ》はいろいろ耳にしています。妹さんもここで働いておられるのですね?」

サリーはずきずき痛みだしたこめかみを指で押さえた。コニーを裏切るようなまねはできない。まず妹に話を聞かなければ。でも、コニーは最近ではサリーにはなにも話してくれなかった。コニーはある男性との恋に破れてから心を閉ざし、姉のサリーともめったに口をきかなくなった。でも、今度ばかりはどうしてもコニーと話をしなければならない。

「ミスター・ケストレル、この件はわたしに任せていただけませんか?」サリーは言った。「わたしがなんとかします」彼女はジャックを見あげた。「あなたのおじさまをこれ以上煩わせるようなことはさせないとお約束します」

ジャックはふたたびため息をついた。「あなたを信じたいところだが、それはできない、ミス・ボウズ」彼はかすかに頭を振った。「あなたがこの件に加担しているとも考えられる。あなたの言葉を真に受けるほど、わたしはおめでたい人間ではありません」彼がさげすむような目でサリーの身を見まわすと、怒りと屈辱で彼女は真っ赤になった。「おじは年老いていて、ここ数年めっきり弱くなりました」ジャックは言いたした。「つい最近も、医師にあまり長くはないだろうと言われたばかりです。今回のことで、おじの死期は早まるかもしれません。あなたにとって、おじの命などどうでもいいことでしょうが」

「あなたのいとこにきちんと注意なさったほうがよろしいわね」サリーは鋭い口調で言い返した。「軽々しく手紙など書かないようにと。恋愛においては、どちらかいっぽうが悪いということはありませんから!」

ジャックはほほえんだ。「それに異論はありません、ミス・ボウズ。パーティーにはすぐにベッドをともにする女には気をつけるように言います」

「言っていいことと悪いことがありますよ、ミスター・ケストレル」サリーは言った。彼女の声は怒りと、礼儀正しくしなければならない葛藤《かっとう》で震えていた。

「申し訳ありませんでした」ジャックは少しも悪びれる様子なく言った。「わたしは人を脅したり、強請ったりする人間が許せないのです。ですから、ついわたしの醜い部分が表に出てしまったのでしょう」

サリーはいらだたしげに頭を振った。「これではいつまでたっても問題は解決しませんわ、ミスター・ケストレル」

「おっしゃるとおり」ジャックは言った。「わたしも、おじにわたしの手で手紙を破棄したと報告するまでは、気が休まりません。あなたも、わたしがほかの手段に訴えることは望んではおられないでしょう、ミス・ボウズ?」

サリーはそれは予想していなかった。だが、ジャック・ケストレルのような男性が簡単に引きさがるとも思えなかった。困ったことになった。コニーを守りながら、どうやって手紙を返すか、破り捨てるかさせればいいのだろう? サリーはいつもコニーをかばってきた。そうするのが自分の義務だと思っていた。最近のコニーは姉の保護など必要としていないように思えるが。

「ミス・ボウズ?」ジャックの声がサリーの物思いをさえぎった。「迷っておられるようですね。こちらに手紙を渡さなければ、警察に相談すると言ったら、決心がつくのではありませんか?」

サリーはくるりと振り向いて、ジャックをきっとにらんだ。「警察!」

「そうです」ジャック・ケストレルはおもしろがるような目をしていたが、その口調はあくまでも冷やかだった。「さっきも言ったように、わたしは人を脅すような人間が許せないんです、ミス・ボウズ。おじのことがなければ、ためらわずに警察に行っていたでしょう」彼の表情がいっそう険しくなる。「ブルーパロットの評判を落とし、あなたが店をやっていけなくなるようにするためならどんなことで

もします。わたしにそれだけの力があることはご存じかと思いますが」

サリーは怒りに頬を紅潮させて、まじまじとジャックを見つめた。彼の言葉は単なる脅しではない。彼は裕福で有力者の友人も多く、エドワード国王とも非常に親しい間柄だった。今のところ、ブルーパロットは流行の最先端を行っているが、現在、店に押しよせている金持ちの客たちにいつそっぽを向かれるかわかったものではない。サリーは店を改装するために、銀行からかなりの額の融資を受けている。投資家にも依存していた。彼女を破産に追いこむのは簡単なことだった。

サリーは目を閉じ、深く息を吸いこんでからふたたび目を開けた。ジャック・ケストレルは立ったまま、彼女をじっと見つめていた。その目には、またしてもいぶかしげな表情が浮かんでいる。彼女は一瞬どきりとしたが、心臓の鼓動はすぐに正常に戻った。

「わたしを脅迫していらっしゃるのね、ミスター・ケストレル？」サリーは精いっぱい声を落ち着かせて言った。「わたしにはまったく身におぼえのないことです。あなたは無実の人間に罰を受けさせようとしているんです。紳士のなさることではありませんわ」

ジャックは肩をすくめた。「わたしはルールにのっとってゲームをしているだけです、ミス・ボウズ。賭金《かけきん》を上げたのはあなたの妹さんだ」

サリーは両手を合わせた。議論をしてもむだだ。彼は決して譲歩しないだろう。「わかりました」彼女は言った。「二、三時間お時間をくだされば、こ

の件はわたしが――」

「一時間です。一時間しか猶予は与えられない」

「一時間ではあまりに短すぎるわ！　コニーがどこにいるのかもわからない――」サリーははっとして口をつぐんだが、すでに遅かった。

「美しいミス・ボウズというのは〝コニー〟のことなんですね、ミス・ボウズ？」ジャックは眉を上げた。「これで納得がいきました」彼はコートのポケットから手紙を取りだして、開けた。「署名のイニシャルは〝C〟だ。どうして今まで気づかなかったのだろう？　もっと早く気づいていてもよさそうなものなのに」

「確かな根拠もないのに、人を非難するのはおやめになったほうがよろしいですわ」サリーは言った。「あなたのような失礼な方は初めてです、ミスター・ケストレル」

ジャックは声をあげて笑い、手紙をたたんでポケットにしまった。「わたしは率直なんですよ、サリー。それがわたしの長所です」

サリーはジャックに名前を呼ばれてどきりとしたが、そんなことはおくびにも出さずに、彼のなれなれしさを批判した。

「サリーと呼んでかまわないと言ったおぼえはありませんよ、ミスター・ケストレル」サリーはぴしゃりと言った。

「そうですか？」ジャックはサリーにあざけるような視線を投げた。「あなたは礼儀にやかましい方のようだ。客もあなたをミス・ボウズと呼ばなければならないのですか？」彼はなにやら考えこんでいるような顔をした。「なかにはきびしくされるのを好

む客もいますからね。ステッキでたたかれるような折檻《せっかん》を望む客とか……」

サリーはふたたび怒りで顔を真っ赤にした。ブルーパロット・クラブが高級売春クラブだと思っているのはジャック・ケストレルだけではなかった。サリー自身、店で働いている女性たちのなかに個人的に客を取っている者がいるのではないかと疑っていた。最初のうちは、彼女たちの身の安全を考えて、店の外で客と会ったりしないように口うるさく言っていたが、今では彼女たちの好きなようにさせるしかないとあきらめている。とはいえ、店で採用するときには、客と個人的な取り引きはしないという条件をつけた。それでも、サリーは女性たちのことが心配だった。自分たちを親身になって心配してくれるサリーに感謝するいっぽうで、彼女たちが世間知らずの心配性だと思っていることも知っていた。サリー自身、ときどきそう思うことがあった。サリーは刺激に満ちた、きらびやかで洗練された世界に住んでいる。それにもかかわらず、コニーはそんな姉を、ヴィクトリア朝時代の未婚女性並みの道徳観念の持ち主だと言ってからかった。

「あなたはなにか誤解なさっているようですね、ミスター・ケストレル」サリーは冷ややかな口調で言った。「当クラブでは、お客さまがお金で買える高価なものはシャンパンだけです。わたしはブルーパロットの経営者です、ミスター・ケストレル。つまり、わたしは名誉を与えられた事務員にすぎないということです」彼女はふたたび、机の上の請求書や支払い指図書の山を手で示した。「ごらんのように」

ジャック・ケストレルはせせら笑った。「自分は

悪いことはなにもしていないというあなたの主張を喜んで受け入れましょう、ミス・ボウズ」

「あなたは誤解なさっているわ」サリーはかっとして繰り返した。「わたしは自分を正当化する必要はまったく感じていません、ミスター・ケストレル。事情を説明しているだけです」

ジャックは小首を傾《かし》げた。「ミス・ボウズ、あなたの妹さんはどちらに？　彼女が事務室で働いているはずはありませんよね？」

「コニーはホステスです」サリーは言った。「彼女たちの仕事は会話でお客さまを楽しませ、お客さまがお店でお金を使ってくださるようにお手伝いすることです」

「あなたの妹さんはそれに関しては非常に優秀なようだ。彼女がわたしのおじ宛に書いた手紙がなによりの証拠だ」

サリーは歯ぎしりした。それについてはまったく反論の余地がなかった。

「妹さんは今夜は店に出ておられますか？」ジャックはたずねた。「行って、話してきます」彼はドアのほうに向かいかけた。

サリーはとまどった。彼ならずかずか店に入りこんでいって、コニーを問いつめかねない。店の迷惑になることなど考えもせずに。店で騒ぎを起こされたら大変だ！

「待って！」サリーはそう言って、急いでジャックのあとを追った。ほっとしたことに、彼は止まってくれた。「コニーが今夜店に出ているかどうかわからないわ。わたしが見てきます」

サリーは地階から階段を上っていくあいだ、すぐ

後ろからついてくるジャックの存在が気になってしかたがなかった。ウエイターのひとりが、片手に空になったグラスを積みあげたトレーを持ってふたりの横を通りすぎていった。ブルーパロットにはどこの紳士クラブにも引けを取らない立派な食堂があり、気むずかしさではどこの貴族の田舎の邸宅に雇われているフランス人のシェフにも負けないシェフがいた。ムッシュー・クレイドンはしかしながら、今夜は比較的穏やかで、サリーはささやかな救いに感謝した。サリーがなによりも恐れていたのは、厨房《ちゅうぼう》から料理を出せなくなることだった。

ジャックはサリーのために礼儀正しく緑色の布地張りのドアを支え、彼女はホールに足を踏み入れた。ブルーパロットのエントランスホールは個人の邸宅のような造りになっていて、黒と白の大理石の床の上に鉢植えの観葉植物と、趣味のよい彫像が置かれている。正面のドアの両側には、お仕着せを着たふたりの男性が立ち、一見従僕かと思うが、よく見ると、プロのボクサーのような体格と顔つきをしているのがわかる。ふたりのうち年上のほうは支配人のダンことダニエル・オニールで、彼は実際にアイルランドでチャンピオンになったこともある元プロボクサーだった。店が開店すると、店内全体に目を光らせる。元プロボクサーという彼の経歴は、シャンパンを飲みすぎたり、カードで大金をすって言いがかりをつけてきたりする客を店の外に素早く連れだすのに非常に役に立った。

サリーの姿を見かけて、ふたりの男性は反射的に姿勢を正した。

「こんばんは、ミス・ボウズ」ダンは敬意を込めて

言った。

「こんばんは、ダン」サリーはそう言ってほほえんだ。「こんばんは、アルフレッド」

「ミス・サリー」もうひとりの男は片思いの女性に出会った少年のように頬を赤らめて、もじもじした。

「今夜ミス・コニーはお店に出ているかしら？」サリーはたずねた。

ふたりの男は目を見交わした。「先ほどお出かけになりました」アルフレッドが進んで言った。「わたしが馬車を呼びましたので」

「今夜は休みだとおっしゃっていました」ダンがつづけた。

「どこに行ったかわかるか？」ジャック・ケストレルはたずねた。サリーは横に立っているジャックが身をこわばらせ、ふたりの男性をじっと見つめているのに気づいた。

ダンは目顔でサリーに許可を求め、彼女がうなずくと、咳払いをした。「ミスター・バセットとお食事に行かれたのではないかと思います」彼は言った。

サリーはジャックが息をのむのに気づいた。「これはこれは」鬼の首を取ったように言う。「まったくじつに興味深い。強請《ゆすり》が成功しなかった場合に備えて、保険をかけているのかもしれない」

サリーは唇を噛《か》んで、ジャックの当てこすりを無視しようとした。「申し訳ありません、ミスター・ケストレル」彼女は言った。「妹に話をするのは少し待っていただかなければなりませんわ……いとこの方が女性を連れてお食事に出かけそうな場所に心当たりがあるのならばべつですけれど」

「ここで待たせてもらおう」ジャックはそう言って、

サリーを見た。「あなたに妹さんが今夜必ず帰ってくるという確信がおありになるのであれば、ミス・ボウズ」

サリーはコニーをふしだらだと言っているような彼の発言に頬を染めた。ダンも怒りに頬を紅潮させて一歩前に進みでたが、ジャックは喧嘩《けんか》に応じる気があるかのように肩をそびやかした。サリーは手を振って支配人を下がらせた。騒ぎは起こしたくなかった。それに、今回ばかりはダンが勝つという保証はなかった。さらに、コニーが帰ってくるという確信もなかった。ひと晩じゅう戻らなかったことも何度かあり、サリーが注意すると、母親でもないくせにと姉の彼女に食ってかかった。それ以来、サリーは口出しするのをやめた。コニーには彼女の気持ちが通じず、妹が道を踏みはずそうとしているのをどうすることもできずにいた。

「それでしたら」サリーは言った。「お待ちになっているあいだ、お食事をなさいますか、ミスター・ケストレル？　もちろん、当クラブの食堂で」

ジャックは顔に挑むような笑みを浮かべた。「あなたがごいっしょしてくださるなら、喜んで、ミス・ボウズ」

サリーはあっけに取られた。昨夜彼に誘われたのなら驚かなかっただろうが、彼がなぜ自分と食事をしたがるのか理解に苦しんだ。そのあと、サリーはその理由に気づき、なぜか軽い失望感をおぼえた。彼はわたしがこっそり店を抜けだして、コニーに知らせに行かないように見張るつもりなのだ。わたしは信用されていない。

サリーはとてもジャックのご機嫌を取るような気

分にはなれなかった。

「わたしはお客さまとはお食事をしないことにしていますの、ミスター・ケストレル」サリーはそっけなく言った。

ジャックはサリーの目をじっと見つめた。「わたしの機嫌を取っておいたほうがいいですよ」

ふたりのあいだに激しい火花が散った。サリーはためらった。サリーはブルーパロットの客とは一度も食事をしたことがなかった。クラブでの彼女の役割を誤解させないためだ。客と同席し、楽しませるのはホステスの仕事だ。サリーも客と同じテーブルに着くことはあるが、一定の距離を置くようにしていた。しかしジャック・ケストレルは自分の欲しいものが手に入らなければ、どんな強硬手段に出るかわかったものではない。それにくらべたら、コニーの帰りを待つあいだ、彼といっしょに食事をするのはなんでもないことのように思えた。そのあと、ジャック・ケストレルにクラブをつぶされないようになんとかこの件をうまく処理するしかないだろう。

「わかりました」サリーはしぶしぶ言った。「でも、服を着替えるまでお待ちいただかなければなりませんわ」

ジャックはお辞儀をした。「喜んでお待ちします」

サリーはアルフレッドが髪の生え際まで眉をつりあげたのに気づいた。店の従業員はサリーが自らに課した決まりを破るのを今まで一度も見たことがなかった。

「ダン」彼女は言った。「ミスター・ケストレルを青の間のわたしのテーブルにご案内して」彼女は言葉を切り、ジャックの全身にさっと目を走らせた。

彼は夜会服を着ていなかったが、それでもじゅうぶんに優雅に見えることは否定できなかった。多くの男性はジャック・ケストレルの均整の取れた肉体や、みごとな仕立ての服を羨《うらや》ましがるだろう。「店にはドレスコードがありますの、ミスター・ケストレル」彼女は言った。「でも、今回だけは特別に大目に見ましょう。ダン、ミスター・ケストレルに失礼のないように」

ジャックは頭を下げた。「ありがとうございます、ミス・ボウズ」

「どういたしまして」サリーはジャックの目を見つめ、そのとき、ふたりのあいだでなにかが起きるのを感じた。極上のシャンパンを飲んだときのように、体がかっと熱くなり、頭がくらくらした。サリーは軽いめまいをおぼえた。そのあと、ジャックがほほえんだとき、息苦しさがさらに増した。昨夜のことは思いだしたくなかった。彼が伝説的なケストレル一族の魅力を持ち合わせていることも。こんな気持ちになったのは生まれて初めてだ。サリーはブルーパロットの客に惹かれたことなど一度もなかった。なのに、どうして今、気持ちを揺さぶられるのだろう？　よりによって、ジャック・ケストレルのような男性に。彼は危険な男だという評判で、彼のひと言でわたしのクラブをつぶすことができるほどの強い影響力を持っている。絶対にそんなことはさせないわ。

「失礼します」サリーはジャックを意識していることをおくびにも出さずに、高級クラブの経営者らしく落ち着き払った態度で言った。「長くお待たせすることはありません」

サリーは感情が表に出てしまわないうちに、後ろを向いて、急いで彼から離れていった。

2

ジャックは彼女が欲しかった。

氷のように冷ややかなブルーパロットの経営者をこの腕に抱いてみたいと思った。ジャック・ケストレルは欲しいものは必ず手に入れる男だった。彼女の妹がおじを強請《ゆす》っていることを考えると、やめておいたほうがいいのはわかっていたが、ジャックはなんとしてでもミス・サリー・ボウズを自分のものにしてみせると決心した。

ジャックは自分の直感が間違っていなかったことに気づいて、ある意味ほっとしていた。彼は自分の

直感には絶対的な自信を持っていた。妹のミス・コニー・ボウズがどんな悪事を働いているにせよ、自分はなにも知らないと言うサリーの話を信じてもいいだろう。サリーは強請《ゆすり》を働くような女性ではなさそうだ。

ジャックはサリーが銀と真鍮《しんちゅう》製のしゃれた階段を上っていくのをじっと目で追った。彼女は背が高く、背筋がぴんと伸びて身のこなしがじつに優雅だ。幼いときから、レディとしての立ち居ふるまいをきびしくしつけられた女性のように思えた。ジャックは彼女の生いたちが気になった。彼はあまりに長いあいだロンドンを離れていたので、街でいちばん流行《はや》っているクラブの経営者についてなにも知らなかった。だが、それも調べればすぐにわかることだ。

ジャックはクラブの従業員が彼をテーブルに案内しようと待っているのを知っていたが、サリーの姿が見えなくなるまで目で追った。階段の角で彼女が立ち止まり、後ろを振り返るのを見て、彼は男の自尊心が大いに満たされるのを感じた。彼女はジャックが見つめているのに気づいていたのだ。一瞬よりもわずかに長くふたりの目と目が合い、ジャックは昨夜と同じように強い衝撃を受けた。まるで、サリーに心のなかまで見透かされているような気がした。

そのあと、サリーは階段の踊り場の陰に消えていったので、彼はようやくそばに立っている支配人に目を向けた。

「どうぞこちらへ」男はうやうやしく言ったが、礼儀正しい態度の裏にジャックへの敵意が感じられた。

ジャックは内心ほくそ笑んだ。従業員たちは彼女を必死に守ろうとしている。ジャックは最初にそれに

気づいた。彼らはジャックが彼女になんらかの脅威を与えているのに気づいて、彼に反感を持ったのだろう。従業員がなぜここまで彼女に忠実なのか、彼女のなにが従業員の胸にこれほどまでの忠誠心を呼び起こすのか、ジャックは大いに興味をそそられた。

彼は支配人のあとについて、堂々としたエントランスホールのアーチをくぐり、ふかふかの赤い絨《じゅう》毯《たん》が敷きつめられた廊下を歩いていった。廊下の両側にはいくつものドアが並び、そのドアの向こうでは、ブルーパロットが提供するさまざまな娯楽が、いや、あらゆる悪事が繰り広げられているのだろう。喫煙室、ブルー・バー、ゴールド・サロン。ゴールド・サロンはその名のとおり、煌々《こうこう》と金色の光がきらめくシャンデリアの下に賭博《とばく》台が並び、客がギャンブルに興じているにちがいない。そう、モンテカルロと同じように。ここにはムーランルージュのキャバレーのような淫靡《いんび》な雰囲気はなかった。踊り子もいなければ、お酒を注《つ》いでまわるどぎつい化粧をした悪魔もいない。パリのけばけばしい様式をロンドンのストランド街に持ちこまなかったサリーの判断は賢明だ。ブルーパロットは紳士のクラブと貴族の田舎の邸宅を合わせたような優雅で落ち着いた雰囲気があり、それでいながら、男の本能を刺激せずにはおかないきらびやかさも持ち合わせていた。セント・ジェイムスにある格式張った古くさいクラブよりもはるかに魅力的だ。

支配人は後ろに下がって、ジャックを食堂に通そうとしたが、そのときゴールド・サロンのドアが開いて、きらめくシャンデリアとバカラ賭博のテーブルでカードを配っているディーラーがちらりと目に

入った。ジャックは足を止めた。

「お客さま……」支配人の声には不安が感じられた。「ミス・ボウズに食堂へご案内するようにと言われておりますので」

ジャックはほほえんだ。今夜はついているような気がした。「かまわないでくれ」彼は言った。「ミス・ボウズを待つあいだ、カードをやらせてもらうよ」

ジャックはバカラのテーブルに着いた。ウエイターがシャンパンを持ってどこからともなく現れた。金髪のとびきり美人のホステスがジャックのほうにやってこようとしたが、支配人のダンが彼女を止めた。支配人がなにを言ったのかわからないが、金髪美人は彼の言葉に首を傾《かし》げて、目を見開いた。そして、残念そうにジャックのほうをちらりと振り返って、そばを離れていった。

ジャックはカードを取り、椅子の背にもたれて、サリー・ボウズが現れるまでどれくらいかかるだろうかと考えた。ジャックがモンテカルロやピアリッツやパリで食事に誘った女性のほとんどは、少なくとも一時間は彼を待たせた。そして、待つだけの価値のあった女性はただのひとりもいなかった。ジャックは流行の先端をいっている洗練された社交界の女性には最近飽き飽きしていた。彼女たちはだれもが同じようで、区別がつかない。ジャックは彼女たちとの情事に興味を失っていた。かといって、父親が強く望んでいるような処女の花嫁を見つける気にもなれなかった。正直、女にはうんざりしていた。だれにもそそられなかった。

サリー・ボウズ以外にはだれも。はしばみ色の瞳

をした、落ち着いた優雅な身のこなしの彼女以外にはだれも。

事務室で会ったとき、彼女は地味で堅苦しい印象を受けた。ブルーパロットの悪名高いホステスのイメージにはほど遠かった。昨夜会った、ピンク色のシルクのドレスを着た官能的なミス・サリー・ボウズとも別人のようだった。ジャックは彼女との会話を楽しみ、彼女のことをもっと知りたいと思った。そして、ついさっき、ミス・サリー・ボウズの目にも彼女が自分に無関心ではないことを示す表情が浮かんでいるのを見つけて、はっとした。ふたりのあいだに突然情熱の炎が燃えあがり、彼女にますます惹《ひ》きつけられた。サリーがクラブの経営者だとわかると、彼女への興味はさらに増した。彼女はめったにお目にかかれない女性だ。知的で、成功したいという野心を持ちながら、わたしを惹きつけるほどの女性としての魅力も持ち合わせている。まったくもって彼女は謎《なぞ》だ。冷ややかで落ち着いて見えるが、内側には燃えるように熱い情熱がひそんでいるにちがいない。ジャックは女性に強く惹かれるとはどういうことなのかほとんど忘れかけていた。こうしている今も、体の底から激しい欲望が突きあげてくる。なんとしてでも、彼女を手に入れなければならない。

女性。若いときは女性がジャックの弱点だった。彼はいとこのバーティーと同じように、いや、正直に言えば、バーティーより始末が悪かった。ジャックはすべてにおいて度を超えていた。そんな彼が恋に落ちた。それはジャックの人生においてもっとも破滅的な経験だった。あんな思いは二度としたくない。

ジャックは忌まわしい記憶を消し去ろうとするかのように頭を振り、冷えたシャンパンを口にふくんだ。

今から半年前、ジャックが大陸からイギリスに帰国したとき、父は彼を脇《わき》に呼んでこう言った。〝おまえは自分の力で財産を築いた。もう無茶なふるまいをすることもないだろう。そろそろ身を固めて、今までの不品行の償いをしたらどうだ〟

不品行。ジャックは父の控えめな言い方に苦笑いをした。十年前にジャックが引き起こした恥ずべき事件に触れることができるのは、唯一彼の父親であるロバート・ケストレル卿《きよう》だけだった。ジャックは人妻と駆け落ちし、その結果、その人妻は命を失った。

今なら若気の至りと言えるかもしれないが、事件が起きた十年前は、とてもそんな言葉で片づけられるようなものではなかった。ジャックはケンブリッジを卒業したばかりの二十一歳の若者で、高い理想に燃え、大きな夢を抱いていた。だが、愛するマーレが殺されたとき、彼の夢はすべて崩れ去った。当然、家では大変な騒ぎになった。父は怒り狂い、母は心労のあまり寝こんでしまった。母の目に見た失望の色が、ジャックがイギリスを出たいちばんの理由だった。父の怒りには耐えられたかもしれない。彼はそれだけのことをしたのだ。だが、母の沈黙の叱責《しつせき》には耐えられなかった。ジャックはたったひとりの息子だった。彼は父だけではなく、母の信頼をも失ったのだ。最後に母を見たとき、母はケストレル・コートの階段に立って、不名誉な息子が家を出ていくのをじっと見つめていた。ジャックが外国に

行っているあいだに母は亡くなった。

ジャックはその後四年間、きっぱり女を断った。最初は南アフリカでボーア人との戦いに身を投じ、そのあとは、モロッコのフランス軍外人部隊に加わって戦った。自分がなんのために戦っているかなどどうでもよかった。とにかく、父が誇りに思うような形で死にたいとだけ願っていた。ところが、ジャックの無謀さは彼の命取りになるどころか、かえって命を助け、その結果、欲しくもない勲章をいくつももらうはめになった。外人部隊を除隊したあとは、以前部隊でいっしょだった男と飛行機のビジネスを始め、成功して財を成した。だが、十年たった今でも、自分がこうして生きていて、莫大《ばくだい》な資産を築いたことは間違っているような気がしてならなかった。マーレは死んで冷たくなり、土の下に葬られているのだ。その後は女性と関係を持っても、短い情事を繰り返すだけで終わった。うわべだけの関係なら、心は傷つかずにすむ。そのほうがよかった。

そして今、ジャックはサリー・ボウズに出会い、彼女が欲しいと思った。彼女は男に備わったもっとも原始的な本能を強くかきたてた。ブルーパロットはそのような種類のクラブではないと彼女は言ったが、ほんとうにそうなのかもしれないし、そうではないのかもしれない。ジャックにとって、そんなことはどうでもいいことだった。彼が興味があるのはサリー・ボウズだけだ。彼は勝つことにしか興味がなかった。それは女でもゲームでも金でも同じだった。

ジャックはカードに注意を戻した。

「マティ！　マティ！」サリーは三階の寝室に着くと、勢いよくドアを開けてなかに駆けこんだ。息を切らしているのは、階段を二階分上ってきたからではなく、ジャック・ケストレルにじっと見つめられていたからだ。サリーは今まであれほど男性の視線を意識したことはなかった。あれほど気になる男性に会ったのも生まれて初めてだ。ブルーパロットには大勢の男性客がやってくる。金持ち、権力者、教祖的な魅力の持ち主。なかには、その三つをすべて兼ね備えている男性もいた。だが、そのだれひとりとして、ジャックのようにサリーの心を揺さぶった男性はいなかった。ジャック・ケストレルのように、危険な雰囲気を漂わせた、とびきりハンサムで魅力的な男性はいなかった。

そもそも、サリーのクラブを、あるいは人生を脅かすような男性は今までひとりもいなかった。ジャック・ケストレルは、わたしのクラブをつぶそうとしている。彼に誘惑されそうになったら、そのことを思いだしなさい。サリーはそう自分に言い聞かせた。

「マティ、そこにいたのね」サリーは息を切らしながら言った。彼女の元乳母で今はメイドをしているミセス・マトソンが、暖炉の前に座って静かに編み物をしていた。「食事の席に着くから着替えなければならないの。紳士が待っているのよ。早く手伝ってちょうだい」

マティはじれったくなるほどゆったりとした動作で毛玉に毛糸をくるくる巻きつけて、編み棒を毛玉に斜めに突き刺すと、よろよろと立ちあがった。

「いったいなんの騒ぎです？」サリーをたしなめる

ように言う。「紳士が待っているですって？　待たせておけばいいんですよ！」

サリーは急いでたんすのところに行って、扉を開けた。マティは長年ボウズ家で働いていて、ボウズ家の三姉妹を育てあげた。サリーが結婚したときには、いっしょに嫁ぎ先までついてきた。そして、サリーと人生の苦楽をともにした。ブルーパロットを開店すると決めたとき、サリーは退廃的なロンドンのクラブで暮らすよりは、引退したほうがいいのではないかとそれとなく勧めたが、マティは、こんな機会を逃してなるものですか、と頑として聞き入れなかった。彼女はメトロポリタン鉄道の通っているピナーに小さな家を買ったが、ほとんどの時間をクラブで過ごしていた。

「まあ、落ち着いて」サリーがハンガーからつぎつぎにドレスをはずしてベッドの上に放《ほう》りはじめると、マティは言った。「今夜はどうかなさったんですか？」

「なんでもないわ」サリーは言った。「いいえ、大ありだわ」彼女はくるりと振り向いて、マティの両手をつかんだ。「コニーがどこに行ったか知らない、マティ？　問題が起きたのよ。深刻な問題が。コニーがだれかを強請ろうとしているらしいの……」

マティが唇をすぼめ、口のまわりに刻まれた深いしわがますます深くなった。彼女はレモンをかじったような表情をしていた。「コニーお嬢さまはすっかり手に負えなくなってしまって。ミス・サリーはそうではないとおっしゃるかもしれませんが、この手でお育てしたわたしが言うんですから間違いありません。お小さいときは、それはかわいらしいお嬢

さまでしたのに。ジョン・ペティファーとのことがあってから、お嬢さまはすっかり変わられてしまいました……」彼女は頭を振った。「今では問題を起こしてばかり」

サリーはマティの手から手を離して、柄物の茶色のブラウスのボタンをはずしはじめた。ところが、気ばかりあせって指が思うように動かなかった。クラブのホールの明るい照明の下では、仕事着はひどく野暮ったく感じられた。ジャック・ケストレルの値踏みするような視線にさらされたので、なおさらそう感じるのかもしれない。

「コニーはかわいそうな子なのよ」サリーは茶色のパネルスカートを脱ぎながら言った。「彼女はジョンを愛していたの。きっと彼に裏切られた心の痛みからいまだに立ち直っていないんだわ。彼女には小さいときからつらい思いばかりさせてしまって。お父さまさえ生きていてくれたら……。すべてわたしの責任だわ」

「そんなふうにおっしゃってはいけません」マティは口角を下げて言った。「わたしが前にも申しあげたでしょう。もう百ぺんは言ったはずですよ、ミス・サリー。お父さまが亡くなられたことで、ご自分を責めてはいけません」

サリーは答えなかった。確かに、マティとは何度もこの話をした。サリーも頭では自分はサー・ピーター・ボウズの死に直接的な責任はないとわかっていたが、毎日、父の死を防ぐことができたのではないかと自分を責めていた。父を助けることができたのではないかと……。

「コニーのことは、どうしたらいいのかわからない

わ」サリーは言った。「わたしがなにを言っても、聞く耳を持たないの」

「お嬢さまは一生懸命接していらっしゃいました」マティはぎくしゃくした動作でかがんで、床からスカートを拾いあげた。「決してあきらめずに。わたしがこんなことを言ったら差し出がましいようですけれど、そろそろご自分のことをお考えになったらいかがですか、ミス・サリー？　ところで、いっしょに食事をなさる紳士というのはどなたなんです？」

サリーはため息をついた。「ミスター・ケストレルよ。手紙を取り戻しに来たの。コニーがその手紙をたねにして、彼のおじさまからお金を強請りとろうとしているらしいの」

マティがエンジンが蒸気を吐きだすような音をたてて鼻を鳴らした。「ミスター・ジャック・ケストレル？　だれかと駆け落ちして、母親をひどく悲しませたという？」

「ええ、たぶん」サリーは言った。

ジャック・ケストレルはまさに、女性とスキャンダルを起こすために生まれてきたような男性でしょうね。

マティが大きく舌打ちした。「新聞に派手に書きたてられたのをおぼえていますよ。ミスター・ケストレルと駆け落ちした相手は人妻で、夫がふたりのあとを追っていって、妻を撃ち殺したんです。当時は、そりゃあ大変な騒ぎでした」

「まあ、そんなことがあったの」サリーはそう言って、身震いした。悲劇は若き日のジャック・ケストレルにどんな影響を及ぼしたのだろう？

「ケストレル家は何百年も前からつづく貴族の家柄で」マティは言った。「ミスター・ケストレルは放《ほう》蕩《とう》者の先祖の血を受け継いでいるともっぱらの評判です。駆け落ちの件がなによりの証拠です」

「ケストレル家の人たちにいいところはないの？」サリーはたずねた。

マティは考えこんだ。「軍人になった方が多いですね」彼女は言った。「勇敢でもあったのでしょう。ミスター・ケストレルはイギリスを出たあと軍に入隊し、勇敢な戦いぶりで勲章をいくつもおもらいになったと聞きましたよ」

「おそらく、死ぬつもりだったんでしょう」サリーは言った。「どうしてそんなことを知っているの、マティ？」

「わたしはなんでも知っていますよ」マティは澄ました顔で言った。「彼は危険な男性です。それは間違いありません。ミス・サリー、どうかお気をつけになってください。彼は小鳥を木からおびきよせるように女性を巧みにベッドに誘うと言われていますからね」

「もう、マティったら！」サリーは顔を真っ赤にして怒った。「彼はわたしに言いよったりなんてしないわ」

「そうだといいのですけれど」マティは言った。「最初のご主人にはさんざんな目にあわされたのですから、今度こそ若くていい方を見つけてくださいな。ならず者ではなく。フォーチュニーのゴールドのドレスはいかがですか？」

「いいえ」サリーはベッドの上に広げられた何着ものイブニングドレスを見て、しばらく考えた。「今

夜はポワレのドレスにするわ、マティ。このドレスはわたしに勇気を与えてくれるの」

「それでしたら、コルセットを替えなければいけませんね」マティが不満そうに言った。「わたしは流行の仕掛けはどうも好きになれません。このぶんではコルセットは世のなかから消えてなくなってしまうんじゃないでしょうか。わたしたちはいったいどうなってしまうんでしょうね。いつも言っていますけれど、古いスタイルのどこがいけないんです？」

「コルセットを着けていたら、息ができないわ」サリーは言った。

「わたしは七十年間、なんの問題もなく息をしてきましたよ」元乳母が唇をとがらせた。「ちょっときつく締めあげられるくらいなんですか。今おぐしを整えますから、お座りになってください」


サリーが言われるまま大きな鏡の前に座ると、マティは彼女の髪からピンをはずして、ブラシで梳《と》かしはじめた。サリーの髪は長く豊かで、濃い栗色《くりいろ》に艶《あで》やかな金色の筋があった。こんなにきれいな髪をきっちり結うなんてもったいない、とマティはいつもこぼしていた。そして、サリーはいつもこう反論した。わたしの仕事はきれいに見せることではなく、ブルーパロットを円滑に運営することよ、と。

「今夜はドレスに合うヘアバンドに、ダイヤモンドのピンを挿しましょうね、ミス・サリー」マティが言った。「反論は受けつけませんよ」

サリーは反論するつもりはなかった。ジャック・ケストレルは女性を見る目が肥えている。サリーは美しさでは、ブルーパロットのホステスはもちろん、じつの妹にさえかなわないことはわかっていた。そ

れでも、フランス人デザイナー、ポワレのドレスは彼女に自信を与えてくれた。鮮やかな濃いピンク色の流れるようなドレスは、なめらかで贅沢《ぜいたく》な肌触りで、背が高くほっそりした彼女の体を引きたててくれた。

「悪くありませんね」マティはしぶしぶ認めた。

「お嬢さまはこのドレスにぴったりの体型をなさっていますから。間違いなくミスター・ケストレルは、お嬢さまから目が離せなくなってしまいますよ」

「彼はいとこの話をしに来ただけで、わたしに求婚しに来たわけじゃないわ」サリーはそう言ったものの、ジャック・ケストレルの視線が自分に注がれると思うと、興奮に体がざわめくのを抑えることができなかった。「彼のいとこのミスター・バセットよ。ケストレル公爵ではなくて」

マティが痩《や》せた頬をふくらませた。「コニーお嬢さまの新しい恋人の、ミスター・バセットですか？」

「ええ」サリーは言った。「ふたりのことを知っていたの？　コニーはほんとうに彼が好きなのかしら？」

マティは渋い表情をした。「コニーお嬢さまがなにをお考えになっているのかはさっぱりわかりません。今夜はその方とお出かけになったのだと思いますよ。いっしょにお食事をなさると言っておられましたから」

サリーはドレスとそろいの濃いピンク色のバッグに手を伸ばしながら、眉をひそめた。ドアマンのアルフレッドも同じことを言っていた。ふたりの関係がまだつづいているのなら、コニーはなぜ恋人の父

親であるバセット卿からお金を強請りとろうとしているのだろう？　どう考えてもおかしい。バーティー・バセットを脅迫しようとする前に、関係が終わるのを待つはずだ。サリーはいやな予感がした。コニーはなにかとんでもないことを企《たくら》んでいるにちがいない。

もちろん、ジャック・ケストレルにこのことを話すつもりはなかった。彼とはコニーが戻ってくるのを待つあいだいっしょに食事をするだけだ。ジャックがどんなに魅力的であろうと、不都合なことに、わたしに関心を抱いていようと、一瞬たりとも彼の魅力に惑わされてはいけない。落ち着いて、冷静にふるまうのよ。ジャックがあるゆる意味で危険な男性だということをくれぐれも忘れないように。

サリーは鏡に映る自分の姿をちらりと見た。ポワレのドレスが女らしい体の曲線を引きたて、髪にはダイヤモンドが輝いている。サリーは背筋をすっと伸ばした。彼との食事はあくまでもビジネスよ。サリーは鏡のなかの自分にそう言い聞かせた。

サリーが階段を下り、エントランスホールの大理石の床に足を踏み入れるやいなや、支配人のダンが近づいてきた。サリーはダンの表情を見て、眉を上げた。

「なにか問題でも？」

「はい」ダンは広い額にしわを寄せた。「ミスター・ケストレルはゴールド・サロンにおられます。少しバカラをやりたいとおっしゃって」

「それで？」騒々しい食事客のグループがそばを通りかかり、ブルーパロットのサービスのよさを褒め

たたえると、サリーはなんとか笑顔を取り繕ってそれに応《こた》えた。

「店側が五千ポンド負けています」

「もう！」サリーの頭で警報が鳴り響いた。少し前、ジャック・ケストレルは彼女の店をつぶすと脅迫した。でも、彼が今夜それを実行に移すとは夢にも思わなかった。ジャックは店を破産させるつもりでいるのだ。

「さらに悪いことに」ダンは声をひそめ、彼女の腕を取ってカジノのほうへ急いだ。「陛下がお見えになっています」

「なんですって？」サリーは一瞬気を失いそうになった。「陛下が？　エドワード国王が？」

「はい」ダンは心配そうな表情でうなずいた。「ミスター・ケストレルと同じテーブルでバカラをしておられます。そして、ほかのお客さまと同じように負けておられます」

「まったくもう」サリーは大理石の床に靴音をかつかつと響かせながら、カジノに急いだ。ジャック・ケストレルがここまでするとは思っていなかった。今ごろおとなしくテーブルに座って、シャンパンを飲んでいるだろうと思っていたのに。ところが、彼はバカラで国王をかもにし、彼女を破産させようとしている。マティの言っていることは正しかった。ジャック・ケストレルは危険な男だ。目を離すべきではなかった。

「いかさまをしているとは思えませんが」ダンはきついアイルランド訛《なま》りで言った。「ですが……」彼の青い瞳には困惑の色が浮かんでいた。「ずっと見張っているんですが、恐ろしくついているだけなの

か、それとも……」彼は最後まで言わずに言葉を濁した。

サリーは気づかれないようにそっと戸口に立って、バカラのテーブルに着いているジャック・ケストレルを観察した。彼は椅子に手足を投げだすようにして座っていた。黒い巻き毛がひと房額にかかり、片手で無造作にカードを持っている。上着を脱いでいて、白いシャツが彼の日焼けした肌に映えてまぶしかった。

そんなジャックの姿を見て、サリーは放蕩者で鳴らした彼の先祖を思った。彼には人を惹きつけるなにかがある。物憂げで傲慢《ごうまん》な態度、みごとな仕立ての服、生まれながらに備わった気品。彼は前世紀の賭博師を彷彿《ほうふつ》とさせた。金とスキャンダルにまみれていた摂政時代のロンドンで、一夜で大金を稼ぎ、そして、一夜で財産を失った放蕩者たち。

「ミス・ボウズ」ダンの切迫した声を聞いて、サリーははっと注意を戻した。

「どうするのがいちばんいい方法かを考えていたの」

「早くなさったほうがいいですよ」ダンはきびしい表情で言った。「一万ポンド負けています」

サリーはテーブルのほかの客に視線を移した。彼女は急ぐつもりはなかった。彼女のつぎの行動いかんに、クラブを維持できるか、失うかがかかっているのだ。サリーは瀬戸際に立たされた。このままジャック・ケストレルが勝ちつづけたら……。

部屋にいる客のほとんどは常連客だった。国王は最近、友人を連れてブルーパロットを頻繁に訪れていた。負けが込んでいるにもかかわらず、上機嫌だ

った。そばにはシャンパンがなみなみと注がれた脚つきグラスが置かれている。葉巻の煙がらせんを描いて天井に上り、シャンデリアにからみついていた。国王は腫《は》れぼったいまぶたの下から勝負の行方を見守り、ときどきなにか考えごとをしているかのように手入れの行き届いたあごひげを撫《な》でた。

「恐ろしくついているな、ジャック」サリーは国王がそう言うのを聞いた。「カードではついているが、女のほうはさっぱりだろう。いくら勝ったところで、それを使う相手がいないとは、なんとも気の毒なことだな」

取り巻きが義理で笑い、ジャック・ケストレルの固く結ばれた唇に笑みらしきものが浮かんだ。サリーはジャックが女性を見つけるのに苦労しているとはとても思えなかった。彼は裕福で、ブルーパロットの客のなかにも彼ほどハンサムな男性はいなかった。それに気づいている女性はサリーだけではなかった。金色のドレスを着て、豊かな胸元をダイヤモンドで飾り、女王のように堂々としている国王の愛人のミセス・アリス・ケペルも、国王が適切だと思う以上の関心を持ってジャックを見つめていた。体にぴったりした真っ赤なシルクのドレスに、真っ赤な口紅を塗った金髪の女性がジャックの隣の椅子にしなだれかかるように座っていたが、彼はその女性の存在にまったく無関心だった。

ジャック・ケストレルは黒い目を細めてカードだけを見つめている。彼は勝負に集中していた。隣の女性はいっこうに自分に関心を示さないジャックにいらだって爪先で床をけり、赤いマニキュアを塗った指で巻きたばこの灰を落とした。

「どういたしましょう、ミス・ボウズ？」ダンがサリーの指示を待っていた。「店から放りだしますか？」

サリーは笑った。そうしたいのは山々だが、今夜は手荒なまねをするのはどうかと思えた。国王の御《み》前《まえ》では特に。

「いいえ」サリーは言った。「シャンパンとキャビアとスモークサーモンをもっと持ってきて」

「もっとですか！」ダンが眉をつりあげた。「テーブルに着いて三十分もしないうちに、ボトルを六本も空けてしまったんですよ」

「わたしの元乳母みたいなことを言うのね」サリーは言った。「わたしたちはお客さまの健康を気づかうためにここにいるんじゃないのよ、ダン。わたしたちの仕事は、お客さまが楽しめるように心を配り、できるだけお金を使わせること。ミスター・ケストレルにわたしと食事の約束があることを思いださせてくるわ」

サリーがバカラのテーブルに近づいていくと、ジャックは顔を上げた。赤い服を着た女性が彼の腕に手を置き、話しかけようとしたが、彼はその手を払いのけた。女性が不服そうに真っ赤な唇をへの字に曲げた。ジャックの熱いまなざしはサリーの顔に注がれていた。サリーはわずかに息苦しくなるのを感じた。

サリーが近づいてきたのを見て、国王は目を輝かせた。

「やあ、サリー！　どうだね？　この男のせいで、一万ポンド負けているぞ！」国王はジャックをあごで示した。「この男には店を破産させる悪い癖があ

るのだ。この辺でやめておけと言ったところだ。わたしのお気に入りのクラブをつぶされたのではたまったものではないからな」

「ありがとうございます、陛下」サリーはそう言って、ほほえんだ。

ジャックは伸びをした。白いリネンのシャツの下で筋肉が波打った。「支配人はわたしがいかさまをしているとでも思ったのかな?」彼は物憂げにたずねた。「支配人が経営者を呼ぶのは、客を放りだすときと決まっている」

サリーはジャックの目を見た。「いいえ、ミスター・ケストレル。お食事をする約束があったのをお忘れですか? このままおつづけになりたいのなら、それでもけっこうですけれど」

ジャックは笑った。目がいたずらっぽく輝く。「あなたとふたりきりでベジークをやりたいですね、ミス・ボウズ」彼はサリーの目をじっと見つめた。「わたしの今夜の賞金をすべてあなたとの一夜に賭《か》けますよ」

サリーは驚きのあまり息ができなくなった。ジャックの目はまだいたずらっぽく輝いていたが、その奥にはサリーを挑発するような表情が宿っていた。サリーは心ならずも、彼の強引な要求に体が反応するのを感じた。

テーブルがざわつき、そのあと、しんと静まり返った。赤い服を着た女性は怒った猫のように目を細め、サリーへの敵意をあらわにした。何人かの男性は気まずそうに目を見交わした。

「失礼だぞ、ケストレル」国王はジャックをたしなめた。「ミス・ボウズはそのような賭《かけ》には応じない」

「申し訳ありません、陛下」ジャックは穏やかな口調で言った。彼の視線はまだサリーに注がれていた。彼の黒い瞳の奥にあるなにかがサリーの体を震わせた。部屋には彼と彼女のふたりきりしかいないように思えた。

「わたしは欲しいものは必ず手に入れます」ジャックは言った。「賭はゲームをますますおもしろくする」彼は片方の黒い眉を上げた。「どうです、ミス・ボウズ？」

「ミスター・ケストレル」サリーは静かに言ったが、その声は辛辣《しんらつ》だった。「陛下のおっしゃるとおりですわ。すでに申しあげましたように、わたしはそのような種類の女ではありませんし、ここはそのようなクラブではありません」

「どんなものにも値段があるんだよ、ミス・ボウズ」ジャックはチップをかちゃかちゃ積みあげながら言った。

「わたしは値がつけられないほど高価なのですよ」

サリーがにこやかに言うと、国王が笑い、その場の緊張がやわらいだ。「あなたのお値段は」彼女は言った。「賞金の一万ポンドと、わたしとの食事です。お受けとりになりますか？」

「わたしなら喜んで受けとるぞ、ケストレル」テーブルにいたほかの男性客が言った。「われわれはそんな誘いは受けたことがない」

ジャックは立ちあがって、上着を着た。「喜んで食事のお誘いを受けましょう」彼は言った。「きみたちにのるかそるかの賭をするチャンスを与えるために」

ダンがシャンパンとキャビアを持ってきた。エド

ワード国王はサリーの手を取り、手の甲にうやうやしくキスをして、きみは女性の鑑《かがみ》だと言った。サリーはほっと胸を撫で下ろした。高くついたが、ジャックの勝ちを止めて、国王の機嫌も損ねずにすんだ。

ジャックはサリーの肘を取って、カジノの部屋を出た。

「わたしに怒っているんだろう？」ジャックはサリーの耳にささやいた。ジャックの息が彼女の髪を揺らした。

「そんなことが気になりますの？」サリーはきつい口調で言った。「あなたは他人にどう思われようとまったく気になさらない方のように見えますけれど、ミスター・ケストレル」

ジャックは笑い、おもしろそうに目を輝かせた。

「まさにそのとおり」彼は言った。「わたしと勝負すれば、まだ一万ポンド取り返せる」

サリーはジャックをちらりと横目で見た。「わたしが先ほど申しあげたことを信じておられないのだとしたら、あなたはよほど鈍感な方ですね」サリーは彼のほうを向いた。廊下にはふたりきりで、ほかにだれもいなかった。「コニーのことで、わたしに仕返しなさりたいんでしょう？　店を破産させて、つぶす。あなたの目的はわたしを破滅させることだわ」

「きみは誤解している」ジャックは片方の手を上げて、指の背で彼女のあごの線をなぞった。「わたしが欲しいのはきみだ、サリー・ボウズ。昨夜《ゆうべ》初めて会ったときからきみが欲しかった」

サリーは一瞬息ができなくなった。一歩後ろに下

がると、汗ばんだ手のひらに漆喰《しっくい》の壁のなめらかでひんやりとした感触を感じた。人目があろうとなかろうとジャック・ケストレルがまったく気にしないのはわかっていた。国王の前で女性を誘うような男だ。廊下で彼女にキスをすることくらいなんでもないだろう。サリーはめまいがして、体がかっと熱くなった。

「こんなところで――」サリーは言いかけたが、ジャックは彼女に最後まで言う機会を与えなかった。顔を近づけてサリーにキスをし、彼女の下唇をそっと嚙《か》んだ。うずくような欲望が全身に広がり、サリーは彼の唇の下で唇を開いた。ジャックはサリーの唇を心ゆくまで味わい、彼女は雷に打たれたような衝撃を受けた。こんな経験をするのは生まれて初めてだった。

ふたり連れが廊下をこちらにやってきたので、ふたりはぱっと離れたが、彼らは好奇の目でサリーたちを見た。サリーは明かりから顔をそむけた。自分がどんな顔をしているのかわからなかったが、感情がすべて顔に表れているような気がして怖かった。心臓が激しく打っている。彼女は震えていた。ジャックは事務室でしたように、片手でサリーのあごをつかんで、顔を明かりのほうに向けさせた。キスをしたばかりのふっくらした下唇を親指でなぞられると、欲望が全身を駆け抜け、サリーは思わず声をあげそうになった。

「サリー……」ジャックの声はかすれていた。「どこに行けばいい？」

サリーはジャックがなにを言おうとしているのかに気づいて、はっとわれに返った。

「だめよ」彼女は言った。そして、かすかに眉を寄せた。

ジャック・ケストレルになにも感じていない、彼を求めていないふりをするのはもう無理だ。体は嘘《うそ》をつけない。彼女は自分の気持ちに正直になろうとした。

「あなたは急ぎすぎているわ」サリーは言った。「わたしはこんな気持ちになるのに慣れていないの。あなたとこんなふうになるなんて信じられない……」

サリーはジャックの硬い表情が少しだけやわらいだのに気づいた。

「すまない」彼は言った。「つい熱くなってしまって――」

「そうね」サリーは鮮やかな濃いピンク色のドレスの腰のあたりを撫で下ろした。彼女の動きはぎこちなく、まだ手が震えていた。「ごめんなさい」彼女はささやいた。「失礼させていただくわ、ミスター・ケストレル」

ジャックはサリーの手首をつかんだ。「食事の約束を忘れないで」彼は言った。唇の端にちらりと笑みが浮かぶ。「わたしの賞金だ。きみはわたしから逃げることはできない」

サリーは永遠とも思えるほど長いあいだ、ジャックを見つめていた。「食事をごいっしょするだけよ」彼女は言った。

ジャックはお辞儀をした。「けっこう」

「少し待っていてちょうだい」

ジャックはうなずいた。「その顔で食堂に行ったら、大変なことになる」彼はからかうように目を輝

かせて言った。やさしさと満足が入りまじった彼の表情を見て、サリーはどきりとした。「まるで……愛し合った直後のような顔をしている」

サリーはふたたび激しい欲望が全身を駆け抜けるのを感じた。彼女が自分を求めているのに気づいて、ジャックの黒い瞳が欲望に翳《かげ》った。ジャックはふたたびサリーに手を伸ばしたが、彼女は身をよじってその手を振りほどき、廊下を急いで化粧室に向かった。さいわい、化粧室にはだれもいなかった。彼女はそっとドアを閉め、ドアにもたれて目を閉じ、乱れた呼吸を整えた。

いったいどうしてしまったのかしら？　ジャック・ケストレルがわたしの貞節と生活そのものを脅かす危険があることを忘れるなんて。彼のキスがあまりにすばらしくて、つい応じてしまったというのは言い訳にならない。わたしはきっとどうかしていたんだわ。シャンパンは一滴も飲んでいないのに、理性がどこかに吹き飛んでしまったようだもの。

〝彼がわたしを求めているのと同じくらい、わたしも彼を求めていた〟

サリーは目を開けた。今でも、体にはジャックの手の感触が残っている。彼にキスをされたとき、信じられないことに体がとろけそうになり、全身が熱くなるのを抑えることができなかった。彼女は唇に手を当てた。

サリーはあまりキスの経験がなかった。特に、あんなふうにキスをされたのは初めてだった。ジョナサンと婚約していたとき、彼がサリーにキスをしたのは、数えるほどだった。それも、唇を軽く触れ合わせるだけのお行儀のいいキスだった。サリーに少

しでも経験があれば、結婚後に待ち受ける困難を予測できたかもしれない。ジャックのキスは激しく、欲望があらわになっていた。それが、サリーの心を裏切らせたのだ。彼女は今まで自分が男性に求められていると感じたことがなかった。男性に激しく求められ、全身が震えるような経験をしたことは一度もなかった。ジャックにキスをされたとき、サリーは欲望で体が震えて感情の渦にのみこまれ、ほかのことをすべて忘れてしまった。

サリーは小さな赤いフラシ天のスツールに腰を下ろして、鏡に映る自分の顔をぼんやりと見つめた。ジャックが言っていたように、まるで愛し合ったあとのような顔をしている。彼女はジャックに誘惑され、彼と愛し合いたかった。ジャックは突然サリーの前に現れ、たった二回会っただけで、彼女が慎重に築きあげた防御の壁を突き崩してしまった。ジャック・ケストレルによって、サリーは生まれて初めて肉体の喜びを知った。ジャックは彼女をすばらしくみだらな気分にさせ、自分が魅力的になったように感じさせた。それだけで、彼女の体は熱く燃えあがった。

サリーは小さなため息をもらして髪を撫でつけ、ヘアバンドの位置を直して、ピンがきちんととまっているかどうか確認した。そして、ドレスの乱れを直した。これでまた、流行の最先端をいくおしゃれなブルーパロットの経営者に戻った。それでも、なにかが違って見えた。唇がジャックのキスでわずかに腫れ、目には昨日まではなかった輝きがあった。彼女のなかで長いあいだ眠っていた欲求や欲望という感情が突然目を覚まし、解き放たれるのを待って

わる。

いた。

サリーは壁にかかっている小さな金の時計にちらりと目をやった。あと数時間辛抱すれば、ジャック・ケストレルという危険な存在から解放される。コニーに話をして、手紙を渡すように言い、それをジャックに送り返せば、すべてが終わる。彼には二度と会うことはないだろう。このあやまちもいずれ忘れられる日が来るにちがいない。今まで生きてきた人生を投げだして、奔放にふるまいたい衝動はあまりに大きく、自分でも怖くなるほどだった。そんな感情に身を任せるのは簡単だが、そのあとになにが待ち受けているのかはだれにもわからない。

サリーはなんとか理性を取り戻そうとした。何度か深呼吸して、気持ちを落ち着かせた。ジャックといるのもあと数時間。数時間後には……すべてが終

3

まったくなんていう女だ！　どうしてこんなに落ち着いた顔をしていられるんだ？　あんなに激しいキスを交わしたばかりだというのに。こっちは彼女を抱きたくて欲望に体が熱く燃えあがっているというのに、どうしてこんなに涼しい顔をしていられるのだ？

ジャックは自分のほうにゆっくりと近づいてくるサリーをじっと見つめた。ウエイターは彼を食堂のいちばんいい席に案内した。席は奥の人目につかない壇上にあり、椰子《やし》の木の垂れさがった緑の葉が目隠しになっていた。どこからともなく、弦楽四重奏の調べが静かに聞こえてきた。上品で落ち着いた雰囲気で、極めて洗練されている。料理のにおいもまた格別だった。

だが、ジャックはすでに食欲を失っていた。少しもくつろげなかった。サリーを待つあいだ、全身に張りめぐらされたありとあらゆる神経がぴんと糸を張ったように張りつめ、今にもぷつんと切れそうになっていた。サリーは立ち止まり、ほかの客の挨拶《あいさつ》に笑顔で応《こた》えていた。鮮やかな濃いピンク色のシルクのドレスを着た彼女は女神のように気高く、じつに魅惑的だった。ジャックは彼女がカードルームに入ってきた瞬間に気づいた。気づかない男などいるだろうか？　部屋にいた男は全員彼女を見た。足首まで覆う細身のドレスは、彼女の女らしい体の曲線

を余すところなく見せていた。ジャックは口のなかがからからに渇くのを感じた。なめらかなシルクのドレスの上からその曲線を愛撫《あいぶ》したことを思いだすと、息が苦しくなった。なんてことだ。今夜の目的はもはやひとつしかない。サリー・ボウズの体からあの魅惑的なシルクのドレスをはぎとって、ベッドに連れていくのだ。こんなに女性が欲しいと思ったのは生まれて初めてだ。

サリーがテーブルにやってくると、ジャックは立ちあがった。彼女はふたりのあいだになにもなかったかのように、ジャックによそよそしくほほえみかけたが、それがかえって彼を刺激した。彼は廊下でも自分を抑えるのがやっとだった。ジャックの体はまだなかば興奮状態にあった。

「お待たせしてごめんなさい」サリーは言ったが、少しも悪いと思っているようには聞こえなかった。

「いや、それほどでも」ジャックは言った。「だいぶ落ち着いたようで安心した」サリーの顔からその落ち着き払った仮面をはぎとってやろうとしてわざとつけ加える。「さっきはかなり動揺していたようだから」

サリーの頬がほんのり赤く染まった。ジャックの視線を避け、ナプキンを広げるのに忙しいふりをしている。「おかげさまで」彼女は言った。

ジャックはサリーが頬を染めるのを見て大いに満足した。彼女は見た目ほど冷静ではない。冷静なふりをしているだけなのだ。実際には彼女も緊張している。ふたりの情熱を元の状態に戻すのに、あるいは、さらに燃えあがらせるにはそれほどむずかしいことではないだろう。ジャックは今夜必ずそうして

みせるとひそかに誓った。だが、今はサリーを怖がらせないように慎重に攻めなければならない。

「それにしても、じつにすばらしいクラブだ」ジャックはつづけた。「これはすべてきみのものなのかい？」

サリーがほほえむと、口の横に小さなえくぼができた。「一部は」彼女は言った。「ほかは投資家のものです」

ジャックはサリーの率直な答えに驚いた。「つまり、抵当に入っているということなのか？」

サリーは肩をすくめ、目にわずかに警戒するような色を浮かべた。ジャックは思った。彼女はわたしが彼女の店をつぶすと言ったことを思いだしているのだろう。財政的な弱点をわたしには知られたくないはずだ。

「この建物はわたしのものです」サリーは言った。「それは重要なことです」

ジャックはウエイターに手を振って下がらせると、自分でサリーのグラスにシャンパンを注《つ》いだ。「どうしてここを手に入れることに？　ふつう、女性はこのような場所にある物件には興味を示さないものだが」

「祖母が遺《のこ》してくれたんです」サリーは言った。「もちろん、元は個人の邸宅でしたけれど、維持するお金がなかったので、クラブを開くことに決めたんです」

クラブをここまで成功させるからには、彼女には経営の才覚があるにちがいない。ジャックはそう思った。

「おばあさまが生きていらしたら、きみがクラブを

開くことに賛成してくれただろうか?」彼はたずねた。

「いいえ、ミスター・ケストレル」サリーは笑った。「祖母はヴィクトリア朝の典型的なレディで、とても保守的な考えの持ち主でしたから。祖母はわたしのあらゆることに批判的でした。自由にのびのびと育てられたことから、支持している政党に至るまで」サリーはジャックの目をじっと見つめた。「わたしは全国婦人参政権協会に所属しているんです、ミスター・ケストレル。妹のペトロネラは好戦的な婦人参政権論者です」

「知っている」ジャックは新聞でペトロネラ・ボウズの名前を目にしたことがあるのを思いだした。「彼女は今年の初めごろに、ダウニング街の手すりに鎖で体を縛りつけた女性のひとりだ」

「ええ」サリーはなにか考えこんでいるような表情で、シャンパングラスを下から上に指でなぞった。「ネルはとても熱心に運動に取り組んでいます。夫が亡くなってから、ますますのめりこむようになって。おそらく、それで夫を亡くした寂しさを紛らしているんでしょう。彼女は運動に使命感を抱いています」彼女はジャックを見た。「女性が政治的な意見を持つのはお嫌いですか、ミスター・ケストレル? 多くの男性はそうです」

ジャックはほほえんだ。「さいわい、わたしは女性と対等に渡り合えるだけの自信があるので、ミス・ボウズ」

サリーは思わず声をあげて笑った。「女性が権利を持つのに反対するのは、知的な女性に脅威を感じている男性だけですものね」

「そういう男にかぎって偉そうに意見を言うが、彼らの意見は往々にして聞くに値しない」ジャックはそう言って、身を乗りだした。「ところで、ミス・ボウズ、きみは男性になにを求めている？」

ジャックはサリーの目から輝きが失われるのに気づいた。「廊下であんなことがあったあとでこう言うのはなんですけれど」彼女は言った。「わたしは男性にはなにも求めていません、ミスター・ケストレル」彼女は緊張した声で言った。

ジャックはサリーの手の甲にそっと手を触れた。「政治信条のせいで？　でも、婦人参政権論者が全員男性を敵視しているわけではないだろう？」

「ええ」サリーはジャックの手の下から手を引き抜いた。彼の目を見る彼女の目は率直だった。「もちろん、政治信条が原因ではありませんわ、ミスター・ケストレル。わたしは一度結婚したことがあって、結婚を肯定的に見られなくなっているんです」

「もしそうなら」ジャックは言った。「わたしたちのあいだに起きたことはどう説明するつもりなんだ？」

「あれは……」サリーは少しもじもじして、肩をすくめた。「あれは……なんて言ったらいいのかしら？　生理的な反応？　肉体的な惹《ひ》かれ合い？」

「欲望？」ジャックは助け船を出した。

「欲望。そうかもしれないわ」サリーはふたたび、物思わしげにグラスの脚を上から下に撫《な》で下ろした。今度はジャックが椅子の上でもじもじした。

「聞くところによると」サリーは言いたした。「あなたは恋愛がお好きなようですね、ミスター・ケストレル？」彼女は彼にちらりとほほえみかけた。

ジャックは眉を上げた。「わたしのよくない噂《うわさ》を耳にしたんだな」彼は言った。特に驚くようなことではない。ロンドンじゅうが彼の噂をしているように思えた。いったいどんな噂をしているのかジャックは気になった。

サリーはほほえんだ。「あなたはそういうことには慣れていらっしゃるでしょう？　あなたのような男性は」

「わたしのような男性？」ジャックは挑戦的な表情を浮かべた。「わたしはどんな男性かな、ミス・ボウズ？」

サリーはジャックに突然たずねられてもたじろぐことなく、ゆっくり時間をかけて答えた。「裕福な成功した実業家で、女性にも不自由しない、自信に満ちあふれた男性」

ジャックは笑った。「わたしをそんなふうに見ているのか？」

「そうじゃありませんの？」

ウエイターがダマスク織りのナプキンに包まれたアスパラガスを運んできて、銀の大皿によそった。おかげで、ジャックはサリーの質問に答えずにすんだ。サリー・ボウズに過去の女性関係について話すつもりはなかった。彼が関心があるのはふたりの未来だけだ。不幸な過去の恋愛について、マーレとの関係について、ジャックは今までだれにも話したことはなかった。

結婚していたころの話をサリーにききたかったが、それは早すぎるように思えたし、なにより、彼女に拒絶される恐れがあった。サリーは意図的にわたしと距離を置いている。ジャックは今夜ひと晩じゅう、

この位置にとどまっているつもりはなかった。恋愛感情は信じていないが、ふたりが肉体的に惹かれ合っているのは確かだ。彼はサリーに対して抱いている欲望を満たすつもりだった。

ジャックはサリーがアスパラガスの茎にフォークを刺してバターをつけ、おいしそうに食べるのを見つめた。

「わたしが勝手に注文してしまって、気を悪くなさらないといいのですけれど」彼女は言った。「どの料理がいちばんおいしいか、わたしがいちばんよく知っていますので」

ジャックは考えこむように首を傾《かし》げた。「つまり、きみはわたしが進んで女性に決定権を与える男だと考えているんだね？」

ふたりの目と目が合い、視線がからみ合った。サリーが指についたバターを舐《な》めると、ジャックはまたしても欲望が矢のように体を突き抜けるのを感じた。政治の話に戻ったほうがいいかもしれない。彼はしぶしぶ思った。いつもなら、政治の話をするのは情熱を冷ます有効な手段だったが、相手がサリー・ボウズだと、どんな話題でもみだらな空想をかきたてられてしまう。今までなんとか欲望を抑えつけてきたが、いつまで抑えられるか自信がなかった。

「あなたは支配欲を放棄するような男性には見えませんわ」サリーは言った。「わたしの事務室にいらしたときの態度をお見受けするかぎり、あなたがおとなしく女性に従うとは思えません」

ジャックは苦笑いした。「わたしのことはなんでもお見通しのようだ、ミス・ボウズ」

「ええ」サリーは落ち着いて答えた。

彼女の冷静さと率直さ、クラブの経営者としての威厳すら感じさせる態度が、ジャックの体を流れる血をさらに熱く燃えあがらせた。食堂がひどく暑く感じられた。

「わたしがきみをどう見ているかきかなくてもいいのかな?」ジャックはたずねた。

サリーがほほえみ、ふたたび頬にえくぼができた。「ええ、その必要はありませんわ、ミスター・ケストレル。わたしは自分のしていることに誇りを持っていますので、あなたに認めていただかなくてもけっこうです。それに、批判も受けたくありません」

彼女の口調が変化した。「批判なら、ほかでたくさん受けていますので」

ジャックは眉を上げた。「政治信条が原因で?」

「ほかにもいろいろあるんです」サリーは軽く手を振った。「女ひとりでこのようなクラブを経営しているいわくつきの未亡人とか」彼女は彼を見た。「あなたはご存じないかもしれませんけれど、夫が急死したとき、わたしは夫と離婚する寸前だったんです。わたしが離婚によって被る損害と不名誉を免れるために夫を殺したのではないかと警察に疑われたほどです。これ以上の悪い評判はありませんでしょう?」

「きみがほんとうにご主人を殺したのなら」ジャックはこともなげに言った。彼はサリーの告白に動揺してはいなかった。世のなかのありとあらゆるものを見てきたので、たいていのことには驚かなくなっていた。それでも、サリーの夫がどんな男だったのか興味を引かれた。甘くすてきな夢を打ち砕かれ、夫の死によって望まぬ形で結婚に終止符が打たれる

前、サリー・ボウズは男性になにを求めていたのだろう？　彼女が道徳観念のもろい上流階級の女性とは違って、男に身を任せるのに慎重になるのも無理はない。

サリーは小さく笑った。「わたしはジョナサンを殺してはいません。ときどきそうしたい誘惑に駆られたのは事実ですけれど。夫はインフルエンザで亡くなりました。あの年はインフルエンザが猛威を振るった年だったんです。わたしもかかりましたが、なんとか生き延びました」

「ご主人はどんな男性だったんです？」ジャックはたずねた。

サリーは表情を曇らせ、目を伏せた。「夫は意志が弱く自堕落で、虐待、不貞と、離婚を申したてるのにじゅうぶんな根拠を与えてくれました」彼女は言った。ジャックはほんの一瞬彼女の目に孤独の色がよぎるのを見たが、彼女は肩をすくめてふたたびシャンパングラスを手に取った。「ごめんなさい。あなたが外国にいらしたのを忘れていました。あなたがわたしの評判の悪い過去を知っているはずはありませんね」彼女は彼を見あげた。「離婚となればそうですけれど、当時は大変な騒ぎだったんです」

ジャックにも容易に想像がついた。彼女が被害者であろうとなかろうと、離婚は女性の評判をおとしめ、離婚した女性は社交界から締めだされる。裁判にまでなったとすれば、サリーは夫の死によって不名誉の烙印《らくいん》を押されることはなかったが、それでも、評判に傷がついたことに変わりない。彼女がブルー・パロット・クラブの経営者として、自らに新しい役割を与えなければならなかった事情もよくわかる。

そして、彼女はそれを立派にやり遂げた。

「すまない」ジャックは言った。「つらいことを思いださせてしまって」

サリーは軽く肩をすくめた。「さいわい、わたしには遺産がありました。もっと悲惨な目にあっていたかもしれないんです。これで、わたしにとってこのクラブがどれだけ大切か、おわかりいただけたでしょう」

それが自分に対する警告であることにジャックは気づいた。サリーはわたしが彼女からすべてを奪いとってやると脅したことを忘れてはいないのだ。彼女はわたしを信用していない。これまでのつらい経験によって、おそらくだれも信じられなくなってしまったのだろう。ジャックが彼女に激しい欲望を抱いているように、彼女もまた彼に欲望を抱いているが、心までは奪われていない。ふたたびジャックの血がわきたった。サリー・ボウズを必ず落としてみせる。

「コニーについてわたしが言ったことはほんとうです」サリーは突然言った。自分を見つめるサリーのまなざしの強さにジャックはどきりとした。「妹があなたのおじさまを強請《ゆす》ろうとしていることはまったく知りませんでした」

ジャックはうなずいた。「きみを信じよう」彼の本能はミス・ボウズはほんとうのことを言っていると伝えていた。

サリーはうなずき、唇にほっとしたような笑みを浮かべた。「ありがとうございます」

ウエイターが皿を下げ、雉肉《きじ》に小さな野菜が添えられた皿を運んできた。シャンパンも新しいボトル

が運ばれてきた。ジャックは意識して話題を変え、さらにビアリッツやモンテカルロ、社交界や文化、さらには新しい自由党について話をした。サリーにきかれたので、軍を除隊したあとに始めた飛行機のビジネスについても少し話した。そうしているあいだも、すぐそばに座っているサリーが気になってしかたがなかった。サリーがほほえみ、低くかすれた声で話すたびにどきりとし、彼女の指が上着の袖《そで》をかすめただけで椅子から飛びあがりそうになった。身を乗りだし、彼女にキスをしたくてたまらなかった。もうすぐだ。そう言い聞かせて、ジャックはなんとか自分を抑えた。

照明が暗くなり、音楽が静かなピアノの演奏に変わった。ウエイターがクリームケーキを運んできた。ケーキの表面にはビターチョコレートで渦巻き模様が描《か》かれ、砂糖漬けのすみれの花が添えられている。シャンパンのボトルは空になっていた。

ジャックの頭のなかはサリーをどうやって誘惑するかでいっぱいだった。彼が女性を誘惑するのにこれほどまでに慎重、かつ入念に計画を立てるのはいまだかつてないことだった。

「コーヒーはいかがですか、ミスター・ケストレル？」デザートを食べ終えると、サリーはスプーンを置いた。頬にクリームがついていた。「それとも、ブランデーになさいますか？　葉巻は？」

「いや、けっこう」わたしが欲しいのはサリー、きみだけだ。コーヒーもブランデーも葉巻も欲しくない。彼は手を伸ばして、サリーの頬についたクリームをそっと拭《ぬぐ》った。彼女の肌は驚くほどやわらかかった。彼女の頬を手で包み、なめらかな肌にずっと

触れていたい。いったいどうしてしまったんだ？　ジャックは自分自身の欲望の強さにたじろいだ。女性の扱いに慣れたジャックがこんなふうになるのはめずらしいことだった。「頬にクリームがついていた」彼は言った。声が少しかすれていた。

「まあ！」サリーの恥じらう顔がまたかわいらしく、ジャックは保護本能をかきたてられ、彼女を守ってやりたくなった。サリーは目に警戒するような表情を浮かべて身を引いたが、ジャックは彼女の手をつかんだ。

「庭を案内してほしい」彼は言った。「外に出よう」

ふたりのあいだの緊張が高まるのが肌で感じられた。サリーは唇を噛《か》んだ。

「ミスター・ケストレル、それはいい考えだとは思えないわ」

ジャックは最高にいい考えだと思った。暗いあずまやを見つけ、サリーを抱き締めてもう一度キスをする……。これ以上にいい考えがあるだろうか？

「きみが望まないかぎり、きみには指一本触れないと約束する」ジャックは嘘《うそ》だとわかりつつ言った。

サリーの目にためらいの色が浮かんだ。彼女も迷っているのだ。暗闇《くらやみ》のなかでふたりきりになればなにが起きるか、サリーもジャックと同じようによくわかっていた。ジャックの誘いに応じたい強い誘惑に駆られたが、まだ彼を警戒していた。ジャックはサリーの手を取り、親指で手の甲をなぞった。彼女はかすかに震えていた。

「きみの庭はムーラン・ルージュの庭をモデルにしたそうだね」彼は言った。「きみが自ら設計したと聞いた。ぜひ、見てみたい」

サリーがあきらめたように笑い、わずかに緊張がやわらいだ。「張り子の象や、作り物のゴシック様式のお城はありませんけれど、とてもきれいな庭です」

「それなら、ぜひ案内して……」ジャックは息を凝らしてサリーの返事を待った。やがて、サリーはうなずいたが、その表情からはなにも読みとることができなかった。

「わかりました」彼女は言った。

ふたりは食堂を出ると、庭に通じる大きなドアに向かって、赤い絨毯《じゅうたん》が敷きつめられた廊下を歩いていった。ジャックは体にぴったりした鮮やかな濃いピンク色のドレスを着たサリーが腰を左右に揺らしながら前を行くのを見て、欲望に体がこわばるのを感じた。女性をこんなに欲しいと思ったのは生まれて初めてだ。彼女が欲しくて気が変になりそうだった。一度彼女とベッドをともにすれば、自制心を脅かしているこの欲望も満たされるだろう。ふたりは経験のある大人同士だ。いつでも好きなときに好きな場所で愛し合うことができる。彼女はルールを知っているはずだ。情熱に身を任せる準備もできているにちがいない。ジャックは両手をポケットに突っこんで、彼を狂気に押しやろうとしている欲望を強引に抑えつけた。そうでもしなければ、今ここで、この廊下の壁にサリーを押しつけて奪ってしまいそうだった。

庭に出て、薔薇《ばら》の茂みのあいだの曲がりくねった小道を進むと、茂みにつるされた紙製のランタンが夏の風に吹かれてかすかに揺れた。暖かい夜だったが、サリーは震えていた。

「風邪をひくといけない」ジャックはそう言って、上着を脱いでサリーの肩にかけた。

「わたしはだいじょうぶ……」サリーは上着の折り返しをつかんだ。暗闇のなかで彼女の目は大きく見開かれ、はしばみ色の瞳がほとんど黒く見えた。

「なかに戻ったほうがいいわ」彼女はためらいがちに言った。まるでジャックの欲望が彼女に伝わり、その強さに怖《お》じ気《け》づいたかのように。「こんなことは間違っているわ。それに、コニーが戻ってくるかも――」

「コニーのことなどどうでもいい」ジャックは思わず声を荒らげ、サリーの腕に手を置いた。「彼女のことは話したくない。今はなにも話したくないんだ。サリー」

サリーは問いかけるように顔を上に向けた。それはまさにジャックが望んでいたことだった。サリーの息が彼の顔にかかり、彼女のつけている夏に咲く花のようにさわやかでかぐわしい香りに包みこまれた。

ジャックは頭を下げて、サリーにキスをした。完《かん》璧《ぺき》だ。まさに教科書どおりの放蕩《ほうとう》者の誘惑の手段だ。ほかの状況なら、ジャックは大いに誇らしく思っただろう。だが、ただひとつ予想外のことが起きた。彼自身の反応だ。今度は準備ができているし、自分を抑えられると思っていたのに、唇がサリーの唇に触れた瞬間、理性は興奮にのみこまれて消し飛んだ。あまりの欲望の激しさに彼は思わずたじろいだ。サリーははっと息をのみ、ジャックの腕のなかで身をすくませたが、やがて力を抜き、彼の唇の下で唇を開いた。ジャックはサリーを抱きよせ、両腕で

きつく抱き締めると、奪うような激しいキスと誘惑するようなやさしいキスを繰り返した。サリーは両の手のひらをジャックの胸に押しあて、欲望のおもむくまま彼に応えた。サリーはチョコレートと無垢《むく》な少女の味がして、ジャックはとうとうこらえきれずに、彼女の口に舌を差し入れた。だが、ジャックは経験を積んだ男だった。うぶな少年ではない。かろうじて踏みとどまり、あせるなと自分に言い聞かせながら、やさしくも荒々しく彼女の口のなかを探った。今度は奪うのではなく、彼女のなかの情熱も目覚めさせたかった。引き返せないところまで、彼女を燃えあがらせるのだ。

サリーの肩からジャックの上着が滑って地面に落ちた。彼女が震えているのを感じて、さらに強く抱き締める。鮮やかな濃いピンク色のドレスはなめらかだったが、ジャックが感じたいと思っているのはシルクの感触ではなかった。サリーの肌に触れたい。彼女を裸にして、素肌を合わせたかった。ドレスを脱がせ、この手がサリーの女らしい曲線を記憶するまで丹念に愛撫し、彼女にこの上ない喜びを与えたかった。

「きみと愛し合いたい」

ジャックがサリーの唇にささやきかけると、彼女は洗練された大人の女性とは思えない反応を示した。あっと小さな声をあげて、身を引いたのだ。体が震えている。サリーは後ろに下がり、彼の腕から離れた。

「ジャック、わたしは……」

「きみもわたしを求めている」ジャックはそう確信していた。そして、彼はそれを彼女に認めさせよう

とするほど傲慢《ごうまん》だった。

「ええ……」サリーは正直に認めたが、そのあと、ジャックを諭すように言った。「でも、いけないわ、ジャック。コニーとあなたのいとこのことを忘れたの？　三時間前にあなたはわたしの店をつぶすと脅したのよ」

ジャックはそのことをすっかり忘れていた。サリーを抱き締め、キスをしているあいだにそんなことはどうでもよくなった。まったく考えなかったわけではないが、燃えさかる欲望にためらいは吹き飛んだ。ジャックはなにも答えずに震えながらじっと立っているサリーにふたたび手を伸ばし、愛撫とキスで彼女を説得しようとした。

ジャックはサリーの体から力が抜けるまでキスをした。彼女の膝ががくがく震えだして今にもくずおれそうになり、彼女の口のなかに甘い降伏の味が広がった。彼女はわたしのものになる。ジャックはそう確信した。勝利に酔いしれ、危うく達してしまいそうになった。彼はサリーを腕に抱きかかえて、クラブのドアのほうに歩いていった。サリーはジャックの肩に頭をもたせかけていた。彼女の髪が彼の頬をかすめた。

「従業員専用の階段が」サリーはささやいた。「だれにも見られたくないの……」

ジャックはサリーを腕に抱きかかえたままクラブのホールに入っていって、正面の階段から堂々と彼女を寝室に連れていきたい誘惑に駆られた。いや、だめだ。彼はその考えをしぶしぶ退けた。自分は世間でどう言われようとかまわないが、サリーには商売上守らなければならない評判がある。それは尊重

しなければならない。テラスのドアに着くと、ジャックはサリーをそっと下ろして廊下に導き、彼女の事務室と厨房《ちゆうぼう》に通じる目立たないドアを通り抜けて、三階にある寝室に上っていった。明かりに照らされ、サリーが夢を見ているようなぼんやりとした表情をしているのがわかった。高まる欲望に唇は開かれ、呼吸は速くなっている。それでも、ジャックは彼女に考え直す間を与えたくなかった。階段を曲がり、暗い踊り場に出ると、サリーを抱きよせて彼女の背中を手すりに押しつけ、ふたたび魂が燃えあがるようなキスをした。サリーが喉の奥で驚きと喜びの声をあげるのを聞いて、ジャックの欲望の証《あかし》はますますこわばった。彼女の腰に腰を押しつけ、息ができなくなるまで長く深いキスをした。

驚いたことに、サリーはジャックの手をつかんで残りの階段をいっしょに駆けあがり、踊り場の先にあるドアに彼を引き入れて廊下に入ると、自分の部屋に向かった。

ジャックはドアに鍵《かぎ》をかけ、そこに立ったままサリーを見つめた。ランプがひとつだけ灯《とも》されていて、やわらかい光を浴びた彼女は信じられないほど美しかった。彼女があえぐように息をするたびに、胸のふくらみが上下し、髪は乱れてヘアバンドから飛びだし、やわらかい唇は彼のキスで赤くふくらんでいる。

ジャックはその場から動けなくなった。放蕩者らしく、サリーに気が変わる間を与えず、とことんまで誘惑するつもりだったのに、今の今になって彼はためらっていた。

「いいんだね?」ゆっくりとたずねる。「きみはほ

んとうにこうすることを望んでいるんだね？」

サリーが美しい瞳を大きく見開いた。ジャックは一瞬、彼女に拒まれるのではないかという恐怖に襲われた。なぜ彼女に拒否されるのがそれほど恐ろしいのか自分でもよくわからなかったが、とにかく怖かった。そのあと、サリーはほほえみ、ジャックは安堵《あんど》のあまり、床に座りこんでしまいそうになった。

「ええ」サリーは言った。「そうよ」

サリーは今まで生きてきた人生で、これほど自分の気持ちに確信を持てたことはなかった。こんなことをするのは自分らしくないとわかっていたし、ジャック・ケストレルと愛し合うのは愚かだということもわかっていた。それでも、かまわなかった。彼女はとても大胆な気持ちになっていた。

食事のときに、ジャックに結婚生活が破綻《はたん》していたことは話したが、そのときにどんな気持ちだったかまでは話さなかった。夫のジョナサンに拒否されたときのとまどいと悲しみ、彼に怒りをぶつけられたときの恐怖と痛み。サリーは、自分は不器量で魅力がなく、だれからも愛されないのだと思いこんでいた。自分は外見が美しくないばかりではなく、生まれながらにしてなにか欠陥があるにちがいない。そう思いこんでいた。サリーのような階級に生まれた女性がみなそうであるように、ジョナサンと結婚するまで彼女は父親の庇護《ひご》のもとにあり、結婚したあとは当然夫の庇護を受けられるものと思っていた。ところが、結婚してから人生の歯車が狂いはじめた。そして、ふたつの悲劇が彼女を襲った。父親が亡くなり、結婚が失敗に終わった。

それから五年、サリーは悲しい過去を忘れ、天から美しさを授かったのはコニーで、自分は美しくはないが知性を授かったのだと言い聞かせてクラブを成功させることに情熱を注いできた。そして、ジャック・ケストレルが突然彼女の前に現れた。彼の欲望は乾ききった大地に降り注ぐ雨のようだった。サリーは決心した。軽率で無謀な行動かもしれないが、肉体的な喜びがどういうものなのかどうしても知りたかった。

サリーは当然ジャックが導いてくれるものと思っていたので、今になってためらう彼を見て急に不安になった。彼女は勇気を奮い起こして、まっすぐ彼に近づいていった。

「ドレスを脱がせてもらわないといけないわ」サリーは言った。「ごめんなさい。でも、手を借りないと脱げないのよ」

ジャックはようやくほほえんだ。サリーはおなかの下のあたりが熱くなるのを感じて、思わず爪先を丸めた。ジャックはサリーに後ろを向かせてポワレのドレスのボタンをはずしはじめた。彼女のうなじに唇を近づけ、あらわになった肌にキスをし、舌でなぞり、彼女の全身を粟立《あわだ》たせた。ドレスが衣擦《きぬず》れの音をたててするりと床に落ち、サリーはドレスから足を抜いた。そして、靴も脱ぎ捨てた。シルクのストッキングに包まれた爪先がふかふかの絨毯に沈みこむ。コルセットを身に着けたままでいると、サリーは突然いつも彼女を悩ませている恐怖に取りつかれた。わたしは魅力のない醜い女だ。ジャックはそんなわたしを見て気が変わり、立ち去る言い訳を考えているのではないだろうか？　サリーは急に寒

気を感じて、体に両腕をまわした。

ジャックはサリーを自分のほうに振り向かせ、彼女の目をじっと見つめた。サリーはジャックの顔に表れた表情を見て、興奮に胸を高鳴らせた。ジャックはこの世でいちばん美しいものを見るようなまなざしで彼女を見ていた。ジャックは彼女の肩にそっと手を置き、その手で腕を撫で下ろして手首をつかんだ。

「サリー」彼は言った。「きみのように美しい女性はほかにはいない」

サリーは信じられないという思いでジャックを見つめた。ジャックは一歩サリーに近づくと、ヘアバンドの端を引っ張って、彼女の髪が肩にはらりと落ちるままにした。ピンが音もなくふかふかの絨毯の上に落ちたが、そんなことにはかまわず、ジャックはサリーの髪に手を巻きつけてそばに引きよせ、唇にふたたびキスをした。その瞬間、世界がぐるぐるまわりだし、サリーはジャックの唇がもたらす喜びのあまりその場に倒れそうになった。しかし彼はサリーを抱きあげ、大きなダブルベッドのまんなかに寝かせた。

「すまない」彼は言った。「わたしは忍耐力のあるほうではないのだ」

サリーはわけがわからずにジャックを見た。今になって、やめたと言うつもりなのかしら？　それは危険よ。もしそうなら、わたしは欲求不満のあまり、あなたを殺してしまいそうだわ。ジャックがいなくなると、マットレスが大きく上下した。サリーはなんとかベッドの上に体を起こした。かちっという音がして、音のするほうに目をやると、ジャックがテ

ーブルの上に置いてあったマティの裁縫ばさみを手に取るのが見えた。ランプの光を浴び、はさみの刃《やいば》が銀色に鈍く輝いた。ジャックがなにをしようとしているかに気づいて、サリーは喉の渇きをおぼえた。マティのはさみは仕立屋が使うような大きなはさみで、無害なおもちゃではなかった。

「そのはさみ……すごくよく切れるのよ!」

ジャックはサリーのむきだしになった肩に手を置いて、彼女をやわらかいベッドの上掛けの上に横たわらせた。

「それなら、なおのことじっとしていたほうがいい」ジャックはいたずらっぽく言った。「申し訳ないが、コルセットをだめにしてしまう」彼はふたたび言った。「わたしが新しいのを買ってあげよう」

ジャックははさみをサリーのシュミーズの胸の谷間に当てた。ひんやりとした金属の感触にサリーは欲望をかきたてられ、興奮に身を震わせた。硬くなった胸の先端がコットンの布地を押しあげ、窮屈なシュミーズから解き放たれるのを待っていた。おなかの下が熱くなり、身をよじりたくなったが、はさみの刃が素肌に触れて怪我《けが》をするといけないのでじっとしていた。

はさみが布地を切り裂く音がし、サリーの体はぶるぶる震えだした。ジャックは落ち着いた手つきで、シュミーズをまっすぐに切り裂いていった。サリーは胸のふくらみが重くなり、彼に触れてほしくて張りつめるのを感じた。それでも、ジャックの集中力がそがれることはなく、はさみの刃先がサリーのおなかのボタンに触れると、彼は一瞬手を止めた。サリーはもぞもぞ体を動かして、両手でベッドの上掛

けを握り締めた。

「やめないで。やめたら、殺すわ」サリーがそう言うと、ジャックが笑うのが聞こえた。

ジャックはさらに切り進めた。ほの暗いランプの明かりに照らされた彼の顔は真剣そのものだった。きらりと光るはさみがコルセットやシュミーズやブルーマーを切り裂いていくと、サリーの透きとおるように白い素肌があらわになった。はさみの刃がなだらかに起伏する下腹部を滑り、さらにその下で止まると、彼女はすすり泣くような声をもらして両手で体を覆った。ジャックははさみを置いて、サリーの手首をつかんで脇《わき》にやり、残りの布地を両手で引き裂いて、彼女の体をランプの明かりと彼の視線の下にさらした。

素肌が空気に触れ、胸の先が硬くとがり、満たされるのを待ってうずいている腿のあいだの秘密の箇所をそっと撫でた。サリーは待ちきれなくなり、ストッキングを脱ぎ捨て、荒々しくジャックのシャツをつかんで自分のほうに引き下ろした。なにかが裂ける音がした。両の手のひらに、温かい彼の素肌を感じた。ジャックは大胆に、わが物顔でサリーの唇を奪った。片手で彼女の胸のふくらみをまさぐり、そのあと、舌と唇で丹念に味わった。サリーはベッドの上で身もだえ、背中を弓なりにそらした。ジャックは切り裂いたサリーの下着を脇に放《ほう》ると、自分も服を脱ぎ捨て、彼女の腰をはさむようにベッドの上に両膝を突いた。

サリーは生まれて初めて知る官能の喜びに、ジャックに言わなければならないことがあるのをすっかり忘れていた。ジャックは当然、サリーにやさしく

する必要があるのを知るはずもなく、いっきに彼女のなかに入った。サリーは体が抵抗するのを感じた。ジャックは彼女のなかにさらに奥深く入ろうとしたが、ようやくなにかがおかしいのに気づいて、ぴたりと動きを止めた。

サリーは激しい痛みに襲われ、喜びの世界から一瞬にして現実に引き戻された。痛みに耐えかね、わずかに体を動かすと、痛みはますます激しくなった。サリーはあせり、失望し、なぜ喜びが一瞬にして消え去ってしまったのか途方に暮れた。ジャックは片手を上げて、サリーの顔にかかる髪を払いのけた。そして、彼女の頬にやさしく手を触れた。

「サリー?」

サリーは屈辱に目を閉じた。あのすばらしい、めくるめく快感は完全に消え去り、今はただ気まずさだけが残った。それなのに、どうしてこの男性とこんなに親密に体を重ねたままでいられるのか不思議だった。彼は昨日会ったばかりの見ず知らずの男性なのに。

「今話さなくてはいけないの?」サリーは懇願するように言った。

ジャックの唇の端に笑みが浮かんだ。「いや、その必要はない」

「よかったわ」サリーが服か体を覆うものを探すために体を起こそうとすると、ジャックも彼女のなかに情熱の証を沈めたまま起きあがろうとした。すると、ふたたび興奮のざわめきが戻ってきて、サリーは思わず体が震えだすのを感じた。

「ジャック――」

「話したくなかったんだろう?」ジャックは自分の

下にサリーを引きよせ、さらに奥深く入っていった。驚いたことに、サリーの体はひとりでに反応し、気がつくと、ジャックの動きに合わせて腰を揺すっていた。ジャックは満足げに喉を鳴らし、サリーの胸のふくらみに頭を近づけ、先端にキスをしながら彼女のなかでゆっくりと動いた。重なり合った彼の肌が汗ばみ、ふたたびおなかの下が燃えるように熱くなった。全身が痙攣《けいれん》したように激しく震えだし、狂おしいまでに欲望が込みあげてきた。体のなかでジャックの高まりはますます硬くなり、激しくうごめく。サリーは喜びを抑えきれずに叫び、頭がくらくらして、意識が粉々に砕け散るのを感じた。ジャックも身を震わしてサリーの横に突っ伏した。彼女は荒い息をしながら、畏敬《いけい》の念に打たれたようにじっと横たわっていた。

ジャックが体を回転させて、ランプの炎を大きくした。その表情は硬く、サリーは一瞬心臓が止まりそうになった。

「さあ」ジャックは静かに言った。「話し合おう」

ジャックは片肘を突いて体を起こすと、サリーを見た。ベッドのそばの床の上には、彼がはさみで切り裂いたサリーの下着が落ち、はさみはサイドテーブルの上に置かれていた。サリーはくしゃくしゃになったシーツの海に埋もれていた。髪が肩を覆い、肌は上気してほんのりピンク色に染まっている。目はとろんとして、じゅうぶんに満たされた表情をしていた。彼女は堕天使のようだった。

ジャックはまたすぐに彼女と愛し合いたい衝動に駆られたが、体のざわめきを強引に抑えこんだ。一

度彼女と愛し合えば、熱は冷めると思っていたが、それは大きな間違いだった。彼女がどれだけすばらしいか知った今、体を流れる血はますます熱く燃えあがり、もっと彼女が欲しくなった。

〝彼女はわたし以外の男を知らない〟

ジャックは男の自尊心を満たされ、今まで経験したことのないような喜びが胸に込みあげてくるのを感じた。だが、同時にそんな自分にとまどいをおぼえてもいた。それについては、あまり深く考えたくなかった。

サリーが話したくなさそうに見えたので、ジャックは先に言った。「きみは初めてだったんだね」ジャックはサリーを見た。サリーは彼と目を合わせようとはせず、上掛けを指でいじっている。そんな彼女の姿にそそられながらも、ジャックのなかで怒りに似たなにかがわき起こった。「きみは」彼は言った。「夫と離婚寸前だった未亡人で、今はロンドンでいちばん洗練されたクラブの経営者だ……」彼はいったん言葉を切り、それからゆっくりと言った。「いったいなにがあったんだ?」

サリーは悲しそうにほほえんだ。「なにも……なかったの」

「なにもなかった」ジャックは言った。「おかげで、わたしはよかったが」

サリーは目を伏せた。彼女は官能的な美しい体に白いシーツを巻きつけていた。ジャックは彼女の体からシーツをはぎとって、もう一度愛し合いたかった。

「ジョナサンは結婚を完全な形にすることができなかったの」サリーはしばらくしてから言った。

「もっと詳しく」

「彼は……わたしに魅力を感じなかったのよ」サリーは頬を染め、あまり話したくないように見えた。「わたしになにか欠陥があるのだろうと思っていたわ」

「それで、わたしを利用して自分に欠陥がないことを証明しようとしたんだな？」ジャックはつい荒々しい口調で言ってしまい、サリーが身をすくめるのを見て、自分を罵《ののし》った。

「わたしは」サリーは訂正した。「あなたのような男性がわたしを欲しがるはずがないと思ったの」

そんなことがあるものか。ジャックはそう叫びたいような心境だった。わたしがどんな思いをして、彼女への欲望を抑えていると思っているんだ？　それにしてもばかな夫だ。もしかしたら……。

「ご主人は男性のほうが好きだったのでは？」彼はたずねた。

サリーは首を横に振った。「そうは思わないわ。夫は娼婦《しょうふ》のほうが好きだったの。娼婦とはなんの問題もなくできることが、わたしとは……」彼女はためらい、淡々とした口調でつづけた。「わたしは退屈で、興味が持てなかったらしいの。愛し合おうとしたけれど、うまくいかなくて。何度か試してみたのだけれど、結局だめで、夫は二度とわたしのベッドに来なくなったわ。わたしがどれだけ傷ついたか。わたしがいけないんだと思ったの」

ジャックは思わずサリーに近づき、彼女に触れようとして上げた手を下ろした。彼女を安心させたかった。サリーが信じられないほど魅力的だということをもう一度証明したかったが、その前に話を終わ

らせなければならない。

「わたしの話を聞いてくれ」ジャックは言った。彼はサリーの手を取った。シーツがずり落ち、彼女はシーツをつかんだが、ジャックは彼女をじっとさせた。「これではっきりしただろう」彼は言った。「きみは非常に魅力的な女性だ。亡くなったご主人がきみに関心を持たなかったのは、きみに非があったからではない」

サリーは唇を噛んだ。「ありがとうございます」彼女はティーパーティーでお茶を渡されたときのように、丁寧な口調で言った。ジャックは突然、彼女に激しくキスをしたくなった。

「ほかにはだれもいなかったんだね？」ジャックは言った。

サリーはゆっくりとうなずいた。

「それなら、どうしてわたしと？」ジャックはきいた。「今度はどうして？」

サリーは美しいはしばみ色の瞳でジャックを見て、ためらった。

「サリー？」彼は促した。

「言わないほうがいいのかもしれないけれど」彼女は言った。「わたしがそうしたかったからなの」彼女は軽く肩をすくめた。「こんなことを言うとふしだらだと思われるかもしれないけれど……」

ジャックはサリーを見た。「もう遅い」

サリーはかすかにほほえんだ。「そうね」彼女はまっすぐにジャックを見た。「どういうものなのか確かめてみたかったの。それに」彼女は真っ赤になった。「あなたと確かめてみたかったの」

「最初に言ってくれればよかったのに」ジャックは

やさしく言った。「そうすれば、きみに痛い思いをさせることはなかった」彼はほほえんだ。「きみのために、もっとすばらしいものにできた」

サリーはジャックの視線を避けた。「それほど悪くなかったわ、ジャック」彼女は指でシーツの模様をなぞった。「知っていたら、あなたも違っていた？　わたしを拒んだ？」

ジャックは考えた。彼はサリーが欲しくて気が変になりそうだったことを思いだした。こうしている今でさえ彼女が欲しい。彼は頭を振った。

「いや」ジャックは言った。手を伸ばし、サリーの体を包みこんでいるシーツに触れた。「わたしは放蕩者だよ」

サリーは目を見開いた。ジャックはサリーが驚いているのに気づいた。

「わたしは……」サリーは咳《せき》払いをした。「あなたはもう帰るのだと思ったわ」

ジャックは笑い、突然シーツの端をつかんだ。シーツがめくられ、サリーは腰まであらわになった。

「きみには教えることがまだたくさんあるんでね」

4

サリーは頬に暖かい日差しを感じて目を覚ました。ゆっくり目を開けたとき、寝室の床にほの白い光が差していた。まだ朝早い時間なのだろう。表の通りを行く馬車の音や、呼び売り商人が露店を開く準備をしている音が聞こえる。さらに、よく耳を澄ますと、家の裏の庭で鳥の鳴く声や、噴水が水をはねあげる音が聞こえた。のどかで平和な朝だった。

サリーはあくびをし、大きく伸びをして横に手を伸ばした。思ったとおりベッドは空だった。なぜかわからないが、サリーはそれを予想していた。ジャックは彼女が眠っているあいだに出ていったのだろう。

ジャックとはあれからさらに二度愛し合い、彼はサリーが想像もしなかったようなことを教えた。そして、彼女がその存在すら知らなかった場所に連れていってくれた。サリーは自分でさえ知らなかった自分自身に気づかされ、自分の反応に驚き、圧倒された。ジャックは愛し合ったあともずっとやさしく抱き締めていてくれたが、いくら経験がなくても、それが愛でないことはわかっていた。ジャックはわたしを愛してはいない。ジャックには決して触れることのできない心の闇《やみ》がある。そのことに、サリーは早くから気づいていた。

ジャックは伝言を残していた。ベッドの脇《わき》のテーブルに白い紙が置いてあった。

〈今夜八時、いっしょに食事を〉

黒いインクでそう書かれていた。ジャックはわたしが断るかもしれないとは考えもしなかったのだろう。彼の傲慢《ごうまん》さに腹が立ってもいいはずなのに、思わず笑みがこぼれた。ふたりの関係はまだ終わってはいないのだ。そう考えただけで、体が熱くなってきた。

サリーはため息をもらしてベッドの上に起きあがると、ローブをつかみ、厚地の繻子《しゅす》織りのスリッパに足を突っこんだ。それはサリーが自らに許した数少ない贅沢《ぜいたく》のひとつだった。彼女は床に落ちていたしわくちゃの濃いピンク色のドレスを見てかすかに眉をひそめ、それから、はさみで切り裂かれたコルセットを見て頬を染めた。これでもう二度とマティのはさみを今までと同じものとして見られなくなってしまうだろう。

サリーは寝室のドアを開けて廊下に出て、階段に向かった。体にわずかに痛みがあった。生まれて初めて経験する痛みだった。けだるく、それでいて満ちたりていて、決して不快な痛みではなかった。サリーは自分の気持ちを確かめてみた。罪悪感はない。彼女はなによりも自分自身に驚いていた。そして、喜びを感じていた……。しかし、喜びの陰には不安がひそんでいた。わたしはジャック・ケストレルに恋をしてしまったのかもしれない。突然の出来事に、立ち止まって自分の気持ちを冷静に考えてみる余裕すらなかった。このまま愛に溺《おぼ》れてしまうような気がして怖かった。今までの渇ききった魂はジャック

の欲望を歓迎し、彼に惜しみなく愛を捧《ささ》げようとするだろう。でも、彼はそれを望んではいないのだ。

サリーは経験はなかったが、愛と欲望を混同するほどうぶではなかった。ジャックが彼女を激しく求めていたのは事実だが、彼にとっては単なる情事にすぎないこともわかっていた。それでも、サリーは自分の気持ちを抑えることができなかった。あらゆる危険な兆候が出ている。ジャックにもう一度会えると思うと、いやおうなく胸が高鳴った。それは彼ともう一度愛し合えるという期待からだけではないことに気づいていた。サリーはジャックといっしょに過ごせるだけでよかった。

もっと分別を持ちなさい。サリーはそう自分に言い聞かせた。ジャックはわたしの愛など求めていないし、彼のような男性を好きになっても自分が傷つくだけだ。

サリーはあくびをしながら階段を下り、ホールに入っていった。彼女は朝の早い時間が好きだった。建物がひっそりとして、まるで自分ひとりのもののように思えるからだ。今朝はあらゆる感覚が研ぎ澄まされ、家具を磨くのに使われる蜜蝋《みつろう》とラベンダーの香り、窓から差しこむ早朝の日差し、通りを行く荷車の音などをいつもより敏感に感じとることができた。ストランド街は決して眠らない。こんな朝早くから、通りを行く馬車や荷車の音、人が大声で話す声が聞こえる。でも、クラブは静かで、エントランスホールに造られた人工の小さな滝の流れ落ちる音が聞こえるだけだった。

ドアのそばのマットの上に手紙が置かれていた。だれかが夜中にドアの下に差しこんでいったのだろ

う。サリーは筆跡がペトロネラのものだと気づいた。それで手紙を拾いあげて、階段に座って読みはじめた。

〈サリー、お願い、助けて！　クラリーとアンが罰金の支払いを拒否したためにホロウェー刑務所に入れられたの。残された家族はだれも頼る人がいなくて困り果てているわ。家賃を払い、食料と薬を買うお金がいるの。わたしの子供たちも熱病にかかってしまって……。二百ポンド貸してもらえたら……〉

サリーのしあわせな気持ちは一瞬にして消え失《う》せた。彼女はもう一度じっくり手紙に目を通した。二百ポンド……。背筋に冷たいものが走り、手からはらりと手紙が落ちた。二百ポンドといえば大金だ。家が一軒買える、いや、家族が一年は楽に暮らせるだけの金額だ。でも、薬は非常に高価で、庶民にはとても手が出せない。それに、熱病は貧しい人々が住む共同住宅のような場所ではあっと言う間に広まり、大勢の人の命を奪う。ネルはよほどのことがないかぎり、姉のサリーにお金を貸してほしいと言ってくることはなかった。サリーのように、ネルもまた自立心が強く、どんなに生活に困っても施しを受けようとはしなかった。

サリーは階段の手すりに頭をもたせかけて、目を閉じた。今の彼女に二百ポンドもの大金を貸すような余裕はなかった。ブルーパロットの改装にかなり費用がかかり、すでに銀行に借金をしていた。それでも、彼女はこれまでずっとネルとコニーの面倒を

見てきたし、できるかぎりふたりの力になろうとしてきた。それが、父の死に責任のある自分の義務だと思っていた。ネルは自分の子供の面倒を見るだけでも手いっぱいなのに、夫を亡くしたり捨てられたり、あるいは牢《ろう》に入れられたりした女性の子供たちの面倒まで見ていた。サリーは同情と悲しみに喉を詰まらせた。ネルはさらにこうつづけていた。

〈頼れる人はあなたしかいないの。わたしは治安妨害罪の罰金を払わなければならないし、ときどき、自分がこんな思いをしてまで闘いつづける意義があるのかと疑問に思うときもあるわ。それでも、婦人参政権の運動を途中で投げだすわけにはいかないの。でも、わたしが運動をつづけることで、ルーシーとジョージを飢えさせるようなことになるのであれば、考え直さなくてはいけないのかもしれないわ。今はどちらを選ぶべきなのか、自分でもよくわからないのよ。どうか助けて、サリー。わたしが頼れるのはあなたしかいないの〉

サリーはため息をもらした。彼女はネルのように体を張って婦人参政権運動を支持することはなかった。女性にも平等の権利をと口では言いながら、ほとんど妹を助けてこなかったことに強い罪悪感をおぼえた。薬を買うお金がないために、今熱病にかかっている子供たちが死にそうな目にあっている。子供たちになにかあったら、わたしはとても耐えられないだろう。

サリーは手紙を拾って階段を上りながら、どうやってお金を工面したらいいか考えた。この家を抵当

に入れないかぎり、銀行からはこれ以上借金はできないだろう。でも、家を抵当に入れることだけは避けたかった。ほかに借金を頼める人といったら……。このクラブの出資者で、家族の古い友人でもあるグレゴリー・ホルトは、なにか困ったことがあったらいつでも助けになろうと言ってくれていた。けれども、彼がわたしに友情以上のものを求めているのを知っていた。グレゴリーが自分に好意を持っているのにつけこむようなまねはしたくなかった。かといって、ジャックに頼むこともできない。彼のことはほとんどなにも知らないし、彼にお金を借りることでふたりの関係はまったく違ったものになってしまう。サリーは男性に依存するようなことはしたくなかった。

コニーの部屋の前を通りかかり、ドアをノックしたが、返事はなかった。そっとドアを開けてなかをのぞいても、ベッドに人が寝た形跡はなかった。サリーはもう一度ため息をついて自分の部屋に戻り、呼び鈴を鳴らしてメイドにお茶を持ってこさせた。今日は大変な一日になりそうだ。ネルの問題を解決する方法をすぐに考えなければならない。でも、いったいどうすればいいのだろう？　サリーは途方に暮れた。

「気に入ってもらえたかな？」ジャックは言った。サリーの顔をじっと見つめ、反応を待つ。ふたりはホワイト・シティに出かけ、仏英博覧会の会場に造られたグランドレストランで食事をした。ふたりは今、高さが地上六十メートルもある、観覧車と呼ばれる乗り物に乗っていた。はるか下に博覧会場が見

え、ずらりと並んだ白い漆喰《しっくい》塗りの建物が月明かりに照らされて、この世のものとは思えない幻想的な雰囲気を醸しだしていた。人工の滝は色とりどりのランタンに照らされ、湖の水面《みなも》に光が反射して虹色《にじ》に輝いて見えた。サリーがうっとりため息をもらすと、ジャックは驚いたことに、喜びが胸に込みあげてくるのを感じた。

「なんてきれいなのかしら」サリーはジャックのほうを向いてほほえんだ。「でも、観覧車全部を貸しきるのはどうかと思うわ」

ジャックは肩をすくめた。「きみ以外のだれともこの経験を分かち合いたくなかったんだ」彼は言った。

サリーはジャックから目をそらし、観覧車の横に両肘を突いて、遠くに見える首都ロンドンの明かりを眺めた。

「晴れた日にはウインザーまで見晴らせるそうよ」彼女は言った。「博覧会の初日に来たの。妹のネルと子供たちを連れて。大変な混雑だったわ」彼女は笑った。「コニーは来なかったの。人が大勢いるような場所はいやだと言って。人に見られるのは好きだけれど、ふつうの人に見られても意味はないと思ったんでしょうね。わたしたちはとても楽しく過ごさせてもらったわ」

ジャックはそれを聞いても驚かなかった。コニー・ボウズを知れば知るほど、姉妹の違いが際立ってくる。今朝サリーから、コニーが昨夜家に戻らなかったと伝言を受けとったあと、ジャックは人をやって、コニーといとこのバーティー・バセットを捜しに行かせた。父親が明日をも知れぬ命だというの

に、家族に心配をかけて平然としているパーティー
か、そんな父親から金を強請《ゆす》りとろうとしているコ
ニーのどちらにより怒りを感じているのか自分でも
よくわからなかった。

今日は朝から落ち着かなかった。ジャックが気が散って会議に集中できないのはめずらしいことだった。それもこれもすべて、今横に立って、うっとり景色を眺めている女性のせいだ。仕事が山積みで、なかには早急に決断を下さなければならないものもあったのに、仕事が手につかず、今夜は仕事がらみの食事会の予定を断ってまで、サリー・ボウズを博覧会に連れてきた。わたしはきっとどうかしてしまったにちがいない。

今朝目を覚ましたとき、サリーのベッドを離れたくないと思っている自分に気づいて、ジャックは大いにうろたえた。ずっと彼女のそばにいたかった。愛し合ったあともそばにいたいと思った女性は、今までひとりもいなかった。いつもは、さよならを言ってすぐに立ち去った。だが、喜びに満たされ、彼の横で丸くなって眠っているサリーを見ているうちに、彼女が愛《いと》おしくなった。そして気がつくと、二度と離したくないと言わんばかりに温かくやわらかい彼女の体を抱き締めていた。

それでも、意志の力を振り絞ってサリーの部屋を出たが、代わりに、一日じゅう彼女のことを考えて過ごすはめになった。ジャックは苦笑いした。サリーを一度抱けばそれで満足できるだろうと思っていたが、それは大きな間違いだった。彼の欲望は飽くことを知らず、彼女がますます欲しくなっただけだった。

ジャックはいっこうに衰えることを知らない自身の欲望に困惑すると同時に、無垢《むく》な女性を誘惑してしまったことに罪悪感をおぼえた。ルールにのってゲームをするのが彼の主義で、処女を奪うのは主義に反した。サリーは、自分もそれを望んでいたのだからあなたが良心の呵責《かしゃく》を感じることはない、わたしは自分の行動には責任が持てる、と言うかもしれない。それでも自分がしたことは間違っていたような気がしてならなかった。わたしは意外に古くさい考えの男なのかもしれない、とジャックは思った。サリーとは知り合ってまだ三日で、ジャック自身結婚には懐疑的だったが、正しいことをしたかった。彼の本能はサリーに求婚するようにしつこく言っていた。だが、ジャックはそれは彼女とずっといっしょにいたいからではなく、紳士として当然の義務だからだと自分に言い聞かせた。

「ジャック？」サリーはジャックを見あげ、興奮に目を輝かせた。今夜の彼女は体をやさしく覆う濃い緑色のシルクのドレスを着ていた。ドレスには花の刺繍《ししゅう》が施され、胸元はレースで覆われている。それはかえって、彼女の豊かな胸のふくらみを強調していた。暖かい夜で、彼女は肩に薄いショールしかはおっていない。ショールから透けて見える肌が白く輝き、じつになまめかしかった。

観覧車が地上に下りはじめると、サリーは言った。「帰る前に、白鳥の形をした足漕《こ》ぎボートに乗ってもいいかしら？」

ジャックはこのまままっすぐクラブに戻って、サリーと愛し合いたかったが、彼女は子供のようにはしゃいで彼の手を取り、湖のほうに引っ張っていっ

た。ふたりは湖にかかる派手に飾りたてられた白い橋の上で立ち止まった。

「なんてきれいな夜なのかしら！」サリーはそう言って、横目でちらりとジャックを見た。「ほんとうは、なんて甘い雰囲気の夜なのかしらと言いたいところだけれど、あなたは恋愛なんてくだらないことは信じていないんでしょう？」

「わたしは愛など信じていない」ジャックは言った。「聞こえはいいが、しょせん肉体的な欲望をごまかすための都合のいい作り話でしかない」

サリーはため息をもらして、湖に立つさざ波を見つめた。「それでも、だれかを愛したことはあるんでしょう？」

「確かに、マーレのことは愛していた。愛していたと思っている」ジャックは投げやりな口調で言った。

その言葉は彼の心の傷がいまだに癒《い》えていないことを物語っていた。「わたしは彼女を愛していた。わたしの人生でもっとも忌まわしい経験だ」

サリーは驚きに目を見開いてジャックを見た。

「どうして？」

「自制心を失い、判断を誤って、結果的にすべてを失ったからだ」ジャックは肩をすくめた。「もうこの話はしたくない」彼はいきなりサリーのほうを向いた。「きみだって死んだご主人と結婚したときは、彼を愛していると思っていたんだろう？　だが、それでしあわせになれたか？　とてもそうとは言えないだろう？」

サリーはしばらく黙っていた。「わたしは若かったのよ」彼女は言った。「自分が間違ったことをしているとは思わなかったわ。あなたも駆け落ちした

ときには、そう思っていたでしょう？　だれでも間違いは犯すものよ」

ジャックは辛辣《しんらつ》な声で笑った。「わたしのような許しがたい間違いを犯す者はそう多くはいない」

ジャックはサリーから顔をそむけたが、彼女の視線が自分に注がれているのを感じた。彼女はジャックの腕にそっと手を置いた。

「マーレのことはだれかに話したことはあるの？」

「いや」

「ずいぶん昔のことだわ。今でも彼女を愛しているの？」

ジャックは答えなかった。どう答えたらいいのかわからなかった。彼は狂おしいまでにマーレを愛していた。だが、今はそれと同じくらい強い気持ちで彼女のことを忘れてしまいたいと思っている。マーレは亡霊のようにジャックに取りつき、いまだに彼の記憶から消えずにいた。ジャックは彼女を死に追いやった罪の意識にさいなまれ、いまだに立ち直ることのできない自分自身の弱さがほとほといやになっていた。サリーを腕に抱き、その情熱でマーレの記憶を消し去ってしまいたかった。

ジャックの心の動揺を感じとったかのように、サリーは身震いして肩にショールを巻きつけた。「ボートのことは忘れて」彼女は言った。「家に帰りましょう」サリーはジャックを責めるような言葉はひと言も口にしなかったが、彼は自分の不機嫌な態度がふたりのあいだの魔法を解いてしまったのに気づいた。

ジャックはいきなりサリーの手首をつかんで、腕に抱きよせた。彼女の唇に激しく口づけ、舌を差し

入れて容赦なく攻めたて、やがて、彼女が降伏するのを感じた。ジャックは怒っていたが、なぜ怒っているのか自分でもよくわからなかった。ただ、サリーのぬくもりで怒りや悲しみを静めたいと思っていることだけは確かだった。両手をサリーの背中にまわして自分の体に押しつけ、片方の手を彼女のウエストから胸元に滑らせる。彼女の胸の先端が硬くなるのを手のひらに感じた。わずかに唇を離すと、彼女があえぐように息をするのが聞こえた。

「こんなところでいけないわ……」サリーがささやいたので、ジャックははっとわれに返り、ふたりがまだ湖の中央にかかる橋の上にいることに気づいた。橋は四方を色とりどりの明かりに照らされ、だれに見られてもおかしくなかった。

ジャックはサリーの手を取って、ウッド・レーンに通じるアーチのほうに連れていった。地下鉄ではなく、自動車で来てよかったとそのとき初めて思った。少なくとも自動車なら、ある程度のひそやかな空間が確保できる。戻るまでの時間がたとえ何時間に思えたとしても。

ジャックはサリーのために車のドアを支え、エンジンをかけてから、彼女の横に滑りこんだ。彼女の息づかいが聞こえ、ふたりのあいだの緊張はいやがおうにも高まった。ジャックの怒りはまだ治まっていなかったが、欲望は怒りをはるかに上まわっていた。彼はランチェスターのハンドルを強く握り締め、ストランド街に戻ることだけに意識を集中させた。サリーのことを考えだしたら、車を止めて、ロンドンの通りのまんなかで彼女と愛し合ってしまいそうだった。

「わからないわ」サリーは静かな声で言った。「あなたのことはほとんどなにも知らないし、あなたがどんな悪魔に追いたてられているのかもわからないのに、どうしてこんな気持ちになるのかしら」

ジャックはわずかなあいだ片方の手をハンドルから離して、サリーの組んだ両手の上に重ねた。「そんなことは考えなくていい」彼は言った。声には乱暴な響きがあった。暗闇のなかでも、サリーが自分を見つめているのがわかったが、決して彼女を見ようとはしなかった。彼女を見たら、彼女にキスをして、それから……。

車がブルーパロットの前に止まるまで、ふたりはひと言も言葉を交わさなかった。だが、沈黙がかえって緊張を高め、車がストランド街に入ったころには、ジャックは期待と興奮に息が詰まりそうになっていた。サリーを腕に抱きあげると、今度は堂々と正面のドアから入り、ドアマンのアルフレッドや、エントランスホールにいた客が唖然《あぜん》として見ているのもかまわず、階段を上っていった。サリーは手足をばたばたさせて抵抗したので、スパンコールをちりばめたかわいらしい小さな靴の片方が脱げて、階段を転げ落ちていった。

「下ろして！」サリーは小声で叫んだ。怒りに頬がピンク色に染まっている。「みんなが見ているわ！」

ジャックはサリーにほほえみかけた。「だから？」

「あなたはこれでまた評判が上がるでしょうけれど、わたしの評判がどうなるか少しは考えてちょうだい」サリーは言った。

階段を上りきると、ジャックはふかふかの絨毯《じゅうたん》にサリーをそっと下ろした。「もう手遅れだ」彼は

言った。「みんな、きみのことを自由で奔放なナイトクラブの経営者だと思いこんでいる。どうせなら、彼らの期待に応《こた》えて、その役割を楽しく演じればいいじゃないか」ジャックはサリーの開いた唇にキスをし、階下のホールで驚いたようにふたりを見あげている観客を眺めて、ふたたびほほえんだ。彼はネクタイをゆるめて言った。「さあ、きみをベッドに連れていこう」

「ジャック！」サリーは真っ赤になった。

「今日は一日じゅうきみと愛し合うことだけを考えていたんだ」ジャックは言った。サリーを寝室に連れていくのが待ちきれなかった。サリーの体に片方の腕をまわし、抱きかかえるようにして廊下を急ぐ。そして、茫然《ぼうぜん》として見ている元乳母のマティの前を通りすぎて寝室のドアを押し開け、サリーをなかに引っ張りこんだ。

「コルセットをまだだめにしたくないわ」サリーは言った。

ジャックは笑った。「コルセットがなくなっていることにも気づかせないよ」彼は約束し、ふたたびサリーの唇に口づけた。唇が重なり合った瞬間、すさまじい喜びが彼を襲い、サリーをもう一度抱くこと以外なにも考えられなくなった。

サリーが目を覚ましたとき、外はまだ暗く、部屋には蝋燭《ろうそく》がわずかに一本灯《とも》っているだけだった。あたりは静かだった。ジャックが隣で、彼女のむきだしのおなかの上に片方の腕を軽くまわして眠っていた。サリーがわずかに体を動かすと、ジャックは彼女の体にまわした腕に力を込め、彼女をそばに抱き

よせた。ジャックの体は温かく、乱れた髪が頬に当たってくすぐったかった。

サリーはしばらくそのままじっとしていた。眠くて、けだるかったものの、ジャックの裸の体を身近に感じて、彼女の体はふたたびざわめきだした。サリーはそんな自分の反応にとまどった。女性は男性とは違い、性的な欲求を感じることはあまりないと思っていたのに、わたしはジャックと同じくらい激しい欲望を抱いていて、彼と愛し合うたびにその気持ちは強くなっていく。それでも、不思議と罪悪感はなかった。わたしはふしだらなのかしら？　知り合って間もない、よく知りもしない男性にこんなに強い渇望を感じるなんて……。

ジャックがぶつぶつ寝言を言いながら体を動かし、彼女のやわらかいうなじに唇を押しあてた。サリーは胸に、なじみのない甘く切ない気持ちが込みあげてくるのを感じた。もしかして、これは愛なのかしら？　いいえ、そんなはずはないわ。サリーは否定し、抗《あらが》い、必死に自分に言い聞かせようとした。ジャックを愛するのはあまりに早すぎる。彼を愛しても、彼がその愛に応えてくれる可能性はまずない。自分が傷つくだけだ。それでも、心と体にあふれる思いを抑えることはできなかった。

サリーはため息をもらし、体を横にしてジャックと向かい合った。ジャックを愛することはこの上なく愚かな感情だろう。ジャックは暗い過去を持つ放《ほう》蕩《とう》者で、この情事が真剣な関係に発展する望みはない。でも、もう手遅れだ。頭ではよくないことだとわかっていても、サリーの気持ちはジャックに大きく傾き、彼への愛がとめどもなく胸にあふれだして

いた。

先のことをくよくよ考えるのはやめよう。サリーはかすかにほほえんで、ジャックの胸に両手を滑らせ、なめらかな肌の下に息づく硬く引き締まった筋肉を感じた。彼の肌は温かく、白檀《びゃくだん》のコロンのいい香りがした。サリーは身を乗りだし、ジャックの胸に唇を寄せてそっとキスをした。ジャックのすべてが知りたくなり、大胆にも彼の素肌に舌を這《は》わせて味わった。そして、片方の手を下に移動させ、下腹部から太腿を撫《な》で下ろして今度は同じ場所を唇でたどった。ジャックはもぞもぞ体を動かし、うめくように彼女の名前を呼んだ。彼の欲望の証《あかし》はすでに硬く張りつめていた。

「いい気持ち？」サリーはささやいた。彼女は自分自身の大胆さに驚き、自分がジャックにもたらすことのできる力に興奮していた。

「生意気な娘だ」ジャックはサリーの体をつかんで下にすると、彼女を枕《まくら》の上に腹這いにさせた。「わたしはそんなことまで教えていない」

サリーは混乱した。なにをするつもりなのかジャックにたずねようとしたものの、腰を押さえつけられて動けなくされた。腿のあいだに彼の濡《ぬ》れた舌が触れるのを感じて、サリーは思わず叫んだ。ジャックの巧みな舌に攻めたてられ、自分がひどく無防備に感じられた。喜びが一点に集中し、やがてはじけて粉々に砕け散った。そのあと、ジャックは張りつめた情熱の証でサリーをじらし、何度か腰を揺すったあと、ようやくなかに入ってきた。サリーはあっと言う間に上りつめ、崖《がけ》からまっさかさまに落ちていくような感覚にとらわれた。体が震え、枕の上に

ぐったりくずおれそうになる。ジャックは彼女を支えてさらに深く突き進み、いったん身を引いてはまた奥に押し入る動きを繰り返し、原始的な力強いリズムを刻んだ。そして、彼女の腰をつかむ両手に力を入れたとたん、さらに奥深く身をうずめ、彼女のなかに情熱を解き放った。

ふたりは荒い息をしながら、しばらくそのままの姿勢でじっと横たわっていた。やがて、ジャックはぐったりしたサリーの体を仰向けにして、枕の上にそっと寝かせると、さっき彼女とひとつになったときと同じように、口のなかに舌を差し入れて激しいキスをした。彼女を離したとき、ジャックの顔には怒っているような険しい表情が浮かんでいた。サリーはジャックを見あげ、彼の心には彼女が決して触れることのできない闇があるのにあらためて気づかされた。

「まだ終わっていない」ジャックはうめくように言ってから、ふたたびサリーの唇に激しくキスをして、片方の手で彼女の胸のふくらみを包みこんだ。サリーの体を完全に支配することで、自らの欲望を抑えているようだった。支配欲の強いジャックの手に触れられ、サリーは体の奥からまたしても欲望が込みあげてくるのを感じた。彼の唇から唇を引き離して、あえぐように言う。「ジャック、だめよ、もうできないわ……」

でも、そのときジャックの目がいたずらっぽく輝くのを見て、サリーは抵抗してもむだだと悟った。

「できるとも」ジャックはささやき、サリーの胸のふくらみに唇をさまよわせた。「きみならできる」

サリーはジャックに言われるまま、純粋な喜びに身

をゆだねた。それでも、心の奥ではジャックを愛してしまったことに、ジャックへの愛から逃れられないことにとまどっていた。

サリーはマティの声に目を覚まし、一瞬混乱した。

「ミス・サリー」

元乳母が部屋に入ってきて、ジャックとベッドにいるところを見られたらどうしようとあわてた。そして横に手を伸ばしたところ、ベッドは空で冷たくなっていた。ジャックは帰ったのだ。サリーはほっと胸を撫で下ろした。

「ミス・サリー」マティはジャックが寝ていたあとにできた枕のくぼみをじっと見ていた。「わたしは若くて立派な男性を見つけるように申しあげたはずですよ」

サリーは伸びをし、肘を突いて体を起こした。彼女の昨夜の記憶では、ジャック・ケストレルは最高にすばらしい男性だったけれど、マティの意見では、彼は若くて立派な男性の範疇《はんちゅう》には入らないようだ。

「しかも」マティは目にあからさまな非難の色を浮かべて、乱れたベッドをじっと見つめたまま言った。「よりによって、あんなならず者をお選びになるなんて」

「そうね」サリーは言って、あくびをした。「ほかにはなにもないの、マティ？　今朝は少し疲れているのよ」

「それはそうでございましょう」マティは皮肉を込めて言った。「もちろん、用があるから来たんですよ、ミス・サリー。ミス・コニーがお戻りになったことをお知らせしに来たんです。つい今しがた、表

で自動車から降りられるのを見ました」

サリーはベッドから飛び起き、マティが悲鳴をあげたので、自分が裸だったことを思いだした。ローブをつかんではおり、急いで廊下に飛びだす。

階段の錬鉄製の手すりから身を乗りだすと、玄関のドアが静かに開いて、妹のコニーがこっそりなかに入ってくるのが見えた。手に靴を持ち、大理石の床の上を爪先立って歩いて階段の下まで来た。

「おはよう」サリーは言った。

コニーは飛びあがって手に持っていた靴を落とした。サリーはコニーがイブニングドレスを着たままなのに気づいた。おそらく、家を出たときに着ていたものだろう。空色のドレスは本来ならコニーをすばらしく美しく見せるはずなのに、今はしわが寄って、少しくたびれて見えた。艶《つや》やかな金色の髪も乱れ、ストッキングははいていなかった。コニーは古典的な美女で、完璧《かんぺき》すぎるほど整った顔立ちをしている。肌は透きとおるように白く、頬は薔薇《ばら》色に染まり、瞳はチャイナブルーと言われる緑色がかった明るい青だった。唯一の欠点は、いつも不満そうに唇の端を下げていることだった。

「こんな時間にいったいなにをしているの？」コニーは青い目を細めて不機嫌そうに言った。とてもなごやかに話ができるような雰囲気ではなかった。

「わたしはいつもこの時間に起きるのよ」サリーは穏やかな口調で言った。コニーが裸足《はだし》で階段を上りはじめ、痛みに顔をしかめるのをじっと見つめる。

サリーはつづけた。「あなたは知らないでしょうね。十一時前に起きたことはないから」

「わたしがどこに行っていたのかきかないで」コニ

ーは喧嘩腰《けんか》で言った。

「わかったわ」

「バーティー・バセットといっしょだったの」コニーは言った。踊り場に着くと、つんと頭をそらして姉の前に立った。「一昨日《おととい》からずっとよ」

「そう」サリーは言った。バーティー・バセット。ジャックが言っていたように、コニーがバセット家からお金を強請りとろうとしているという話はほんとうだった。そうでなければいいのにと願っていたのだけれど……。

コニーはけげんそうな顔でサリーを見た。「なんだか、いつもと違って見えるわ。なんだか……きれいになったみたい」そう言って、顔をしかめる。

「とにかく、お説教は聞きたくないわ。わたしは疲れているの」

サリーは妹の肘に触れた。「あなたに話があるの、コニー。今すぐに」

コニーは唇をとがらせた。「今じゃなきゃいけないの？　へとへとで、話をする気になんかなれないわ！　昨夜《ゆうべ》はグランジズで食事をして、そのあと、踊りに行ったの」コニーはぼんやりほほえんだ。

「そのあとは、バートラム・ホテルに行ったの。最高級ホテルよ」

「知っているわ」

サリーは淡々と言い、コニーがせがまなければ、バーティーはもっと安いホテルを選んだのではないかと思った。

「わたしは昨夜ミスター・ケストレルと食事をしたの」彼女はつけ加えた。

コニーは目を見開いた。「ミスター・ジャック・

ケストレル？　彼があなたと食事を？」彼女は失望しと嫉妬《しっと》に顔をくしゃくしゃにした。「彼に会いたかったわ！」

「彼もあなたに会いたがっているわ」サリーは冷ややかに言った。

コニーはすっかり上機嫌になって、ほほえんだ。「それはそうよ。ロンドンにいる人はみんなわたしに会いたがっているわ」

「彼はミスター・バセットがあなたに書いた手紙を取り戻しに来たの。あなたはその手紙を種にミスター・バセットのお父さまを強請ろうとしているんでしょう？」

コニーは唇を噛《か》んだ。かすかに頬を染め、弁解するように言う。「あれは間違いだったのよ」

「そうね」サリーは指でとんとんと手すりをたたいた。「なにを企《たくら》んでいるの、コニー？」静かにたずねる。「わたしは知っているのよ。あなたはミスター・バセットとひと晩じゅういっしょにいながら、彼のお父さまからお金を強請りとろうとしていた」

コニーは大げさにため息をついた。「そんなんじゃないわ！」髪が顔にかかり、表情が見えなくなった。「パーティーと喧嘩をして、これでもう終わりだと思ったの」

妹がほんとうに強請《ゆすり》を働いていたのだと知って、サリーの心は沈んだ。「それで、お金でかたをつけようとしたの？」

「どうしていけないの？」コニーは胸を張って言った。「さんざんいい思いをしたんだから、払って当然よ」

「でも、ミスター・バセットと仲直りしたんでしょ

う？　これからどうするつもりなの？」サリーは皮肉っぽくきいた。「バセット卿《きょう》に謝罪の手紙でも書くつもり？」

コニーの顔がぱっと明るくなった。「いい考えだわ！　なにもなかったことにしてもらえるかもしれない」

「冗談で言ったのよ」サリーは言った。「バセット卿が許してくれたとしても、ミスター・ケストレルは簡単に水に流してくれるような人ではないわ。ところで、ミスター・バセットはあなたがお父さまを脅していたことを知っているの、コニー？」

コニーの頬がますます赤くなった。「知っているはずがないでしょう！　でも、知ったとしても、きっと許してくれるわ。わたしたちは愛し合っているんですもの」

予想もしなかった告白にサリーは眉を上げたが、喉元まで出かかった信じられないという言葉をぐっとのみこんだ。「それなら、ミスター・バセットになにからなにまで包み隠さずに打ち明けたほうがいいわ」彼女は言った。「彼がいとこから聞かされる前にね。ミスター・ケストレルはきっとまた訪ねてくるでしょう。あなたは自分は悪いことはなにもしていないと言い張るでしょうけれど」彼女は冷ややかに言った。「彼はミスター・バセットと違って、簡単には言いくるめられないわよ」

「あら、わたしに対抗できる人なんていないわ」コニーは明るい調子で言った。「男はみんな美人に弱いものなのよ」彼女はあくびをした。「もう寝ないと。寝不足の顔でお店には出られないでしょう」

コニーは軽く手を振ると、廊下を小走りに去って

いった。そのあと、ドアをかちりと閉める音が聞こえた。サリーはため息をついて自分の部屋に戻り、気乗りしない様子で服を探しはじめた。コニーと話をして、彼女はすっかり落ちこんでいた。コニーとミスター・バセットが仲直りしたとしても、バセット卿がふたりの交際を認めるはずがない。息子の交際相手にコニーははなはだふさわしくないと考え、ふたりの仲を裂こうとするだろう。ジャックを使って。それに、コニーがほんとうにミスター・バセットを愛しているとは思えない。

サリーは不安を感じずにはいられなかった。昨夜はジャックに自らを捧げ、コニーがバセット卿を脅迫していることもすっかり忘れて情熱に身をゆだねた。冷静になって考えてみると、ジャックがコニーを捜しにブルーパロットに来なければ、わたしは彼と出会うことはなかったのだ。ふたりがどんなに激しく愛し合っても、ジャックが最初にここに来た目的を忘れることはないだろう。サリーはジャックのことを考えた。始まったばかりの彼との情事のことを。今朝、空になって冷たくなっていたベッドのことを。そして、芽生えたばかりの彼への愛情のことを。それがいかにもろく、彼を愛するのがいかに愚かかということを。サリーは怖くなった。なにかがひどく悪い方向に向かっているような気がしてならなかった。

「ミスター・チャーチワードがお見えになりました、ミスター・ケストレル」執事のハドソンは節をつけるように言った。「旦那《だんな》さまはまだ朝食を召しあがっている最中なので、図書室でお待ちくださいと申

しあげました」

ジャックはナプキンを放《ほう》って立ちあがった。彼はひとりで朝食をとっていた。おじのバセット卿は病床にあり、レディ・バセットは健康そのものでぴんぴんしていたが、お昼前に起きてきたためしがなかった。イートン・スクエアにある屋敷は陰鬱《いんうつ》で、墓地のようにひっそり静まり返っていた。おじが重病で伏せっているために、バセット夫妻はもはや外出することも、屋敷に人を招くこともなかった。ジャックはロンドンに滞在しているあいだは、いっそのことクラブで過ごしたほうがいいのではないかと真剣に考えはじめていた。

バーティーは朝食の席に現れなかった。おそらく、昨夜は戻らなかったのだろう。ジャックは苦々しく思った。だが、当のジャックもバーティーのことをとやかく言える立場ではなかった。もう二日つづけて、朝帰りをしている。今朝もまた眠っているサリーをベッドに残したまま、泥棒のように足音を忍ばせて彼女の家を出た。サリーのそばにいたいという思いは前の夜よりも強くなっていた。どんなに激しく愛し合っても、サリーへの欲望が満たされることはなかった。むしろ、その逆だ。彼女を抱けば抱くほど、彼女が欲しくなった。ジャックはサリー・ボウズの体だけではなく、心までも自分のものにしたかった。彼女を自分だけのものにしたかった。彼女に抱いているのは欲望にすぎないと思っていたが、それは大きな間違いだった。サリーと嵐《あらし》のような三日間を過ごしたあと、彼女に求婚したいという気持ちがますます強くなった。だが、それは正気の沙汰《さた》ではない。ジャックはマーレと結婚したいと思っ

ていた。でも、彼女を失ったあと、結婚したいと思うような女性はひとりも現れなかった。マーレを愛したようにサリーを愛することはできない。愛に溺れ、傷つくのはもうたくさんだ。マーレへの罪悪感と原始的な支配欲がサリーにここまで強い気持ちを抱かせるのだ。ジャックはそう自分に言い聞かせた。

ジャックは眉を寄せて玄関ホールを横切り、図書室に入っていった。チャーチワードが訪ねてくることをすっかり忘れていた。数日前初めて、おじからパーティーが無分別にもコニー・ボウズのような女に熱を上げ、そのコニーから脅迫されていることを聞かされた。そのとき、弁護士にコニーの素性を調査するように依頼したのだった。彼は今、漠然とうしろめたさを感じていた。サリーを裏切っているような気がしたのだ。わたしはなにも知らないと言ったサリーの目は正直で、とても嘘《うそ》をついているようには見えなかった。妹がなにを企んでいようと、サリーは無関係だ。今彼にできることは、できるだけサリーを傷つけないようにこの問題を解決することだけだった。

ハイ・ホルボーンに事務所を構える、チャーチワード・アンド・ボイス法律事務所のミスター・ジョン・チャーチワードは、ブリーフケースを膝にのせ、少し緊張した様子で図書室の椅子にちょこんと座っていた。チャーチワード家は代々ケストレル家の弁護士を務めてきた一族で、今は彼が跡を継いでいる。ボイスは最近共同経営者になり、事務所にその名前を連ねることになったが、ジャックは彼には一度も会ったことがなかった。チャーチワードには十年前、イギリスを離れる直前に会っている。年齢不詳で、

痩《や》せて猫背で、しょっちゅう鼻にずり落ちてくる眼鏡を押しあげていた。十年前、ミスター・ジョン・チャーチワードは、ジャックの父親は息子が国外にいるあいだ金銭的な援助はいっさいしないと伝えるいやな役目を背負わされた。そのジャックが独力で実業家として成功を収めて帰国したと知った。十年前と少しも変わっていないように見えるミスター・チャーチワードは、彼の成功と再会を心から喜んだ。

「情報が集まりましたので、さっそくご報告に上がりました」ミスター・チャーチワードは言った。

「ミス・ボウズの素性と、ミスター・バセットとの関係を調査いたしました」彼は悲しそうに頭を振った。「いやはや、なんと申しましょうか、こんな女性は初めてです。はすっぱと言ったらいいのか、すれっからしと言ったらいいのか……」彼は咳《せき》払いをして、かすかに頬を染めた。「男性関係も派手で……見境がなく……」

「そのようなことを聞いたくらいでわたしは驚かない、チャーチワード」ジャックは苦々しい口調で言った。「ほかにもっとひどいことがあるんだろう?」

「ええ、まあ……」チャーチワードはブリーフケースを開けて、なかからがさごそと書類の束を取りだした。「ミス・コンスタンス・ボウズはサー・ピーター・ボウズの三女です。サー・ピーター・ボウズは名を知られた建築家でしたが、世紀末に投機に失敗して全財産を失いました。姉がふたりおりまして、ひとりはかの悪名高き婦人参政権論者のペトロネラ・ボウズ、そして……」チャーチワードは声を落とし、嫌悪感をあらわにして言った。「いちばん上の姉は、ストランド街でナイトクラブを経営してい

る、同じように悪名高いミセス・ジョナサン・ヘイワードです」

「ミス・サリー・ボウズだ」ジャックは唇の端をゆがめて言った。「彼女は旧姓で呼ばれたくはないだろう、チャーチワード」

「ごもっとも」ミスター・チャーチワードは冷ややかに言った。「あのような種類の女は――」

「ミス・コンスタンスのことだが」ジャックはチャーチワードを鋭くさえぎった。サリーを悪く言われ、自分が侮辱されたような気がした。「そのあと、彼女はどうした?」

「そのあと……」チャーチワードはジャックの鋭い口調にはっとして彼を見た。「父親が全財産を失ったとき、ミス・コンスタンスは十二歳でした。そして、彼女が十五歳のときに父親が亡くなりました。彼女は独身のおばのもとに数年間身を寄せました。そのとき……」彼はメモを調べた。「ピアノ教師と恋愛関係になってスキャンダルとなり、つぎに、ジェフリー・チャベネージという若い紳士と駆け落ちしようとしましたが、失敗に終わりました」ふたたび咳払いをする。「ミセス・ヘイワード、いいえ、ミス・ボウズが未亡人になると、姉といっしょに暮らしはじめ、ブルーパロット・クラブで働くようになりました」チャーチワードは思わせぶりに言葉を切ってから言った。「二年前、姉妹は婚約不履行の訴訟に関《かか》わっています」

チャーチワードが報告をつづけているあいだ、ジャックは立ちあがって窓のところに歩いていったが、それを聞いてくるりと振り向いた。「ふたりが?」彼はきき返した。いやな予感がして、背筋に冷たい

ものが走った。「それは確かなのか？」

「はい」チャーチワードは書類の束から紙を数枚抜きとった。「ミス・コンスタンス・ボウズは婚約不履行でミスター・ジョン・ペティファーを訴えました。姉は証人として法廷に立ち、妹に有利な証言をしています。結果的にふたりは勝訴しました」ミスター・チャーチワードは不満そうに言った。「もちろん、その代償として、ふたりはかなり評判を落としましたが」彼は口を閉じ、眼鏡を押しあげた。「駆け落ちの件を処理したのもミセス・ヘイワードです。チャベネージ家は問題を法廷に持ちこまれないようにするために、姉妹に金を支払ったようです。ミス・コンスタンスは当時未成年でしたので」彼は咳払いをした。「ですから、今度もまた若い紳士を誘惑して金を引きだそうとしたのではないかと考えられます。いとこの方は不幸にもふたりの罠《わな》にかかったのではないかと……」

ジャックは頰の筋肉を引きつらせ、目を細めた。「それは確かなんだな？」重ねて念を押す。「ミス・サリー・ボウズ、いや、ミセス・ヘイワードがそのふたつの裁判で妹に有利な証言をしたというのは間違いないんだな？」

チャーチワードはジャックの激しい口調に驚いて、分厚い眼鏡のレンズの奥の目をぱちくりさせた。「間違いありません」彼は書類を差しだした。「ここに裁判記録の写しがあります。ミス・ボウズはミスター・ペティファーに対して起こした訴訟のときにもずっと妹に付き添い、彼女に有利な証言をしています。わたしの情報源によりますと、チャベネージの件でも彼女が同じような役割を果たしたそうで

す」

ジャックは書類を手に取った。なにかの間違いだ。この目で証拠を見るまでは信じられない。彼はそう自分に言い聞かせた。書類に目を通しているあいだも、ジャックはサリーを信じていた。チャベネージ家はコニーとミスター・ジェフリー・チャベネージとの駆け落ちの件を法廷に持ちこませないために、ミセス・ヘイワードに七千ポンド支払った、とチャーチワードはご丁寧に注釈をつけていた。チャベネージの父親は下院議員だ。息子が未成年と駆け落ちしたことが世間に明るみになれば、彼の政治的な立場は危うくなる。ジャックは怒りをおぼえながらも、まだ信じられないという思いでペティファーの婚約不履行の裁判記録の写しに目を移した。そこでもまた、サリーは妹の主張を裏づける重要な役割を果たし、コニー・ボウズを経験豊富な年上の男性に裏切られたうぶな娘のように見せていた。ジャックは眉を上げた。判事がふたりの主張を信じたので驚いた。

「もちろん」チャーチワードは公平を期して言った。「いずれの事例でも、ミス・コンスタンス・ボウズがほんとうに被害者である可能性がないわけではありませんが――」

チャーチワードが最後まで言い終わらないうちに、ジャックは片方の手のひらにもう片方のこぶしを打ちつけた。「それは……絶対にありえない」

「ミスター・ケストレル?」チャーチワードは混乱したような顔をしていた。

「すまない、チャーチワード」ジャックは背筋を伸ばして、書類を脇に放った。「その可能性は万が一にもないだろう。ミス・コンスタンスがわたしのお

じを強請ろうとしていたことを考えると、それは明らかだ」彼は暖炉に歩いていって、マントルピースの上に腕をのせ、サリー・ボウズの嘘について冷静に、じっくりと考えようとした。サリーはコニーがおじを強請っていたことは知らない、必ず手紙は取り返すと言っていたが……。

そして、ジャックはそれを信じた。

わたしはなんと愚かだったのだろう。彼女の誠実さは見せかけにすぎなかったのだ。シルクのドレスの下の官能的な体に惑わされて、正常な判断ができなくなっていたのだ。ここにはっきりとした証拠があるではないか。ボウズ姉妹が若い男をつぎつぎに罠にかけ、大金をせしめたのは明らかだ。欲望に目が眩《くら》み、危うく彼女の罠に落ちるところだった。彼女は妹とは違うと思っていたが、実際には彼女が裏ですべてを仕組んでいたのだ。サリーにはそれだけの頭があり、コニーには美貌《びぼう》がある。そのふたつを武器にすれば紳士をだますのは簡単だ。

ジャックはみぞおちに一撃を食らったような痛みをおぼえた。彼は女性に裏切られるのに慣れていなかった。この十年、そんな痛みとは無縁だった。そのあと、激しい怒りが込みあげてきて、一瞬なにも考えられなくなった。

「ミスター・ケストレル?」ジャックはチャーチワードに話しかけられているのに気づいた。「どういたしましょうか?」

「チャーチワード」ジャックはゆっくりと言った。「ご苦労だった。さっそくだが、きみに頼みがある。ミス・サリー・ボウズの経営するクラブ、ブルーパロットの出資者がだれなのか突き止めてほしい。そ

れがわかったら、彼らに接近して、株を売る気はないか確かめてくれ」

チャーチワードは眉をつりあげた。「ナイトクラブに投資なさるのですか?」

「いや」ジャックは断固とした口調で言った。「ミス・サリー・ボウズにわたしの力を思い知らせてやる。出資者を捜しだして、買収するんだ、チャーチワード。クラブを手に入れたい。ミス・ボウズを支配したいんだ」

「ミスター・ケストレルがお見えになっており――」秘書が最後まで言い終わらないうちに、ジャックは肩でドアを押し開けるようにしてサリーの事務室に入ってきた。

「わたしが自分で知らせる」彼は言った。「ミス・ボウズ……」彼はにこりともせずにうなずいた。

サリーは今朝からずっと仕事に集中できず、秘書もそれに気づいているのを知っていた。計算をすれば何度も計算間違いをし、業者に手紙を書きはじめたが、三通ともだめにしてしまった。ネルのことやジャックのことが頭から離れず、とても仕事に集中できるような状況ではなかった。ジャックの名前が告げられると、サリーは心臓が飛びはね、体がかっと熱くなるのを感じた。でも、ジャックの険しい表情を見た瞬間、彼女の目から笑みが消えた。なにかひどく悪いことが起きたにちがいない。やはり、わたしの予感は当たっていたのだ。

ジャックはサリーに会っても少しもうれしそうではなかった。それどころか、ひどく怒っているように見えた。

「ありがとう、メアリー」サリーはそう言って立ちあがり、ドアを閉めるように秘書にうなずいて合図をした。心臓が激しく打っている。ジャックのそっけない口調と嫌悪感に満ちた目が、彼がいきなりここを訪ねてきたときのことを思いださせた。ふたりがいっしょに食事をし、キスを交わして、情熱的に愛し合う前のことだ。こうしている今でも、昨夜のことを思いだしただけで息ができなくなる。サリーは混乱した。まるで、時間を逆戻りして、ジャックと出会ってからの三日間が最初から存在しなかったかのように思えた。サリーは秘書室に従業員がいることを意識して、できるだけ穏やかな口調で言った。

「あなたが二日前にここにいらしたときのことをつい思いだしてしまいましたわ、ミスター・ケストレル」

ジャックはサリーの机に書類の束をたたきつけた。

「きみは妹が駆け落ちしたあと、相手の男に慰謝料を請求し、一九〇六年に起こした婚約不履行の裁判でも妹の証人になっている。どうなんだ、ミス・ボウズ？　まさか否定するつもりじゃないだろうな」

彼はきびしく問いつめた。

サリーは胃がよじれ、軽い吐き気をおぼえた。ジャックはコニーの過去を調べあげたのだ。彼ならそれくらいのことはするだろうと予想しておくべきだった。ジャックはわたしに会う前に調査を始めていたにちがいない。それでも、ジャックに裏切られたような気がしてならなかった。昨夜のことが思いだされる。サリーは自分でも驚くような大胆な行為に及び、また、ジャックにもそうするのを許した。あれほど親密に愛し合いながら、ジャックが少しも自

分を信用していなかったのかと思うと、胸がつぶれそうだった。それなのに、昨夜のことを思いだしただけで体がとろけそうになる。ジャックが見ず知らずの他人のような冷たい顔をして立っているのに、こんな気持ちにさせられるのがいやでたまらなかった。こんな屈辱があるだろうか？　でも、それ以上につらかったのは、それでもまだジャックを愛しているということだった。

「早くからわたしたちのことを調べていらしたのね」サリーは堅苦しい口調で言った。

「当然だ」ジャックは言った。表情は硬くこわばったままだった。「わたしがきみの話をうのみにするとでも思ったのか、ミス・ボウズ？　きみがそこまで世間知らずだとは思えないが」ジャックはサリーの地味な茶色の靴から、きっちりまとめた髪まで傲慢な視線を這わせた。「きみとは知り合って数日にしかならないが、きみの話は説得力があって、うっかり信じてしまいそうになった。きみは頭が切れるし、相当経験も積んでいるにちがいない」

ジャックの侮辱にサリーはナイフで身を切り裂かれるような痛みをおぼえた。「あなたはなにかひどく誤解なさっているようね！」彼女は言った。「わたしは確かに二年前、婚約不履行の裁判でコニーを擁護する証言をしたわ。でも、あのときはコニーがあまりにひどい仕打ちを受けて、とても黙っていられなくて――」

「世間知らずの彼女がだまされたというような話は聞きたくない」ジャックのあざけりの言葉がサリーの胸に突き刺さった。「きみの妹がわたしのおじから金を強請りとろうとしたのは、きみたちがここ数

年やってきた脅迫と同じ手口だ」

怒りがサリーのあらゆる感情を押し流した。「よくもそんなひどいことを！　わたしたちはそんなことはしていないわ」

ジャックは机に身をかがめて、書類の束を指でたたいた。「ここにすべて詳しく書かれている、ミス・ボウズ」彼は体を起こした。「チャベネージ、ペティファー、今度はリストにわたしのいとこを加えようとしているんだろう？」

サリーは頭がくらくらするのを感じた。ふたつの件が世間でよく思われていないのはわかっていた。それでも、ジャックが真相もたずねずに、いきなり自分を非難したのが残念でならなかった。ふたりは知り合って間もないが、それでも、ジャックは自分を信じてくれていると思っていた。だが、そうではなかった。ジャックは愛がなくても女性と愛し合うことができるのだ。軽蔑《けいべつ》している相手とでさえも。自分のジャックへの思いとのあまりの落差にサリーは愕然《がくぜん》とした。

「婚約不履行の訴訟がよく思われないのはわかっているわ」サリーは必死に訴えた。「でも、わたしにも説明させてちょうだい！　コニーはジョン・ペティファーを愛していたの。彼の裏切りにコニーがどれほど傷ついたか――」サリーはジャックの顔に表れた表情を見て、口をつぐんだ。彼はわたしの話をまったく信じていない。

「きみには失望した、ミス・ボウズ」ジャックは冷たく言い放った。「きみは妹を若い男に近づかせ、誘惑しては、被害者を装って金をだましとっている。きみは妹に売春をさせているも同然だ！」彼はサリ

ーの全身を舐《な》めまわすように見つめた。

サリーは真っ赤になった。ジャックがふたりで過ごした夜のことを考えているのは明らかだった。

「正直驚いている」ジャックはゆっくりと言った。「きみがあれほど長く処女でいたとはね。金で売る機会を待っていたのか？　わたしを見て、わたしならそれだけの金を払えると踏んだのか、ミス・ボウズ？　すぐにでもわたしのところに弁護士が訪ねてくるんじゃないのか？　処女を奪ったことを法廷に持ちだすと言って」彼は笑い、その侮蔑に満ちた声にサリーは身が凍る思いがした。「たとえ、金を払わされることになっても、それだけの価値はあった。きみは最高にすばらしかった」

怒りと悲しみがサリーを襲った。気がつくと、彼女は震えていた。妹のネルのことが頭をよぎった。ネルは薬はもちろん、日々の食料を買うお金にも困っている。二百ポンドあれば妹の子供たちを助けることができる。ジャックがここまでわたしをさげすんでいるのなら、なにを言っても、これ以上悪く思われることはないだろう。わたしに対する彼の見方は生涯変わらない。ふたりの関係は、わたしの愛は始まると同時に終わったのだ。

サリーは深く息を吸いこんだ。

「二百ポンドで話をつけるわ」彼女は言った。

サリーはそう言ったすぐあとに、自分自身の大胆さに気を失いそうになった。気分が悪くなり、頭がふらふらした。後ろを向いていたジャックは、サリーのそのひと言に驚いて振り向き、目を見開いて彼女を見た。わたしを悪く思っていたとしても、さすがにそこまで恥知らずだとは思わなかったのだろう。

サリーはネルと子供たちのためだと強く言い聞かせて、ジャックの返事を待った。

ジャックはサリーが震えるほど冷ややかなまなざしで、彼女を頭のてっぺんから爪先まで眺めた。そのあと、彼は唇に辛辣な笑みを浮かべた。ひどくゆっくり上着のポケットに手を入れ、革の財布を取りだす。

「これはわたしからのアドバイスだが、ミス・ボウズ」彼はもったいぶったような口調で言った。「これからは、前もって値段の交渉をするといい」

サリーはごくりと唾《つば》をのんだ。喉がからからに渇き、ジャックに聞こえてしまうのではないかと思うほど心臓が激しく打っていた。

「ふた晩で二百ポンドか」ジャックはそう言って、財布から五十ポンド紙幣を何枚か取りだした。「もっと多くてもよかったくらいだ」彼はサリーに近づくと、彼女の頬に手を触れた。彼の手はやさしかったが、目に浮かんだ表情は恐ろしく冷ややかだった。

「いくらでわたしの愛人になる?」

サリーは目を閉じた。二百ポンド要求したのだから、お金で買える女だと思われてもしかたがない。ジャックはわたしをあれほど軽蔑していながら、まだわたしを抱きたいと思っているのだ。彼の欲望はまだ衰えてはいない。お金でわたしの処女を買えたのだから、愛人にもできると思ったのだろう。

わたしは二百ポンドで処女を売ったのだ。

サリーは愕然とし、絶望と自己嫌悪に震えた。すると、ジャックが顔を近づけ、激しく彼女の唇を奪った。

キスは始まると同時に終わったが、それはサリー

が自分の所有物であることを示すキスだった。サリーは激しく動揺し、ジャックが唇を離すと、よろめいて肩で大きく息をした。彼はふたたび、ぶしつけな視線でサリーの全身を眺めまわした。まるで、視線で彼女の着ているものを一枚一枚はぎとろうとしているかのように。

「いくらだ？」ジャックは繰り返した。彼はサリーの手に紙幣を置いた。

「いいえ」サリーはそう言って咳払いをした。「わたしは……わたしはあなたの愛人になることには興味がないわ、ミスター・ケストレル」

ジャックは唇に皮肉な笑みを浮かべた。「正当な代価を払えば、きみは必ずイエスと言う、ミス・ボウズ」彼は体を起こした。「その話はまたあとにしよう。ところで、きみの妹と話がしたい。彼女はここにいるのか？」

「え、ええ……」サリーはなんとか心を落ち着けようとした。「コニーはここにいるわ……今朝話をしたばかりだから」彼女は当てつけるように時計を見た。「コニーはまだ寝ているわ、ミスター・ケストレル。今朝はお見えになるのが少し早すぎたようね。妹はお昼前に起きることはめったにないの」

「それなら、起こしに行くまでだ」ジャックは断固とした口調で言った。

「わかったわ」サリーはつかつかとドアのほうに歩いていった。彼女はまだ震えていた。ひとりになりたかった。手に持った紙幣が火傷《やけど》しそうなほど熱く感じられた。「ここで待っていてくださらない？」彼女は言った。

「ミス・コンスタンスが裏の窓から逃げだすあいだ、

ここにのんびり座って待っているわけにはいかない」ジャックはゆっくりと言って、眉を上げた。

「きみは紳士が彼女の寝室に入っても気にならないだろう？　この報告書を読んだかぎりでは、さぞかし大勢の男が彼女の部屋を訪れたにちがいない」

サリーは歯ぎしりした。今さらわたしがなにを言ってもジャックは信じないだろう。わたしはお金目当ての女だと思われてもしかたのないことをしてしまったのだ。サリーはネルの子供たちのことだけを考えた。二百ポンドあれば、子供たちに住む家を与え、薬を買うことができる。困っているほかの家族を助けることも……。

「コンスタンス」ジャックは考え深げに言った。「きみの妹に、忠実を意味する名前がつけられているのはなんともまた皮肉だな、ミス・ボウズ。もちろん、自らの欲望にあくまでも忠実だという意味ならべつだが」

サリーはジャックを無視した。事務室のドアを開け、秘書室に入っていくと、メアリーとタイピストはふたりの話をなにも聞いていませんでしたとでもいうように、それぞれの仕事に忙しいふりをした。

今度はジャックがサリーのあとを追う番だった。サリーはつかつかと階段を二階分上がり、廊下を進んでコニーの部屋の扉を勢いよく開けた。

部屋は真っ暗だった。

サリーは窓のところに歩いていって、カーテンを開けた。部屋に光があふれた。

部屋はまるで竜巻に襲われたか、強盗に荒らされたあとのようだった。ベッドは空で、シーツと毛布が足元でぐしゃぐしゃになっていた。たんすの扉が

開いていて、床に服が散らばり、そのあいだに靴が何足か落ちていた。

「これはいったい――」ジャックは言いかけた。

「コニーは整理整頓《せいとん》が苦手なの」サリーはそう言うと、床に落ちた服を踏まないように注意しながら鏡台のところに歩いていった。

「また逃げられたようだ」ジャックは言った。

サリーは鏡台の上に置かれた手紙を手に取った。コニーが部屋に入るのを見てからまだ四時間しかたっていない。サリーはきびしい現実に打ちのめされた。コニーは最初からここにいるつもりはなかったのだ。ここには着替えを取りに戻っただけで、すぐに出ていったにちがいない。バーティー・バセットといっしょに。サリーは手紙を読んだ。

〈サリー、あなたがこれを読んでいるころには、わたしはいなくなっているわ。バーティーと結婚するの！　これを書き終えたら、こっそり出ていくわ〉

サリーは鏡台の椅子に力なく座りこんだ。鏡には驚いて青ざめた自分の顔が映っていた。彼女はコニーとバーティー・バセットのことを考えた。ふたりが結婚してもうまくいくはずがない。いずれ離婚裁判になるのは目に見えている。コニーはジョン・ペティファー以外だれも愛したことはなかった。コニーはバーティーを愛してはいない。バーティーを利用しているにすぎないのだ。

〈バーティーのお父さまはわたしたちの結婚を絶

対に許してくださらないわ。無理やり別れさせられるに決まっている。だから、わたしたちがいっしょになるには駆け落ちするしかないの。これは、バーティーの恐ろしいいとこのジャックが怒鳴りこんでくる前から決めていたことなの。だましてごめんなさい。でも、わたしはほんとうにバーティーを愛しているの。彼にお金がなくたってかまわないわ。彼といっしょになれるのなら……〉

嘘つき。サリーは胸の内でつぶやいた。妹の気持ちが水たまりのように浅いことはわかっていた。コニーの筋書きが見えてきた。まだ若いバーティーは人生経験に乏しく、だまされやすい。彼はほんとうにコニーと結婚したいと思っているのかもしれないが、コニーのほうは彼の爵位と財産と地位が欲しいだけだ。駆け落ちすることはふたりで考えたのだろうが、コニーはさらに周到な計画を立てていた。彼女が言っているように、バセット卿は決してふたりの結婚を許さないだろう。バーティーと親子の縁を切り、財産には手を触れさせずに彼を家から放りだすかもしれない。そこで、コニーはふたりの関係が終わったかのように見せかけてバセット卿を強請ろうとしたのだ。事実が世間に明るみに出るのを恐れてバセット卿が口止め料を払えば、コニーはお金とバーティーの両方を手に入れることができる。

サリーはやるせない気持ちになった。コニーがすべてを仕組んだのだ。コニーはこの件にジャックが乗りだしてきたのを聞いて、バーティーの父親からお金を強請りとるのをあきらめ、とにかくバーティーと駆け落ちする道を選んだのだろう。いずれ家族

疑《うたぐ》り深い性格なのね」

ジャックは目を細めて、ふたたび手紙に目を通した。「いずれにせよ、大した違いはない」彼は吐き捨てるように言った。「きみたちがふたりとも金目当てであることに変わりはない」彼は短く笑った。「おじから金を引きだせないと見て、わたしのいとこと駆け落ちするとは。いったいどこまでずる賢いんだ！」

サリーはゆっくりと立ちあがった。

「ふたりが結婚してもうまくいくはずがないわ」彼女は言った。

ジャックはまじまじとサリーを見つめた。「でも、きみは満足なんだろう、ミス・ボウズ？」皮肉を込めて言う。「きみの妹は男爵の跡継ぎをつかまえるのに成功したんだ。バーティーはジェフリー・チャがふたりの結婚を認めてくれるのを期待して。

ジャックは部屋に入ってくると、サリーの手から手紙を取りあげた。「またきみの妹の作り話じゃないだろうな、ミス・ボウズ」彼は言った。手紙に目を走らせて、眉間《みけん》にしわを寄せる。「バーティーを愛している？　冗談もほどほどにしてくれ！　まったく、きみたち姉妹には恐れ入った。もちろん、きみも一枚噛んでいるんだろう？」

「いいえ」サリーはきっぱり否定した。椅子に座ったまま振り向き、ジャックをにらむ。「それを読めばおわかりになるでしょう、ミスター・ケストレル？　コニーはだましてごめんなさいと書いているのよ。それとも、わたしたちがこれを仕組んで、あなたを惑わせるためにこの手紙を置いたとでも疑っているの？　もしそうだとしたら、あなたは相当

ベネージやジョン・ペティファーのようなただの紳士とは違う。おじがパーティーに金を渡さずに追いだしたとしても、相続人からはずすことはできない。おじは弱っていて、いつ亡くなってもおかしくないからな……」サリーはふたたび、ジャックの目に浮かんださげすみの色を見て胸を突かれた。「よくぞ考えたものだ。まったくおみごととしか言いようがないね」

「今はそんなことを言っている場合ではないわ」サリーは言った。「これは大きな間違いよ。わたしの経験から言わせてもらえば、ほんとうに愛し合っている男女以外結婚すべきではない——」ジャックの目にうんざりしたような表情が浮かぶのを見て、サリーは口をつぐんだ。

「きみはほんとうに大したものだ、ミス・ボウズ」ジャックは言った。「この期に及んで、そんな見え透いた嘘をつくとは」

「ミスター・バセットも妹も、だれとも結婚すべきではないわ」サリーはきっぱりと言った。「あなたのいとこは意志が弱く、精神的に未熟で、人の意見に流されやすい。そして、妹は口でなんと言おうと、彼を愛してはいない。あなたのおじさまは元気におなりになって、百歳まで生きるかもしれないわ。そうしているあいだに、お金のないふたりは喧嘩が絶えなくなり、結婚はいずれ破局を迎える。半年もしないうちに離婚裁判になるのは目に見えているわ！」サリーはジャックを見た。「グレトナ・グリーンに行って、ふたりの結婚を阻止するのね、ミスター・ケストレル。手遅れにならないことを祈るわ。ふたりは数時間前に出かけたばかりだから」

ジャックはサリーの予想に反して、すぐには動かなかった。代わりに、じっと立ったまま、いぶかしげな表情でサリーを見つめていた。サリーは落ち着かない気分になった。

「結婚を阻止するのはすばらしい考えだ」彼はつぶやいた。「もちろん、しあわせなふたりのあとを追うつもりだが、ひとつ計画の変更がある、ミス・ボウズ」

「なにかしら？」サリーはいらだって言った。「はっきり言ってくださらない？」

「きみのことだ」ジャックは言った。「きみにもいっしょに来てもらう」

「お断りするわ！」サリーはぞっとして思わず後ずさり、スカートの裾《すそ》を踏んで後ろにひっくり返りそうになった。ジャックは素早く手を伸ばしてサリーを支えたが、彼女はその手から手を引き抜いた。

「きみは断れる立場にはない、ミス・ボウズ」ジャックは言った。「きみはさっきわたしから二百ポンド受けとったばかりだ」彼は間を置いてからつづけた。「わたしにはきみを好きなようにする権利がある」

サリーは首を横に振った。「いいえ。わたしはそんなつもりで――」

「自分を売ったつもりはないというのか？」ジャックは眉を上げた。「申し訳ないが、わたしはきみがまさしくそうしたのだと受けとった」彼はサリーのうなじに手をまわして、そばに引きよせた。「ふた晩だけでわたしが満足するとでも思ったのか？」彼はそう言って、彼女の唇に息がかかるほど唇を近づけた。「わたしはそんなことでは満足しない、ミ

ス・ボウズ。飽きるまで、何度でもきみを抱きたい」親指でサリーの下唇をなぞり、彼女が思わずあえぐような声をもらすと、欲望と満足に彼の瞳が暗く翳《かげ》った。「それで考えたんだが」ジャックは突然、くだけた口調でつけ加えた。「きみのカジノに貸している一万ポンドを返してもらおうか。一万ポンドとなると、返済には長くかかる」

サリーが驚きに息をのんだ隙《すき》に、ジャックは貪欲《どんよく》なキスで彼女の唇を奪った。

「車で待っている」ジャックはそう言って、サリーを離した。「あまり待たせないでくれ」

ジャックが部屋を出ていったあと、サリーはつかつかと部屋を横切り、力任せにコニーのたんすの扉を閉めた。ジャック・ケストレルに出会う前は、こんな乱暴なまねはしたことがなかったのに。サリーは苦々しい思いが胸に込みあげてくるのを感じた。たったふた晩で、わたしの人生はめちゃくちゃになってしまった。コニーのことが心配なら、ジャックといっしょに行くしかない。ジャックがコニーとバーティー・バセットに追いついたら、コニーがどうなるか容易に想像できる。彼はふたりの仲を裂き、コニーは自分で食べていくしかなくなるだろう。

〝きみはさっきわたしから二百ポンド受けとったばかりだ〟〝わたしにはきみを好きなようにする権利がある〟

サリーは両手で顔を覆った。ジャックにお金を突き返してやりたかったが、ネルのことを考えると、どうしてもできなかった。もう取り引きはすんだのだ。今さら悔やんでもしかたがない。ジャックは最初からわたしのことをよく思っていなかった。わた

しとコニーがチャベネージとペティファーを罠に陥れ、お金をだましとったと思いこんでいる。お金のためなら自分自身を売るのもいとわない女だと軽蔑しているのだ。なにをしても、これ以上彼にさげすまれることはないだろう。少なくとも、これでネルの子供たちを助けてあげることができる。わたしはそれで満足だ。

サリーは自分の部屋に行くと、カーテンを開けて通りを見下ろした。ランチェスターがクラブの正面玄関の真ん前に止められていた。昨夜は自動車を注意して見ることはほとんどなかった。ジャックのことばかり気になって、早くクラブに戻ることしか頭になかった。車のまわりにはすでに人垣ができ、日差しを浴びて銀色に輝く車体をほれぼれと眺めている。サリーは苦々しく思った。いかにもジャック・ケストレルのやりそうなことだ。このロンドンでいちばん派手で目立つ自動車をわざわざわたしの店の前に止めて見せびらかすなんて。

サリーはたんすから旅行かばんを取りだして、とりあえず必要なものを詰めながら、どのくらいロンドンを離れることになるのだろうと思った。店には優秀な支配人のダンがいるので、彼に任せておけば安心して店を空けられる。汽車でスコットランドに行くのなら、数日で戻ってこられるだろう。クリムゾン・サロンのお披露目の前に最終確認をする時間はたっぷりある。

〝飽きるまで、何度でもきみを抱きたい〟ジャックはそう言った。サリーは不安と期待に身を震わせた。ジャックが非常に魅力的だということは否定できない。それでも、自分をさげすんでいる相手にこれほ

ど惹《ひ》かれるとは夢にも思わなかった。どうしようもなくジャックを愛していることに気づいたのは、つい今朝のことだ。たとえジャックに軽蔑され、冷たくされても、彼女のなかで燃えさかる情熱の炎が衰えることはなかった。もう一度ジャックの腕に抱かれるのかと思うと、体が震えた。でも、それはできない。絶対にしてはならない。ふたたび彼の魅力に屈するのは、自らの身を滅ぼすようなものだ。

サリーは意を決してジャックのことを頭から締めだした。それから、机の上から封筒を取りあげて二百ポンドを入れると、ネルの宛先《あてさき》を走り書きした。そのあと、彼女は車で待っているジャックのところに向かった。

5

ジャックはランチェスターの助手席の真紅色をした革張りのシートに座ったサリー・ボウズを横目でちらりと見た。彼女は憎らしいほど落ち着き払っていて、それがまたジャックの欲望を刺激した。彼女のかぶっているしゃれた黒いベールを持ちあげ、その官能的な赤い唇にキスをしないようにするのに自制心を最大限に働かせなければならなかった。サリーは黒と白のかっちりした旅行用の服に、顔が隠れるほどつばの広いピクチャー・ハットをかぶっていた。ジャックはそれらをすべてむしりとって、ランチェスターのボンネットの上で彼女と愛し合いたい衝動に駆られた。だが、ブループロットのドアマンのアルフレッドがそうはさせてくれないだろう。アルフレッドは新しいおもちゃを手にした子供のように興奮に顔を輝かせて、制服の袖《そで》で銀色に輝く車のボディを磨いていた。

ジャックはサリーがアルフレッドに封筒を渡し、彼に聞こえないようになにやら小声で指示を与えるあいだ、じっと待っていた。ドアマンはうなずき、後ろに下がって、いってらっしゃいませと手を上げた。

「国境まで行く必要はないだろう」ストランド街を走りながら、ジャックは言った。「バーティーは子供のときからわたしの妹のシャーロットとても仲がよかった。おそらく、妹を頼ってオックスフォー

ドシャーに行ったのだろう」

「オックスフォードシャーまで汽車ではなく、車で行こうというの?」サリーはたずねた。「それは貴重な体験ができそうね」いかにも気が進まないように車の周囲を見まわす。「グレトナ・グリーンに行くのでなくてよかったわ。もしそうなら、わたしたちが向こうに着く前に、ミスター・バセットと妹は最初の結婚記念日を祝っているでしょうから」

「ランチェスターは最高時速六十五キロまで出る」ジャックはそう言って、口元に辛辣《しんらつ》な笑みを浮かべた。「きみの荷物が思ったより少ないので、重みでスピードが落ちることはないだろう」

サリーは横を向いてしまったので、ジャックは彼女の横顔しか見えなかった。「あなたのお知り合いの女性は山のような荷物を持ってくるのでしょうけれど、ミスター・ケストレル、わたしは違うわ」

「そうだろうな」ジャックは言った。「二百ポンドで買えるものだけだ」彼は待ったが、サリーは彼の挑発には乗ってこなかった。ただ、わずかに頬を紅潮させただけだった。「金をどこに送ったんだ?」彼はたずねた。

サリーは飛びあがった。膝の上にのせた両手が震えだし、やっとの思いで震えを抑えた。「いったいなんの話をしているの?」

ジャックはため息をついた。サリーが時間稼ぎをしているのはわかっていた。「わたしは見たんだ、サリー」彼は言った。「これはわたしの推測だが、きみはわたしから受けとった二百ポンドを封筒に入れ、それをドアマンに手渡して、どこかに届けるように指示した。だれに届けさせたんだ?」

「誤解よ」サリーの声には動揺が感じられた。「わたしがアルフレッドに渡したのは手紙で……」サリーは声をとぎれさせ、そのあと、皮肉を込めてつづけた。「わたしたちの取り引きに、自分の行動をすべてあなたに説明しなければならない条件がふくまれているとは思わなかったわ」

ジャックは肩をすくめた。なぜ金のことをきいたのか自分でもよくわからなかった。夜いっしょに過ごしたとき、サリーは店に借金があるようなことを言っていた。おそらく、返済の期限が迫っている借金の支払いにでも充てたのだろう。それがなんだというんだ？　わたしはもうじき店の経営権を握り、サリーからブルーパロットを取りあげる。ジャックはそう考えて、残酷な満足感をおぼえた。

ジャックはサリーを見た。しゃれた黒と白の流行の旅行用の服に身を包んだ彼女は上品で美しく、その顔は三日前の夜に初めて会ったときと同じように穏やかで楚々《そそ》としていた。この外見は大きな武器だ。こんな虫も殺さないような顔をして、男を手玉に取るとはだれも思わないだろう。ジャックでさえ、まんまとだまされたのだ。チャーチワードから報告を受けてサリーの正体を知ってはいたが、それでも、彼女が厚かましく金を要求してきたときにはさすがにひどく驚いた。

ジャックは自分の見る目のなさにあきれ、腹を立てた。彼女など信じるものか。同じあやまちは二度と繰り返さない。

だが、欲しいものは手に入れた。サリーの道徳観念のなさに感謝すべきだろう。交渉しだいでは、サリー・ボウズを愛人にすることができるかもしれな

い。熱が冷めるまで、彼女を自分のものにしておける。金額の折り合いがつけば、彼女はきっと話に応じるだろう。ジャックは彼女をベッドに連れていくことを考えないように、ハンドルを握る手に力を込めた。これではまるで学校を出たばかりの若者のようだ。とても経験を積んだ大人の男とは思えない。厄介者のいとことサリーのずる賢い妹の件が片づいたら、サリーをどこか近くの宿に連れていって、へとへとになるまで抱き合おう。それまでは、なんとかしてこの欲望を抑えなければならない。今日は長い一日になりそうだ。

ジャックの運転するランチェスターが、アビンドンの近くにある妹の屋敷、ダウントセイ・パークの堂々とした石の門に入ったのは、午後も遅くなってからだった。ゴシック様式を取り入れたらしい屋敷はとにかく大きく、バイエルン地方の断崖《だんがい》絶壁に立つ城に見られるような塔がいくつもそびえていた。だが、緑豊かなオックスフォードシャーの大邸宅にはいかにも不釣り合いだった。サリーが驚いているのを見て、ジャックは旅のあいだじゅう重く垂れこめていた沈黙を破った。

「奇怪な家だろう」ジャックは言った。「スティーブン・ハリントンの祖父が十九世紀のなかごろに、自分の好きな建築様式をすべて取り入れて建てたんだ」彼はため息をついた。「なかに入ればわかるが、彼の好みはじつに多種多様だ」

サリーはなんとか冷ややかな笑みを浮かべた。彼女は疲れ果て、忍耐力は限界に達していた。彼女とジャックは四時間ものあいだほとんど言葉を交わさ

ず、途中、ウインザーのテムズ川のほとりにある宿で昼食をとったときにも、むっつり押し黙ったままだった。そのあとは、なんとか眠ろうとしたが、車のなかの閉ざされた空間のなかではジャックのことが気になって眠るに眠れなかった。それに、帽子のつばが邪魔になって、座席に楽に頭をもたせかけることもできなかった。ジャックから顔をそむけ、ずっと横を向いていたので首が痛い。

サリーは帽子のつばの下からジャックの顔をちらりとのぞいた。相変わらず不機嫌そうな表情をしている。それでも、ハンドルを握る手に目をやると、その手が彼女にどれだけの喜びをもたらすことができるかを思いだして、胸の鼓動が速くなり、体に震えが走った。あれだけのことがあったにもかかわらず、サリーはジャックに無関心ではいられなかった。情熱の炎はまったく衰えていなかった。今となっては、彼をどう思っているのかさえわからなかったが、こうしてふたりきりで車に乗っていると、息苦しく、緊張感に押しつぶされてしまいそうだった。

アビンドンに近づくにつれ、サリーはしだいに不安になっていった。コニーとバーティーがダウントセイ・パークに行っていなかったらどうしよう？もしそうなら、わたしはジャックとグレトナ・グリーンまで行かなければならなくなる。それも、むだ足に終わることだって考えられる。イギリスじゅうを探しまわっても、ふたりは見つからないかもしれない。運よく見つかったとしても、ジャックは間違いなくバーティーをロンドンに連れ戻すだろう。あとに残されたわたしは、コニーを連れてロンドンまで戻らなければならなくなる。あわただしく出てき

たが、ロンドンに戻るふたり分の交通費は持ってきた。それでも、慰めようもないほど泣きじゃくるコニーを連れて、いちばん近くの鉄道の駅までオックスフォードシャーのぬかるんだ道を歩かなければならないのかと思うと、さすがに気が滅入《めい》った。

ジャックは運転席のドアを開けて外に出ると、車をぐるっとまわってきて助手席のドアを開けた。サリーはこれから起こるかもしれない災難のことを考えるのをやめ、ジャックの差しだした手を取って、砂利敷きの車寄せに降りたった。彼の手はよそよそしく、サリーを見る目は冷ややかだった。自分のことを軽蔑《けいべつ》し、娼婦《しょうふ》同然にしか思っていないような男性と見知らぬ場所にいるのがサリーは急に心細くなった。

執事はすでに玄関のドアを開けていた。四歳くらいのとび色の髪をした小さな女の子が歓声をあげながら階段を駆け下りてきて、ジャックの脚にしがみついた。

「ジャックおじちゃま！　ジャックおじちゃま！」

二十五、六歳くらいの若い女性が女の子のあとから幅の広い階段を下りてきて、ジャックに抱きつき、彼の頬に音をたててキスをした。

「ジャック！　あなたなの、信じられないわ！」

ジャックは満面の笑みを浮かべた。子供を抱きあげてくるくるまわし、女の子は興奮と喜びにきゃっきゃっと叫んだ。サリーはその光景を見てむなしい気持ちに襲われた。こうして家族との再会を喜んでいるジャックはまるで別人のようだった。彼は妹や姪《めい》にはなんのてらいもなく、おおっぴらに愛情を表現している。彼はくつろいで、ほんとうにしあわせ

そうに見えた。

子守りが現れ、興奮した子供をジャックから引き離そうとしたが、ルーシーと呼ばれているその女の子はふっくらした小さな腕で彼の首にしがみついて離れようとしなかった。ジャックがルーシーをくすぐって髪の毛をくしゃくしゃにし、お茶を飲んだあとにいっしょに遊ぼうと言うと、ようやく彼の首から手を離した。

ルーシーがしきりに後ろを振り返りながらお茶に連れていかれると、サリーはジャックの腕につかまって笑っている若い女性に注意を向けた。この女性がジャックの妹なのだろう。兄と同じ情熱的な黒い瞳に、頬骨の高い整った美しい顔立ちをしている。兄が男性的で鋭い印象なのに対して、妹のシャーロットはふっくらしているぶん、とても穏やかで親しみやすく見えた。バーティー・バセットが彼女を姉のように慕っているのがわかるような気がした。温かい人柄が外見にもにじみでていて、初めて会ったサリーでさえも傷ついた心が癒《いや》されるのを感じた。

「シャーリー！」ジャックは言った。「元気だったか？」

「お兄さまに会って、ますます元気になったわ」シャーロット・ハリントンはそう言って、にっこりほほえんだ。「ほんとうにうれしいわ！　きっと忘れているだろうと思ったのに！」

ジャックは一瞬言葉を失い、顔に驚きと不安の表情を浮かべた。それを見て、シャーロットは責めるように言った。

「忘れていたんでしょう」

「シャーリー――」ジャックは言いかけたが、妹の

顔にはすでに笑顔が戻っていた。

「いいのよ!」彼女は言った。「とにかく、こうして来てくれたんですもの。土曜日から月曜日にかけて、オットリーヌ大おばさまのお誕生日を祝ってパーティーを開くの――」

「オットリーヌ大おばさまだって! 大おばさまもここに来ているのか?」ジャックの声に恐怖に近いなにかを聞きとり、サリーは唇を噛《か》んで笑いをこらえた。ジャックはパーティーのあとを追うのに必死で、招待されていたことをすっかり忘れていたファミリー・パーティーに図らずも飛びこんでしまったようだ。いついかなるときも冷静に物事に対処するように見えるジャックがうろたえているのを見るのは、じつに愉快だった。オットリーヌ大おばさまというのはさぞかし恐ろしい人物にちがいない。

「オットーおばさまはまだお着きになっていないわ。晩餐《ばんさん》には間に合うと思うのだけれど」シャーリーはいまだにきょとんとした顔をしている兄を見て、顔をしかめた。「だから、言ったでしょう! これはおばさまのためのパーティーなの。お父さまといとこのバフィーも招待してあるわ。来るかどうかはわからないけれど」

「父と、バフィーも?」ジャックの声はしだいに小さくなっていた。ジャックとは知り合って間もないが、サリーはこんなにうろたえている彼を見るのは初めてだった。なんて愉快なのかしら。

「こんにちは!」シャーロットは突然言ってサリーに手を差しだし、彼女を心から歓迎するような力強い握手をした。「ごめんなさいね、ご挨拶《あいさつ》するのがすっかり遅くなってしまって。ルーシーと同じよう

にジャックに会えたのがうれしかったものだから。ほんとうにごめんなさい！」彼女は期待するように間を置き、ジャックが思いだしたようによそよそしくサリーを紹介した。

「シャーリー、こちらはミス・サリー・ボウズ。ミス・ボウズ、わたしの妹のミセス・ハリントンだ」

「お会いできてうれしいわ、ミス・ボウズ」ジャックの妹はそう言って、にっこりほほえんだ。「ジャックが家族のパーティーに女性を連れてくるなんて、今まで一度もなかったことよ！」

「はじめまして、ミセス・ハリントン」サリーは口元を引きつらせた。「歓迎していただいて申し訳ありませんが」気まずそうに言いたす。「ミスター・ケストレルが家族の集まりがあることをおぼえていらしたら、わたしをこちらに連れてくることはなかったと思います」彼女はジャックの無表情な顔をちらりと見た。「わたしたちはただの知り合いにすぎませんの」

「そうなんだ」ジャックはぶっきらぼうに言ったが、ふたりがどういう関係なのかを思いださせようとするかのように、サリーを横目でちらりと見た。

シャーロットは眉を寄せて、ふたりを交互に見た。

「大おばさまの誕生パーティーのことをすっかり忘れていて、ミス・ボウズをわたしたちに紹介するために連れてきたのでもないのだとしたら、いったいなにをしに来たの？」彼女は問いつめるように言った。

「わたしたちはミス・ボウズの妹さんを捜しに来たんだ」ジャックはそう言って、謎《なぞ》めいた目でサリーを見た。「ミス・コニー・ボウズがパーティー・バ

セットと駆け落ちしたと信じるもっともな理由があり、ふたりがおまえを頼ってきたのではないかと思って訪ねてみたんだよ、シャーリー。バーティーはなにか困ったことがあると、まずおまえに助けを求めるからな」

「まあ！」シャーロットは心底驚いているように見えた。「バーティーが駆け落ち――」彼女はサリーを見て、心からの同情を示した。「ミス・ボウズ、さぞかしご心配でしょうね！　でも、バーティーにはここ一カ月近く会っていないの。バーティーがわたしを姉のように慕ってくれているのは事実だけれど」彼女はほほえんだ。「母親のレディ・バセットは自分のことにしか関心がなくて、とても相談できるような相手ではないし、バーティーはひとりっ子でほかに兄弟も――」

「シャーリー、おしゃべりはもういい」ジャックはさえぎった。「重要なのは、バーティーがここには来ていないということだ」

三人は言葉に詰まり、気まずい沈黙が流れた。

「どうか気になさらないで」サリーは言った。「ご迷惑をおかけして申し訳ありません、ミセス・ハリントン」彼女は声に落胆の気持ちが表れないようにした。ジャックはバーティーは必ず妹のシャーロットを頼っていくはずだと言っていたのに、結局、むだ足に終わってしまった。サリーはダウントセイ・パークでコニーが見つかることを自分がどれだけ期待していたか、そのとき初めて気づかされた。彼女は落胆し、疲れ果てていた。

「ほかを探しましょう」サリーはそう言って、車に戻ろうとした。

「待って！」シャーロットはサリーの腕をつかんだ。「今日はこれ以上旅をつづけるのは無理よ。どこに行こうというの？ ここで休んで、どうしたらいいかみんなで考えましょう」

シャーロットは兄にほほえみかけた。「ジャック？ ミス・ボウズはお疲れになっているわ。今夜はここに泊まっていくでしょう？」

ジャックはなにやら考えこんでいるような表情で、ドライブ用の手袋をもう片方の手のひらに打ちつけていた。サリーはジャックがシャーロットの提案を受け入れがたいと思っているのがわかった。彼はほかの家族にサリーを紹介し、バーティーとコニーが駆け落ちしたことを説明するのだけは避けたいと思っているのだ。サリーにとってこれ以上の侮辱はなかった。

「あなたにご迷惑はかけられないわ、ミセス・ハリントン」サリーは言った。「ミスター・ケストレルに近くの町まで乗せていってもらって、どこか泊まるところを見つけます。そのあと、お兄さまはこちらに戻ってきて、みなさんとパーティーを楽しまれるといいわ。明日になってからまたふたりを捜せばいいんですから」

シャーロットはぞっとしたような顔をした。「そんなことはさせられないわ、ミス・ボウズ！ ジャックもあなたをそんなふうに扱うことは夢にも思っていないはずよ」

ジャックのしかめっ面を見るかぎり、彼はそれよりもはるかにひどい扱いができるように思えた。そのとき、ジャックがなにを言おうとしていたのかわからないが、彼の発言は家の横をまわってきたふた

りの紳士によってさえぎられた。ふたりは白いテニスウエアを着て、手にはラケットを持ち、話に夢中になっていた。ところが、ランチェスターを見て急いでやってきた。

「やあ、ケストレル」ふたりのうち、背が高くて、色の白い男性が感嘆の声をあげた。「すばらしい車じゃないか！　わたしのフォードのT型がかすんで見えるよ」彼はサリーにほほえみかけ、握手をした。

「こんにちは！　あなたはジャックのいちばん新しいお友だちですね。ジャックは女性と車に関してはとても趣味がいいんですよ」

「スティーブン！」シャーロットはたしなめるように夫に言った。「こちらはミス・サリー・ボウズよ」

サリーはほほえんだが、彼女の注意はすぐにスティーブンといっしょにテニスをしていた男性に向けられた。昔から家族ぐるみのつき合いをしているグレッグことグレゴリー・ホルトがハリントン家と親しい関係にあるとは思いもしなかった。しかも、フアミリー・パーティーに招待されているのなら、かなり親しい間柄にちがいない。

グレッグはサリーにほほえみかけたが、冷ややかな青い瞳に物思わしげな表情を浮かべて、サリーからジャックに、そしてまた、彼女に視線を移した。

「こんにちは、ミス・ボウズ」彼は礼儀正しく言った。「こんなところでまたお会いできるとはうれしい驚きですね」

サリーは心臓がどきどきするのを感じた。ジャックの視線が自分の顔に注がれているのを感じる。彼の表情はますます険しくなり、今にも怒りを爆発させそうだった。

「ミス・ボウズ」ジャックは前にも増して冷ややかな声で言った。「あなたはすでにスティーブンのいとこのグレゴリー・ホルトとはお知り合いでしたね？」

グレッグはサリーの手を取り、必要以上に長く握り締めた。「ミス・ボウズとわたしは古くからの知り合いなんだ、ジャック」

「なるほど」ジャックはそっけなく言った。彼の怒りと緊張がサリーにも伝わってきた。グレゴリー・ホルトがここにいるとすれば、このファミリー・パーティーではますますいづらくなるだろう。サリーとグレッグとは昔からの知り合いだった。彼はオックスフォードで教鞭《きょうべん》を執っていたサリーの父の教え子だった。今から六年前、サリーがジョナサンと不幸な結婚生活を送っていたとき、グレッグは単なる友情以上のものを彼女に示した。彼はいつもと同じように温かいまなざしで彼女を見ていた。ジャックの敵意にも気づいているようだが、特別気にしているようには見えなかった。物問いたげに片方の眉を上げ、サリーの手を握る手に力を込めた。

「まあ、すばらしいわ！」シャーロットはそう言って、四人に輝くばかりの笑顔を向けた。「みんなお友だちなのね、ミス・ボウズ！　スティーブン！」

彼女はほれぼれと車を眺めている夫の腕をつかんで、車の前から引き離した。「今着いたばかりなのに、すぐにどこかに行ってしまうような不作法なまねはしないようにとジャックに言ってちょうだい。ここには泊まらないで、バーティーを捜しに行くなんてばかなことを言いだすのよ。バーティーはね——」

シャーロットはジャックににらまれて、バーティー

の駆け落ちの話をする前に口を閉じた。「とにかく」彼女は怒ったように言った。「ミス・ボウズはとても疲れているの。またこれから彼女を引きずりまわすのはかわいそうよ」彼女は両手を広げて訴えた。「もう、スティーブンったら！　あなたからもなにか言ってちょうだい！　ふたりにここに泊まるように言って！」

スティーブン・ハリントンは妻の大げさな訴えに動じることなく、くしゃくしゃになった金色の髪をかきあげてサリーにほほえみかけた。そしてジャックが一度泊まらないと決めたのなら、だれも、彼の気を変えさせることはできないと穏やかな口調で言った。

「彼がきみと同じくらい頑固なのは、妹のきみがいちばんよくわかっているだろう」彼はシャーロットに言った。「きみが一度こうと決めたら、だれもきみに逆らえない」

「そうよ」シャーロットは力を込めて言った。「わたしはふたりに泊まってもらうと決めたの」彼女はサリーのほうを向いた。「また急いで出発する前に、あなただけでもなかに入って、お茶を召しあがって」彼女はサリーの腕に腕をからませた。「こっちよ、ミス・ボウズ。休憩したかったところでしょう？　自動車で旅をするのはとてもおしゃれだけれど、ものすごく疲れるわ。機嫌の悪い相手といっしょだとなおさらよ！」彼女はとがめるような目でジャックを見た。「スティーブン、グレッグ、ジャックを連れていって、少しでも機嫌がよくなるようになにか飲ませてあげてちょうだい。それでもし機嫌がよくならなかったとしても、酔って車が運転でき

なくなるわ!」

青のダマスク織りで贅沢《ぜいたく》に飾られた客間で、サリーは帽子とベールを脱ぎ、ほっとして椅子に腰を落ち着けた。彼女は疲れ果てていた。シャーロットはお茶を持ってくるように呼び鈴を鳴らすと、繻子《しゅす》織りのソファの彼女の隣に腰を下ろした。「ご迷惑をおかけしてほんとうに申し訳ありません、ミセス・ハリントン」シャーロットがサリーのほうを向いてほほえんだので、彼女はつづけた。「お兄さまは、ミスター・バセットはコニーをきっとこちらに連れてくるはずだとおっしゃっていたのですけれど……」彼女はうつむいた。「予想がはずれてがっかりです」

シャーロットは慰めるようにサリーの手をたたいた。「あなたのお気持ちはよくわかるわ、ミス・ボウズ。妹さんのために正しいことをしようとするのはさぞかし大変でしょうね。妹さんのほかにご家族か、親類の方はいらっしゃらないの?」

「もうひとり妹がいます」サリーはそう言って、ネルのことを考えた。「両親はすでに亡くなりました」

「あなたがおひとりで妹さんたちの面倒を見てこられたのね」シャーロットはそう言って、うなずいた。「さぞかし孤独で、心細い思いをなさったんでしょうね。いちばん最初に生まれたというだけで、なにかと責任を押しつけられるんですもの」

「ええ」サリーは自分がどれだけ孤独だったかに突然気づかされた。彼女は顔を上げ、シャーロットの同情に満ちた目を見つめた。「もちろん、妹たちには責任を感じています。ネル……妹のペトロネラは女性参政権運動の熱烈な支持者なんです。未亡人に

なったときには、ほとんど財産もなくて……」サリーはネルが借金を負っていることを話してしまいそうになる前に口を閉じた。ジャックに侮辱的な扱いを受けたあとだけに、シャーロットのやさしさが身に染み、十分前に知り合ったばかりの彼女になにからなにまですべて打ち明けてしまいそうになった。

「そして、もうひとりの妹さんのコニーは」シャーロットはうながした。「わたしのいとこと駆け落ちした……」

「ええ」サリーは頭を振った。「コニーはわがままで、ストランド街にあるわたしのナイトクラブで働いているんです、ミセス・ハリントン」彼女は覚悟を決めたように言った。「バセット卿《きょう》とあなたのお兄さまが、妹はバーティーの結婚相手にふさわしくないと思われる理由がこれでよくおわかりになったでしょう。もちろん、わたしもよく思われていませんし」

「トビーおじさまは頭が固いのよ」シャーロットはそう言って、手を振った。「でも、ジャックはもう少しましだと思っていたのに」彼女は眉を寄せた。「兄は身分や地位にこだわるような人じゃないのよ」

「ええ」サリーはそう言って、ため息をもらした。「お兄さまが、コニーがほんとうにミスター・バセットを愛していると思われたのなら、もっと理解を示してくださったのでしょうけれど……」サリーはシャーロットの目をまっすぐに見つめた。「お兄さまは、妹が財産目当てでミスター・バセットと結婚しようとしていると思っておられるんです。妹のこれまでの行動を考えると、そう思われてもしかたありませんわ」

「だからといって」シャーロットは怒ったように言った。「あなたのことも同じような目で見ていいという理由にはならないわ、ミス・ボウズ。わたしからジャックに言っておくわ！　ジャックはときどきひどくわからず屋になることがあるの。兄の欠点のひとつね。欠点はほかにもたくさんあるけれど」彼女はサリーにほほえみかけた。「わたしのことはシャーリーと呼んでちょうだい、ミス・ボウズ。あなたのことはサリーと呼んでもいいかしら？　わたしは堅苦しくするのがあまり好きではないの」

「え、ええ、もちろん」サリーはシャーリーの勢いに圧倒されて言った。「喜んで」

「じゃあ、この件はこれで決まりね」シャーリーは言った。そして、お茶を運んできた執事に明るくほほえみかけた。「ありがとう、パターソン。ミセス・ベルにもうふたり分寝室の準備をするように言っておいてくれないかしら。ミスター・ケストレルとミス・ボウズが今夜お泊まりになるの」

「お兄さまをここに泊まらせる自信がおありになるのね？」サリーは言った。

シャーリーは笑った。彼女は勢いよく紅茶をかきまぜ、トレーとショートブレッドをよそった皿に派手に紅茶をこぼした。執事はそれを見て悲しそうな顔をしたが、なにも言わなかった。こういうことはきっと日常茶飯事なのだろう。さっそく、黒いラブラドール犬の一頭が濡《ぬ》れたお菓子を片づけにやってきた。

「妹さんのコニーのことをもっと聞かせて」パターソンが部屋を出ていくと、シャーリーは言った。「彼女が男勝りの勝ち気な女性なら、パーティーに

はぴったりだと思うの。バーティーには強くて賢い奥さまが必要よ。彼は意志が弱くて人の意見に左右されやすいから、だれかがしっかり手綱を握ってあげないと。まあ、男性の多くはそうだけれど」

サリーはスティーブン・ハリントンを思いだして、ほほえんだ。彼は女性に主導権を握られるのをよしとするような男性には見えなかった。

「おやさしいのね、シャーリー」サリーは言った。「でも、コニーがミスター・バセットにふさわしいとは思えないわ」彼女はコニーがバセット卿を強請《ゆす》っていたことを考えて、ため息をもらした。「お兄さまの判断に間違いはないわ。わたしもコニーは財産目当てではないかと疑っているの」

「それはいずれわかるでしょう」シャーリーはそう言って、さっとあごを上げた。「もしバーティーとコニーがほんとうに愛し合っているのなら、わたしは全力でふたりを応援するわ！　でも、それはふたり自身の問題で、ふたりで結婚を認めてもらえるように努力すべきだと思うの。どうしてジャックがあなたを巻きこんだのか理解できないわ」

「わたしが自分から乗りだしていったようなところもあるの」サリーは認めた。「コニーが無事でいるか心配だったものだから」

「ジャックはトビーおじさまの代理人のような働きをしているのね」シャーリーは言って、サリーにティーカップを手渡した。「家族の名誉を守るためとかなんとか言って、偉そうな態度をとっているんでしょう」彼女の顔にいたずらっぽい笑みが浮かんだ。「どんなにお金持ちか知らないけれど、ジャックだって人のことをとやかく言えるような立場ではない

のよ。わたしからひと言注意してやらないと!」彼女はサリーをじっと見た。「兄があなたの気に障るようなことをしていないといいのだけれど。兄はひどく失礼な態度をとることがあるから」

「ええ、そうね」サリーはそう言って、スプーンをいじった。「でも、わたしは自分の面倒は自分で見られるわ」

「だけど、ジャックが相手だとどうかしら?」シャーリーは突然強い口調で言った。「ジャックはひどく横暴で、ときどき生まれてくる時代を間違えたんじゃないかと思うときがあるわ。十八世紀の放蕩者《ほうとう》みたいにふるまって――」サリーの頬がみるみる赤く染まるのを見て、シャーリーは目を見開いて、口を閉じた。「まあ! わたしなにか気に障るようなことを言ってしまったかしら? ほんとうにごめんなさい」

シャーリーはサリーに小さなきゅうりのサンドイッチとりんごとくるみのケーキをのせた皿を渡した。サリーはもりもり食べ、自分がどれだけおなかを空《す》かせていたかに気づいた。昼食をとったときには、ジャックの存在が気になって食事はほとんど喉を通らなかった。

「ねえ」シャーリーは言った。「わたしに考えがあるの。今夜グレトナ・グリーンに発《た》つのはばかげているわ」彼女の頬にえくぼができた。「特にランチェスターではね。すばらしい乗り物かもしれないけれど、バーミンガムに行くのでさえ数日かかるのよ。ましてグレトナ・グリーンなんて! 今従僕に荷物を運ばせるわ。これでもうここに泊まっていくしかなくなったでしょう。ジャックにも話は決まった

と伝えるわね」サリーが反論しようとすると、シャーリーは手を振って一蹴《いっしゅう》した。「よかったら、晩餐のときにはわたしの服をお貸しするわ。だから、そのことは心配しないで。兄にはわたしから話しておくわ。さあ、これで決まりよ！」

サリーは両手を見下ろした。「親切にしていただいてありがとう、シャーリー。でも、ミスター・ケストレルはわたしが……」サリーは適当な言葉が見つからずに、口ごもった。「家族の集まりにお邪魔するのは申し訳ないわ。ミスター・ケストレルとわたしはただの知り合いにすぎない――」

「あなたはさっきもそう言っていたけれど」シャーリーは信じられないというように眉を上げた。「ジャックがあなたを見つめる目を見るかぎりでは、とてもそんなふうには思えないわ。グレッグがあなたの手を握ったときだって……。グレッグに決闘を挑むんじゃないかとあわてたくらいよ。ふたりは昔からの知り合いなのに。あんなに驚いたことってないわ！」

サリーの顔が一段と赤くなった。「ホルト卿とは昔から家族ぐるみでおつき合いさせてもらっているの」彼女は慎重に言葉を選んで言った。「わたしのことを妹のように思って、心配してくださっているんだわ」

「ジャックはそうは思っていないんじゃないかしら」シャーリーは無頓着《むとんちゃく》に言った。「彼を殴るつもりじゃないかとはらはらしたわ！」

「そんなことはないわ」サリーはあわてて言った。「ミスター・ケストレルとわたしは妹の駆け落ちの件をめぐって衝突ばかりしているの。わたしたちの

あいだには敵意以外のものはなにもないわ。ホルトン卿がわたしの友だちだろうと、お兄さまは少しも気にされていないはずよ」

「あなたがそう言うなら、そういうことにしておきましょう」シャーリーは言ったが、信じていないのは明らかだった。「あなたがジャックを好きではないとしても、あなたを責められないわ。兄は傲慢《ごうまん》で鼻持ちならないもの。晩餐のときには、ふたりの席をできるだけ離すようにするわね」彼女はサリーの手をつかんだ。「泊まっていってね、サリー！　あなたがいてくれたら、週末が楽しくなるわ。わたし、あなたがとても好きになったの！」

シャーリーに率直に友情を示されて、サリーは断ることができなくなった。「喜んで泊まらせていただくわ、シャーリー」彼女はそう言って、ほほえんだ。「でも、ミスター・ケストレルとわたしはバーティーとコニーをどうやって連れ戻したらいいか考えなければならないの。それに」彼女は警告するような口調で言った。「ミスター・ケストレルを泊まっていくように説得するのは大変なことだと思うわ。あなたがオットーおばさまと言ったとたん、彼は真っ青になったでしょう」

シャーリーはくすくす笑った。「ジャックはオットーおばさまのお気に入りなのよ。おばさまはなにがなんでも兄を結婚させると意気込んでいるの。おばさまは恐ろしく意志が強いのよ」

「あなたのご家族でそうでない人がいたら教えてほしいわ」サリーはささやいた。

ふたりは玄関ホールに出た。ジャックとスティーブン・ハリントンがちょうど図書室から出てきたと

ころだった。ジャックはいくぶん機嫌が直ったように見えたが、サリーを見た瞬間、眉間《みけん》にしわを寄せた。

「ジャック」シャーリーは言った。「もう決まったの。今夜はここに泊まっていってね」

「だめだ」ジャックは言った。

シャーリーといえども、ジャックの意見を覆すことはできないだろうとサリーは思った。彼はわたしを家族や友人に会わせたくないのだ。バーティーとコニーの駆け落ちのことも伏せておきたいのだろう。今ならまだ、だれにも知られずにふたりを連れ戻すことができるのだから、なおさらだ。

「休憩がすんだのなら、ミス・ボウズ」ジャックは冷ややかに言いたした。「旅をつづけよう」

「ジャック――」シャーリーは反論しようとしたものの、夫のスティーブンがかすかに頭を振ると、驚くべきことに黙りこんでしまった。気まずい沈黙が流れた。そのとき、玄関のドアをどんどんと激しくたたく音がした。執事があわててドアを開けに行く。パターソンは主人たちの話を立ち聞きしていたにちがいない。執事は手袋を直し、あわてて来客を告げに来た。

「レディ・オットリーヌ・ケストレルがお見えになりました!」彼は言った。

サリーはジャックが身をこわばらせるのに気づいた。顔にありありと恐怖の色が浮かぶ。「オットーおばさまは遅く着くと言っていたじゃないか」彼は小声でシャーリーに文句を言った。

「これが遅くなくてなんなの!」シャーリーは言い返した。「わたしが悪いんじゃないわ。オットーお

ばさまを怒らせるようなことをしないでね、ジャック。おばさまはもうお年なんだから！」

「わたしにはぴんぴんしているように見えるが」ジャックは皮肉を込めて言った。

サリーは、メイドの手を借りて玄関ホールに入ってきた、宝石で身を飾った小柄な老女を見た。レディ・オットリーヌ・ケストレルは小鳥のように痩《や》せていて華奢《きゃしゃ》で、足腰もだいぶ弱っているようだったが、芯《しん》の強さと不屈の精神を感じさせるなにかがあった。ジャックやシャーリーと同じ黒い瞳は鋭く、顔はしわに埋もれているが、シャーリーのように骨格が整い、気品のある顔立ちをしていた。レディ・オットリーヌは若いときにはさぞかし美しかったにちがいない。今では家族から恐れられる風格と威厳を備えた老女になり、サリーがウォレス・コレクションで見た肖像画に描かれていたあどけない少女の面影はなかった。駝鳥《だちょう》と雉《きじ》の羽根飾りのついた大きな帽子をかぶり、同じ羽根飾りで縁取られたコートを着ていた。

「オットーおばさまのためにいったい何羽の鳥が犠牲になったのかしら！」シャーリーは不遜《ふそん》にもそうささやいた。彼女は急いで前に進みでると、声をあげて言った。「オットーおばさま！ お会いできてうれしいわ！」

「おや、まあ」レディ・オットリーヌは貫禄《かんろく》たっぷりに姪の娘に頬を差しだし、キスを求めた。「元気だった、シャーロット？ ところで、表に止まっているあの奇怪な代物はあなたのものなの、ジャック？ あなたが来ているとは思わなかったわ。会えてうれしいけれど、あの乗り物を動かしてもらえな

いかしら？　馬が怖がっているのよ」

「申し訳ありません」ジャックは妹にならって、腰をかがめて大おばにキスをした。「すぐに移動させます」

「そうしてちょうだい」レディ・オットリーヌは言った。「ついでに、わたしの荷物を運んでもらえるとありがたいわ。シーヴァズは年で荷物が運べないから」

御者もメイドも同じくらいの年齢なら、三人でここまで来られたこと自体が驚きだとサリーは思った。レディ・オットリーヌは肉体的には衰えているかもしれないが、頭ははっきりしているにちがいない。現に今も、射るようなまなざしでサリーを見ている。

「こちらはどなた？」レディ・オットリーヌは冷ややかな口調でたずねた。

ジャックとシャーリーは目を見交わした。

「はじめまして」サリーは言った。「わたしはサリー・ボウズ――」

「彼女はわたしの婚約者です」ジャックが言った。サリーの手をつかんで強く握り締め、彼女が痛みに悲鳴をあげて抗議するのが聞こえないように声をあげて言った。「紹介が遅れて申し訳ありません、オットーおばさま」ジャックは言った。「おばさまに久しぶりにお会いできて、うれしさのあまりすっかり忘れてしまったんです。愛《いと》しいサリー」彼は有無を言わさぬ口調で言った。「こちらが、わたしの大おばのレディ・オットリーヌ・ケストレルだ」

「自分の婚約者を忘れていたですって？」レディ・オットリーヌは言った。彼女は赤くなったサリーの顔をじっと見て、わずかに表情をやわらげた。「ま

あ、ジャック。びっくりさせないでちょうだい。わたしはまた、あなたが妹の家で開かれるファミリー・パーティーに愛人のひとりを連れてきたのかと思ったわ」

「まさか」ジャックはなに食わぬ顔で言った。サリーの腰に腕をまわして強引に引きよせ、目で黙るように命じる。サリーが見あげると、それは魅力的な笑みを向けたので、彼女は膝の力が抜けそうになった。

「あとでぜひお話がしたいわ」レディ・オットリーヌはつづけ、サリーに凍りつくような冷ややかな笑みを向けた。「あなたのことを詳しく知りたいの」彼女は鋭い目でジャックを見た。「お父さまはこのことをご存じなの？」

「いいえ、まだ」ジャックは言った。「つい最近、決まったものですから」

レディ・オットリーヌはふたたびほほえんだ。「すてきなことだわね。お茶をいただいてひと休みしたら、わたしがさっそくロバートに知らせるわ。わたしは緊急のとき以外は電話は使わないようにしているのだけれど、これはまさしく緊急事態ですものね」彼女はサリーにうなずくと、シャーリーを手招きした。「いらっしゃい、シャーロット！　あなたがわたしの助言を聞き入れて、緑の寝室の椅子を張り替えたかどうか見てみたいの。この前ここに来たときには、座り心地が悪くて……」彼女はそう言いながら、メイドを従え、足を引きずってホールを立ち去った。シャーリーは困ったような顔でサリーをちらりと見たあと、急いで大おばのあとを追っていった。

ホールに沈黙が漂った。ジャックはサリーの顔をじっと見つめた。

「わたしは荷物を取ってくる」スティーブン・ハリントンはあわてて言って、ふたりを交互に見た。

「ついでに、車も動かしておく」

「それで」玄関のドアが閉まり、パターソンが目立たないように使用人部屋に通じる廊下に下がると、サリーは言った。「今度はわたしはあなたの婚約者になったの、ミスター・ケストレル？」

ジャックはズボンのポケットに両手を突っこんだ。

「大おばは昔気質《かたぎ》で、あのとおり体力も衰えている」彼は言った。「きみを愛人だと紹介するわけにはいかなかったんだ。大おばはショックを受けるだろうし、家族の集まりでそんな不謹慎なまねはできない」

サリーはジャックに愛人だと言われ、腹が立った。「少なくとも、ひとつのことでは意見が一致しているようね」彼女は冷ややかに言った。「でも、どうしてわたしをただの知り合いだと紹介しなかったの？　わたしはここに立ちよっただけで、すぐに発つと言えばすむ話だったのに」サリーはジャックをにらんだ。「大おばさまの前で、わたしに少しでも愛情を感じているようなふりをすることができるの？　結婚したいと思うだけの愛情を」

ジャックはサリーの顔をじっと見つめ、唇の端を上げて、彼女の心を騒がせずにはおかない笑みを浮かべた。「おたがいに情熱はある」彼はささやいた。「とにかく、仲よくやろう。しばらくここに滞在することになりそうだから」

サリーはかっとして言った。「今度は気が変わっ

て、ここに滞在することに決めたというの？　あなたはなんて身勝手なの！」

ジャックはため息をついた。「こうするしかないんだ。シャーリーが言っていたように、大おばももう年だ。あまりショックは与えたくない」

「あなたの大おばさまはとてもお元気で、ちょっとやそっとのことではびくともしないように見えるわ」サリーは言った。「あなたは大おばさまが怖いだけなのよ。そうでなければ、ほかになにか理由があるのね？」

ジャックは顔をしかめた。「そうだ。大おばにバーティーが駆け落ちしたことを知られたくないんだ。バーティーは大おばの名づけ子で、彼女の遺産を相続することになっている。彼が財産目当てのナイトクラブのホステスと駆け落ちしたと知ったら、大おばは黙ってはいないだろうからね」

「おばさまが彼を相続人からはずすかもしれないと言うのね？」

これでジャックが大おばにバーティーのことを知られたくない理由がわかった。老女に愛想よくして、バーティーとコニーの駆け落ちの件を伏せ、そのあいだに、なんとかうまく問題を解決しようと考えているのだ。彼が年老いた大おばを心配させまいと気づかっているのではないことに気づいて、サリーは幻滅した。

「わたしがお芝居に協力するのを拒んだら？」彼女はたずねた。

ジャックは肩をすくめた。「いずれにせよ、きみはわたしに協力せざるをえない。わたしたちは取り引きによっておたがいに欲しいものを手に入れた。

そうだろう?」

「お金のことを言っているのね?」サリーは言った。

彼女は悲しみと後悔に喉を締めつけられた。わたしはなんという愚かなことをしてしまったのだろう。ジャックに二百ポンドを要求したのは大きな間違いだった。ネルを助けたい一心だったとはいえ、取り返しのつかないことをしてしまった。あのときはジャックにこれ以上さげすまれることはないだろうと思ってとっさに二百ポンドと言ってしまったけれど、それでも彼に娼婦のように扱われるのはつらかった。

「お金は返すわ」サリーはささやくように言った。

「あれは間違いだったの。それだけの価値はないわ」

ジャックはサリーの腕をぎゅっとつかんだ。「もう手遅れだ。きみは金を受けとり、その金をもう使ってしまった」

サリーはジャックにつかまれた腕を振りほどいた。

「必ず返すわ」彼女は言った。「なにかを売ってでも……」

「きみはすでにそうしているじゃないか」ジャックは険しい表情で言った。「きみは自分の身を売った。わたしが言えば、また同じことをするだろう」

ふたりの視線がからみ合い、ジャックはサリーを引きよせ、彼女の唇にキスをした。サリーの体に震えが走った。自分をさげすんでいる男性に触れられて喜びを感じることがあるのだろうか? サリーはそんな自分の反応に困惑し、失望した。

「わたしが頼めば、きみはわたしの婚約者にもなる」ジャックはサリーのうなじを唇でかすめ、彼女がぞくっとしたように身を震わすのに気づいて言った。「ほら」サリーの顔を上向かせて言う。「婚約者

のふりをするのはそんなにむずかしいことじゃないだろう?」

「愛情を表現するのは自分の部屋のなかだけにしなさい、ジャック。できれば、結婚したあとに!」レディ・オットリーヌが階段の上から大きな声で言った。彼女はふたりのほうに向かって階段を下りてきた。

「それで?」ジャックはささやき、黒い眉の片方を上げた。「婚約者のふりをしてくれるのか?」

サリーは素早く考えた。「今夜だけよ」彼女は言った。「でも、あなたの願いをかなえてあげるつもりはないわ、ミスター・ケストレル。あなたがミスター・バセットの愚かな行為を大おばさまに知られたくないように、わたしもコニーを世間の非難のもとにさらしたくないの。ふたりを救いたいと思っている気持ちはあなたと少しも変わらないわ」

「けっこう」ジャックはわざとらしくお辞儀をした。

サリーはそれ以上なにも言わずに、くるりと背を向けて玄関に向かい、ポーチの階段を下りていった。新鮮な空気を吸い、ひとりになって考えたかった。後ろからルーシーが興奮しておしゃべりする声が聞こえてきた。約束どおり、おじと遊ぶために子守りに階下に連れてきてもらったのだろう。サリーは自分がしあわせな家族の輪のなかに放《ほう》りこまれた部外者のような気がして、ひどくみじめな気持ちになった。でも、ここにわたしを連れてきたのはジャックだ。そもそも、コニーが駆け落ちさえしなければ、こんなことにならずにすんだのだ。自分を責めるべきではない。わたしにできることは、できるだけ早くパーティーとコニーを見つけて、ふたりを連れ戻

し、被害を最小限にとどめることだけだ。

サリーは噴水と彫像のある日陰になった涼しい中庭を通って堀に向かった。午後の遅い日差しが堀の水に反射してまぶしく、目の上に手をかざして日差しをさえぎった。

「だいじょうぶかい、サリー？」

気がつくと、グレゴリー・ホルトが横に立っていた。どうして彼が近づいてくるのに気づかなかったのだろう？　パイプの煙のにおいで気づいてもよさそうなものなのに。彼は父の学生だったときから、パイプを吸っていた。サリーはネルといっしょに、とても二十一歳には見えないと言って彼をからかったことを思いだして、ほほえんだ。

「グレッグ」サリーは言った。「あなたがいるのに気づかなかったわ」

グレッグはサリーの腕を取って小道を進み、堀とその向こうにある鹿《しか》の猟苑《えん》が見晴らせる石のベンチに連れていった。

「きみと話がしたかったんだ」彼は言った。「きみがジャック・ケストレルと婚約したとたった今聞いた」彼は咳《せき》払いをした。「やめたほうがいい、サリー。きみに男を見る目がないのはよくわかっているが、今度はひどい間違いだ。この前と同じくらいひどいぞ」

サリーは思わず笑いだした。「あなたはいつもわたしが恋愛の相手を選ぶときは危険性について警告してくださるのね」彼女は真面目《まじめ》に言った。「ジョナサンのことでは、あなたの忠告を聞いておくべきだったわ。今さら悔やんでもしかたがないけれど」

グレッグはサリーの手を取って、強く握り締めた。

「今度こそ聞くべきだ」彼は言った。「誤解しないでほしい。わたしはジャックとは半ズボンをはいていたころから友だちだった。彼は実業家として成功し、困っているときにはなにかと頼りになる。だが、夫としては最悪だ」

「それなら、安心して」サリーは言った。「彼と結婚するつもりはないわ」

グレッグは目を見開いた。「それなら、なぜ?」

「レディ・オットリーヌにわたしがここにいる理由を説明するのに都合がいいからよ」サリーは皮肉を込めて言った。「ほんとうのことを言うと、コニーがジャックのいとこのパーティーと駆け落ちして、ふたりを捜しているところなの。ジャックはそのことをレディ・オットリーヌに知られたくないのよ。ミスター・バセットは彼女の相続人だから、相続人からはずされる恐れがあるらしいの」

グレッグはすぐには答えなかった。石のベンチの角でパイプをたたいて中身を捨てると、ベストのポケットに手を入れて新しいたばこの包みを取りだした。パイプに火をつけてから、彼はようやく答えた。

「彼女が信じると思っているなんてジャックもばかだな」彼は考え深げに言った。「彼女の目はごまかせない。きみが彼の話に乗るなんて驚きだ。きみらしくもないね」

サリーはため息をもらした。「できれば、わたしだってこんなことはしたくないわ」彼女は正直に言った。「でも、コニーのためにはこうするよりほかになかったのよ」

グレッグもため息をついた。「きみがそこまで責任を感じることはない。コニーはもう大人だ。自分

の行動には自分で責任を取らせるべきだ」

「わかっているわ」サリーは言った。「マティにも同じようなことを言われた。「でも、わたしにはコニーとネルの面倒を見る義務が――」

「ばかげている」グレッグは声を荒らげた。「きみはサー・ピーターが死んだのは自分のせいで、妹たちから父親を奪ってしまった責任があると思いこんでいるようだが、それは大きな間違いだ」

サリーは赤くなった。「いいえ、それは事実よ」

「いや、違う」グレッグは強く否定したが、サリーの顔を見て表情をやわらげた。「きみにはどうすることもできなかったんだ、サリー」

忌まわしい記憶が洪水のようにどっと押しよせてきて、サリーは一瞬息ができなくなった。彼女は緑色の水をたたえた堀の穏やかな水面《みなも》を見つめながら、思いだしていた。川に頭が沈んでいく父に懸命に手を伸ばして、引きあげようとしたことを。彼女は激しく身震いして、記憶を頭から締めだした。

「きみとジャックはどうなっているんだ?」グレッグは言った。

サリーは自分でも顔が赤くなるのがわかった。

「彼のことはなにも知らないわ」

グレッグは冷ややかに言った。「それは質問の答えになっていない」

「わかったわ」サリーはしぶしぶ言った。グレッグは勘が鋭く、嘘《うそ》をついても簡単に見破られてしまう。

「ふたりのあいだになにかがあるのは認めるけれど、それは誤解に基づいたものよ。それだけだわ」

サリーはグレッグが物思わしげな目で自分を見つめているのに気づいた。「彼がきみを傷つけたのな

ら――」彼は言いかけた。

「いいえ」サリーは素早く言った。自分の胸の内はだれにも明かしたくなかった。古い友人のグレッグにさえも。彼女は悲しそうにほほえんだ。「いつも兄のようにわたしのことを気にかけてくれて感謝しているわ」

グレッグは顔をしかめた。「それはわたしが求めている関係ではない。きみもわかっているはずだ」彼はサリーと同じように悲しそうな笑みを浮かべて答えた。「きみはわたしを兄のように思っているかもしれないが、わたしはきみを妹のように思ったことはただの一度もない。それが悲劇の元だな」

サリーは黙っていた。彼女もそれがそもそもの問題だということはわかっていた。ジョナサンと結婚して不幸だったとき、いっそのことグレッグと駆け落ちしてしまおうかと考えたこともあった。それでも、どんなに不幸のどん底にあっても、愛していない彼を利用するのは間違っていると思った。その気持ちは今も変わらない。

「あなたの評判を聞くかぎりでは、とてもわたしに恋い焦がれているようには思えないわ」サリーは軽い調子で言った。

「わたしの評判は」グレッグは感情を込めて言った。「きみを忘れようとした結果だ！」

「わたしのせいにしないで」サリーは激しい口調で言った。「あなたが放蕩者の博打《ばくち》好きになったのはわたしの責任ではないわ。わたしにはあなたを救うことはできなかった」

「いや、きみはわたしを救うことができた」グレッグは真顔で言い、ため息をついた。「きみがわたし

を必要としていないのはわかっている」彼はそう言って、青い瞳でサリーの顔をじっと見つめた。「それはわかっているんだ」

「わたしにはあなたが必要よ」サリーは言った。

「あなたはかけがえのない友だちだわ」サリーはネルに送った二百ポンドのことを考えた。ジャックでなく、グレッグに借金を申しこんでいたら……。でも、サリーは男性に頼ることをずっと避けてきた。だれにも頼らず、ひとりでここまでやってきた。グレッグに頭を下げて、借金を頼むようなまねはしたくなかった。ジャックに二百ポンドを要求したのは、彼に侮辱された怒りでついあんなことを言ってしまったからだ。

「それは恋愛においては致命的な関係だな」グレッグは陽気に言い、サリーの手を取って立ちあがらせた。「さあ、行こう。そろそろ晩餐に備えて着替える時間だ」

ふたりの上に影が差し、サリーは目の上に手をかざして、午後の遅い日差しをさえぎった。まさか！サリーは一瞬目を疑った。ジャックがすぐそばに立っていた。彼はサリーの手がふたたびグレゴリー・ホルトの手のなかにあるのを見て、恐ろしい顔をした。

「やあ、ジャック」グレッグはさりげなく言い、ジャックのこわばった表情を見て、おもしろがるように唇の端を上げてほほえんだ。「きみの美しい婚約者と恋愛について語り合っていたところなんだ」

「なるほど」ジャックはそっけなく言った。彼はわざとらしくサリーのほうを向いた。「シャーリーにきみを案内するように言われてきたんだが」彼は言

ら？

った。「その必要はなさそうだな」

「サリーは友人に囲まれているからね」グレッグは言った。サリーは彼の言葉の裏に脅しがふくまれているのを感じ、ジャックが身構えるのに気づいた。

「ごめんなさい」サリーはあわててグレッグに言うと、彼の手から手を引き抜き、ふたりの男性の横をすり抜けた。「そろそろ、晩餐に備えて着替えないと」彼女はそう言って、一度も後ろを振り返らずに立ち去った。ふたりの意見の相違はふたりに解決させればいい。ふたりの仲はすでに険悪で、グレッグがなにかジャックを挑発するようなことを言ったら、殴り合いの喧嘩《けんか》をしかねない雰囲気だった。ばかげているわ。わたしはジャックの仮の婚約者にすぎないのに。彼はわたしを愛してもいないくせに、どうしてわたしに対して所有欲をむきだしにするのかし

6

ジャックは義弟から借りた辛抱強い側仕《そばづか》えがウイングカラーに最後の手を加えているあいだ、いらだたしげにカフスボタンをいじっていた。

「もうしばらく、じっとしていていただけませんか?」側仕えはなかばあきらめたように言った。ジャックはため息をついて、側仕えの足を踏みつけたくなるのをぐっとこらえた。側仕え同様、夜会服もシャツもタイもすべて借り物だった。さいわい、ジャックとスティーブンは同じくらいの身長だった。肩のあたりが多少窮屈だが、我慢できないほどではない。あとは上着が破れないことを祈るのみだ。義弟がいちばん上等な夜会服を貸すのをためらった理由がよくわかる。だが、レディ・オットリーヌはジャックが正装をしていないのを見て不機嫌になるだろう。

ジャックはふと思った。シャーリーはサリーにどんなドレスを選んだのだろう? なにを選んだにせよ、サリーが二日前の夜に着ていた官能的な濃いピンク色のドレスに勝るものはないだろう。ジャックは額をさすった。あれからふたりをめぐる状況が一変してしまったことを考えると、苦々しい気持ちが胸に込みあげてきた。あのときまで、ジャックはサリーを信じていた。ところが、彼女の言っていたことがすべて嘘《うそ》だとわかり、あとには彼女に対する破滅的な欲望だけが残された。

サリーは少なくとも今夜はわたしの婚約者だ。ジャックは唇に満足げな笑みを浮かべた。サリーをとっさに婚約者だと言ってしまったときには想像もしなかったが、彼女と婚約しているというのも案外いいものだった。それが男の本能的な欲求である支配欲のなせるわざだということはわかっていた。サリーが一度身を許すと、ジャックは信じられないことに、彼女を正式な妻にして、自分のものだと世間に知らしめたくなった。だからこそ、サリーの裏切りに激しい怒りをおぼえたのだ。たとえ、彼女に抱いているのが欲望だけだとしても、彼女の裏切りはジャックの心をひどく傷つけた。

これが今までの情事の相手なら、さっさと別れていただろう。だが、ジャックはサリーを手放したくなかった。情熱が冷めるまで、サリーを自分のものにしておきたかった。これは男の本能だ。ジャックはそう自分に言い聞かせた。彼は最初からサリーが欲しかった。彼女が自分のものだということをほかの男たちに見せつけたかった。特に、グレゴリー・ホルトに。グレッグはサリーに好意を抱いていることを隠そうともしなかった。

「できました」側仕えは後ろに下がって、出来映えをほれぼれと眺めた。「われながら、なかなかのものだと思います」

「ありがとう、ジャヴォンズ」ジャックは言った。

ジャックが部屋を出ると、妹とサリーが階段を下りていくのが見えた。シャーリーはサリーが突然家族の集まりに引きこまれ、緊張しているといけないと思ってわざわざ部屋まで迎えに行ったのだろう。

ジャックは頭を振った。シャーリーはなにもわかっ

ていない。サリー・ボウズがこんなことくらいで緊張するような女ではないということが。どうしてわからないのだろう？　だが、そういうジャックも、サリーにすっかりだまされたひとりだった。

ジャックは急いでふたりのあとを追って階段を下りた。サリーはホールに着いてからようやく振り向いてジャックを見た。

ジャックはその場に立ちすくんだ。

サリーは息をのむほど美しかった。

今夜の彼女は、タフタとシルクのシフォンを幾重にも重ねた枯れ葉色のドレスを着ていた。四角くくれた襟には、小さなスパンコールの刺繍《ししゅう》が施されている。シャーリーはサリーに滴の形をしたルビーのネックレスも貸していた。ルビーが喉元で燦然《さんぜん》と輝き、抜けるように白い彼女の肌の色をより美しく見せている。

そして、この衣擦《きぬず》れの音。サリーが動くたびに、タフタとシフォンのドレスの下に着けた何枚ものペチコートがジャックを刺激するように甘くささやいた。ジャックは光沢のあるドレスの下のひだ飾りやレースを想像した。その下のサリーの温かくなめらかな肌も。

ジャックは、サリーの手をつかみ、今下りてきたばかりの階段をふたたび駆けあがって、どこでもいいから近くの部屋に飛びこみたい衝動に駆られた。

「だいじょうぶ、ジャック？」シャーリーは笑ってたずねた。「口もきけないお兄さまを見るのは初めてだわ」

「あっ、ああ……」ジャックは素早く落ち着きを取り戻した。

「サリーから、お兄さまとは意見を衝突させてばかりいると聞いたので、ふたりの席はできるだけ離しておいたわ」シャーリーはそう言って、ジャックににっこりほほえみかけた。「オットーおばさまがぜひお兄さまの隣に座りたいとおっしゃるの。お兄さまが結婚するにふさわしい倫理観を持ち合わせているかどうか確かめるつもりよ」

ジャックは小声で毒づいた。「グレゴリー・ホルトがサリーをエスコートすると申しでたんだろうな」彼は怒りをぐっとこらえて言った。

サリーが穏やかにほほえんでいるのを見て、ジャックはさらに嫉妬《しっと》心をかきたてられた。「どうしてわかったの？」シャーリーは感心したように言った。「彼はほんとうにそう言ったのよ」

「ホルト卿《きょう》はわたしに対してはいつも紳士的にふるまってくださいます」サリーはジャックがそうではないということを暗に示すかのように言った。「彼となら安心ですわ」

「彼の評判はわたしよりも悪いくらいだが」ジャックがむっとしたように言うと、サリーは信じられないというような顔をしてほほえんだ。

「そんなはずはありません」彼女はにこやかに言った。

客間に入ると、ジャックはサリーの手をつかんだ。「今夜はわたしと婚約しているということを忘れるな」彼はささやいた。「さもないと、きみにそれを思いださせなければならなくなる」

サリーは美しいはしばみ色の目を見開いた。「どうやって？」なに食わぬ顔でたずねる。

「みんなの前でキスをする」ジャックはそう言い、

サリーが頬を赤らめるのを見てにやりとした。

「そんなことはさせないわ」サリーは小声で言い返した。

「わたしをそのかさないほうが……」

ふたりはたがいの目を見つめ合った。ふたりが強く惹《ひ》かれ合っているのは事実だが、それと同じくらい激しい敵意を抱いているのもまた事実だった。スティーブン・ハリントンが近づいてきて、大きく咳《せき》払いをすると、ふたりはようやく離れた。スティーブンは部屋に入るようにふたりをうながし、ダウントセイ・パークの晩餐《ばんさん》に招待されたほかの客人にふたりを紹介した。

ジャックは食事が終わるころにはひどく不機嫌になっていた。大おばの倫理観に関する質問をかわしたり、スティーブンとシャーリーの隣人に無理に愛想よくしたり、さらには、グレッグが自分の婚約者と親しげに話しているのを見せつけられたりして、彼の忍耐力は限界に達していた。食事はいつ終わるのかと思うほど延々とつづいた。コンソメスープ、牡蠣《かき》、シャンパンのシャーベット、鱒《ます》、鹿肉《しか》、果物とクリームの菓子トライフル、チーズ……。コースが進むたびに、前よりもさらに手の込んだ料理が出され、料理を出すのにも、それを食べるのにもひどく長い時間がかかった。そのあいだ、ジャックはいかにも楽しそうにサリーと話をしているグレッグをずっとにらみつけていた。

「トカイワインを飲んで、悲しみを紛らせるといい」女性が席を立ち、男性が酒を楽しむ時間になると、スティーブン・ハリントンはジャックの耳にさ

さやいた。「食事のあいだじゅう、ずっとミス・ボウズを見つめていただろう。こんなに不機嫌なきみを見るのは初めてだ！」

「グレッグのせいだ」ジャックはグレゴリー・ホルトがサリーの手を取って、滑稽《こっけい》なほど仰々しい態度で手の甲にキスをするのを見て、歯ぎしりしながら言った。「わたしの婚約者にあんなまねをするとは大した度胸だな」

「グレッグは無害だ」スティーブンは穏やかな口調で言った。「彼はきみへの腹いせにああしているだけだ。グレッグはずっと前からミス・ボウズに思いを寄せていたからな。彼はミス・ボウズの父親の教え子で、彼女と死んだ夫とのあいだがうまくいかなくなると、彼女と駆け落ちしたがっていた。誤解しないでくれよ」彼はジャックににらまれると、あわててつけ加えた。「彼女のほうにはまったくその気はなかった」

「彼女は一度もそんな話をしたことはない」ジャックは言った。かろうじて保っていた自制心は今や崩壊寸前だった。グレッグはサリーの恋人だったのか。ふたりの関係は、その昔、ジャックとマーレが駆け落ちしたときの状況と気味が悪いほどよく似ていた。

ただ、サリーは駆け落ちを思いとどまるだけの良識を持ち合わせていた。ジャックとマーレのように取り返しのつかないことにならずにすんだ。ジャックは深く息を吸いこんだ。ふたりが恋人同士だったとは思えないが、これぱかりはグレッグに直接きいてみなければわからない。だが、グレッグがスティーブンのいとこだということを考えると、彼に面と向かってたずねるのはためらわれた。それに、妹の家

のパーティーで面倒は起こしたくなかった。わたしはいったいどうしてしまったんだ？　ジャックは思った。わたしの自制心はいったいどこに行ってしまった？　グレッグとは学生のころからの親しい友だちで、彼に敵意を抱いたことはただの一度もなかったというのに。

「さあ」スティーブンはそう言って、ジャックに同情するような笑みを向けた。「シャーリーからこっそり聞いたんだが、ミス・ボウズがきみのほんとうの婚約者かどうか大いに疑いがあるそうだな。だから、彼女はきみに話す必要はないと思ったんじゃないかな。これはあくまでもわたしの個人的な意見だが」彼はさらにつづけた。「欲求不満を爆発させる前に少し頭を冷やして考えたほうがいい。きみがこれぞと思った女性を征服せずにはいられないのはわかっているが、今回ばかりは熱くなりすぎている」

「ありがとう」ジャックはしぶしぶ言ったが、スティーブンの言っていることは図星だった。サリー・ボウズに出会う前は、ジャックは欲求不満に悩まされることはなかったし、女性に熱くなりすぎて自制心を失うこともなかった。

グレッグがやってきてジャックの肩に手を置いた。

「話せるか、ジャック？」

彼の表情を見て、ジャックの目から笑みが消えた。グレッグはスティーブンのようにおおらかでのんきな性格だという印象が強かったが、今の彼の目には冗談のかけらも浮かんでいなかった。グレッグはジャックの首を絞めて息の根を止めたがっているように見えた。

「ジャック、古い友人のよしみで――」グレッグは

そう言って、唇を真一文字に結んだ。「ミス・ボウズにきみとの結婚を考え直すように忠告した。きみがいい夫になるとは思えない」

ジャックが椅子から半分腰を浮かせかけると、スティーブンは彼の腕をつかんで椅子に座らせた。

「落ち着け」スティーブンは小声で言い、ジャックはわずかに肩の力を抜いた。

「きみには関係のないことだ」ジャックは歯ぎしりするように言った。

グレッグは皮肉るように頭を下げた。「ミス・ボウズには彼女を守ってくれる身内がいない。わたしは彼女の兄代わりとして彼女を守る義務がある」

「兄だって！」ジャックは吐き捨てるように言った。

「そうだ」グレッグは言った。「ジャック、きみには模範的な婚約者になってもらいたい。きみの体に弾丸を撃ちこんで、長年の友情を無にしたくないのでね」

グレッグはそう言って短くお辞儀をして、去っていった。

ジャックは息をふうっと吐きだした。今の今まで息を詰めていたことに気づかなかった。

「彼は本気だぞ」スティーブンはグレッグの後ろ姿をじっと見つめて言った。トカイワインのグラスを持つ手は唇に持っていく途中で止まったままだった。

「恐ろしく真剣だ」ジャックも認めざるをえなかった。グレッグはずっと前からサリーを愛していたにちがいない。サリーはなぜ彼を拒んだのだろう？グレッグは裕福で爵位を持ち、財産目当ての女には願ってもない結婚相手だ。たとえ、サリーがグレッグと駆け落ちして、離婚という厄介な問題を乗り越

えなければならなかったとしても、今ごろは結婚できていたはずだ。

ジャックは現状を分析し、素早い決断を下すことでビジネスの世界で成功を収めてきた。自分の判断には絶対的な自信を持っていた。彼はグレッグの怒りに硬直した背中を見て、サリー・ボウズのなにが彼女を取り巻く人々にここまで強い忠誠心を起こさせるのだろうと思った。わたしが調べた事実と一致しない。彼女に直接話をきいてみるべきだろう。

「さあ」ジャックはトカイワインの残りを一気に飲み干して言った。「女性たちの仲間に加わる時間だ。サリーと話がしたい」

「待て！」スティーブンは言った。「食事が終わってからまだ十分しかたっていないじゃないか！　マナー違反だ。それに、わたしのとっておきのワインをそんなふうに飲まれては――」

だが、遅すぎた。ジャックはすでにいなくなっていた。

「あなた」レディ・オットリーヌはサリーに呼びかけ、隣に座るように椅子をたたいた。「こっちに来て、ここにお座りなさい」彼女はテーブルの上に置かれたカードを手で示した。「カードはするの？」

「少しだけです」サリーはそう答えて、ブルーパロットの賭博《とばく》台のことを考えた。ダンはうまくやっているだろうか？　サリーはダンに全幅の信頼を寄せていたが、クリムゾン・サロンのお披露目を数日後に控え、めずらしく神経質になっていた。

「それなら、あとでベジークをいっしょにやりましょう」レディ・オットリーヌは言った。「でも、そ

の前にあなたと……ジャックのことについて話がしたいの。あなたたちはウォレス・コレクションで出会ったそうね？」

「ええ」サリーはそう答え、ジャックは事実にどれだけの嘘を交えてふたりの関係を説明したのだろうと思った。

「あなたは少なくとも教養はあるようね」レディ・オットリーヌは言った。「今の公爵のバフィーはまったくの俗物だけれど、ジャックはケストレル家の収蔵品をよく守ってくれているわ。ジャックが相続する前に、彼がすべて売り払ってしまわないといいけれど」

「今の公爵にはご子息がいらっしゃらないのですか？」サリーは言った。

「ええ」レディ・オットリーヌは鋭いまなざしでサリーを見た。「バフィーは女性に興味がないの。ジャックの父親のロバートがケストレル公爵になり、そのあと、ジャックが公爵位を継ぐことになるわ」

「そうですか」サリーはそう言って、ジャック・ケストレルがどんな女性にとってもすばらしい結婚相手であることに気づいた。彼の不機嫌な態度と、愛のない生活に耐えられさえすればの話だが。

「自分が公爵の跡継ぎをつかまえたことに気づいていないふりをするつもりじゃないでしょうね」レディ・オットリーヌはきびしい口調で言った。

「わたしにとってはどうでもいいことです」サリーは率直に答えた。「重要なのはその人自身で、爵位でも財産でもありません」

レディ・オットリーヌは抜いてきれいに整えた眉をダイヤモンドの髪飾りのほうまでつりあげた。

「誓ってそう言えるの?」

「一度結婚した経験がありますので」サリーはつづけた。「二度目は慎重の上にも慎重を期したいんです」サリーは突然大胆な気持ちになった。レディ・オットリーヌが驚いてわたしを拒んだとしても、わたしを婚約者に仕立てたジャックの自業自得だ。「最初のときのようなひどい間違いは犯したくありませんもの。ですから新しい夫の選択はわたしにとって、とても重要なことなんです。夫となる人は誠実で誇り高く、決して妻を裏切らず、機知に富んで、生涯わたしを退屈させない人でなければなりません。わたしが夫に求めるのはそれだけです」

長い沈黙があった。サリーは前のテーブルに置かれていた皿からボンボンをひとつ手に取って口に放《ほう》りこむと、まつげの下からレディ・オットリーヌを盗み見た。彼女は黒い瞳を鋭く光らせてサリーをじっと見つめていた。

「そう」レディ・オットリーヌはそっけなく言って、かすかに眉を寄せた。「あなたの名前をどこかで聞いたような気がするの、ミス・ボウズ。どうしてかしら?」

サリーは部屋の向こうにいるジャックをちらりと見た。彼とスティーブンは晩餐が終わってまだ十分しかたっていないのに、女性たちの集まっている部屋にやってきた。ほんとうなら、ゆったりポートワインのグラスを傾けたり、贅沢《ぜいたく》に葉巻をくゆらせたりしているころなのに。ジャックがサリーと話がしたくてしかたがないような顔をしていると、レディ・オットリーヌはぴしゃりと言った。

「今はわたしがあなたの婚約者と話をしているのよ、

ジャック」彼女は有無を言わさぬ口調で言った。「あなたはあとになさい」

ジャックはしかたなくほかの客人と話しはじめたが、サリーはときどき彼の視線が自分に向けられるのが気になってしかたなかった。彼の目は真剣で暗く翳《かげ》りを帯びていたが、今朝、クラブに怒鳴りこんできたときからすっかり見慣れてしまった怒りは見られなかった。

「ミス・ボウズ?」レディ・オットリーヌは鋭い口調で言ったが、その声にはわずかながらやさしさが感じられた。「自分の婚約者を見つめるのは少しも悪いことじゃないけれど、よかったら、わたしの質問に答えてちょうだい」

「申し訳ありません」サリーは言って、あわててジャックから目をそらした。「わたしの名前に聞きおぼえがおありになるのは、わたしがブルーパロットの経営者だからではないでしょうか? ロンドンのストランド街にあるナイトクラブです」

ふたたび沈黙があり、サリーはレディ・オットリーヌが怒りを爆発させるのを待った。さすがに、今度は驚かせすぎたかもしれない。ジャックの大おばはかわいい甥《おい》の婚約者がまさかそんな職業の女だとは思いもしなかっただろう。だが、レディ・オットリーヌはそれくらいのことで動揺するような女性ではなかった。彼女は唇を固く結んで、首を振った。目には冷たい光が宿り、サリーが何者かを知って、彼女を屋敷から放りだそうと決めたかのように見えた。

「いいえ、違うわ」彼女は言って、黒い瞳を輝かせた。「でも、そうなの? ナイトクラブの経営者だ

なんて、なんてすてきなの！　わたしに話を聞かせて、ミス・ボウズ。わたしは勇気があって、自立している女性が大好きなの」

「ありがとうございます」サリーは相手を誤解していたことに気づいた。「あなたもそうでいらしたと思いますけれど」

「あなたはジョナサン・ヘイワードと結婚していたんじゃなかったかしら？」レディ・オットリーヌは突然たずねた。「ほんとうにひどい男よね。あんなろくでなしはほかにはいないわ。亡くなった兄も彼のことを考えるだけで胸が悪くなるといつも言っていたくらいですもの」

サリーは笑った。彼女もレディ・オットリーヌが好きになりはじめていた。「ありがとうございます。わたしもまったく同感ですわ」

「わたしたちには共通点がたくさんあるようね」レディ・オットリーヌはいたずらっぽい口調で言った。「ジャックは、わたしがあなたの過去を知ったら、あなたを認めるはずがないと思ったんじゃないかしら」彼女はおもしろがるように目を輝かせた。「ばかな子ね。一度も結婚していないからといって、世間知らずな娘のように扱わないでほしいわ」

「彼が話すのをためらうのも無理はありませんわ」サリーはそう言って、ほほえんだ。彼女はレディ・オットリーヌとの会話を大いに楽しんでいた。「ナイトクラブを経営しているなんて、あまり人聞きがよくありませんもの。亡くなった夫と離婚寸前だったことも」

「それがなんだっていうの？」レディ・オットリーヌは強い口調で言った。「常に尊敬される人物でい

るよりも、世間を騒がすいかがわしい人間でいるほうがよっぽど楽しいわ。尊敬されるのなんて死ぬほど退屈だって、母がよく言っていたのをおぼえているわ。母はイギリス政府のためにスパイをしていて、夫になった人とは駆け落ちしたの。母はそれは大した女性だったのよ」

「ウォレス・コレクションでお母さまの肖像画を拝見しました」サリーは言った。「とてもお美しい方ですね」彼女はほほえんだ。「あなたもとてもかわいらしいお嬢さんでした、レディ・オットリーヌ」

レディ・オットリーヌはくすくす笑いだした。

「だいぶ変わったでしょう！」

「それほどでも」サリーはそう言って、ほほえんだ。

レディ・オットリーヌは指輪をはめた手でサリーの手をぎゅっと握り締めた。「わたしはあなたが好きよ、ミス・ボウズ。あなたの経験が男性を遠ざける結果にならなくてよかったわ」彼女はジャックを見た。「ジャックはいい子よ。彼の過去については世間であれこれ言われているけれど、いちいち気にする必要はないわ」

「彼はそのことについてはあまり話してくれないんです」サリーは正直に言った。

「当時は大変な騒ぎだったのよ」レディ・オットリーヌは言った。「ジャックは二十歳になったかならないかのときに、人妻と駆け落ちしたの。ロバートはそんな息子を恥じて外国に追いだした。確かにジャックは大人になる必要があったかもしれないけれど、あんなふうに彼を放りだしたのはかわいそうだったかもしれないわね。母親とシャーリーがどれほど傷ついたことか」

「ご家族はさぞかしつらい思いをなさったんでしょうね」サリーは言った。「シャーリーはとてもいい人です」

「ようやく兄妹《きょうだい》で過ごせるようになって、彼女もうれしいでしょう」レディ・オットリーヌは言った。彼女はサリーの手を握った。「あなたはあの子にぴったりだわ。わたしにはわかるの。さっきも言ったように、世間の噂《うわさ》を気にしちゃだめよ。いずれ彼がすべて話してくれるわ」

サリーははたしてそうだろうかと思った。ジャックと人妻のあいだになにがあったのかわからないが、彼はそれを胸の奥深くに閉じこめて、決して明かそうとはしないだろう。サリーはレディ・オットリーヌをだましているのがつらくなり、涙で喉を詰まらせた。

「わたしが彼女になにを話すのですか？」

突然横からジャックの声がして、サリーとレディ・オットリーヌは飛びあがった。

「耳の遠い年寄りを驚かせるんじゃありません」レディ・オットリーヌは怒ったように言った。「さてはわたしの財産が狙《ねら》いね！」彼女は目を輝かせた。「きっとそうだわ。わたしを驚かせてとっとと墓に送りこみ、財産を手に入れようという魂胆でしょう」

「わたしはこうしておばさまとお話しするのがなによりも楽しいんです、オットーおばさま」ジャックがそう言うと、レディ・オットリーヌはなにも言わずにうれしそうな顔をした。

「確か」サリーは言った。「あなたの相続人はジャックではなく、ミスター・バセットではありませんか

か?」彼女は挑発するようにジャックにほほえみかけた。「ジャックはすでにじゅうぶんなお金を持っていますもの」

「大ばか者のバーティー・バセットにはお金を遺《のこ》さないことに決めたの」レディ・オットリーヌはきびしい口調で言った。「自分のお金の使い道は自分で決めるわ。バーティーは賭事《かけごと》かろくでもない女にお金を使ってしまうだけですもの」

ジャックはサリーの目を見た。バーティーがすでにそうしていることを思いださせるように唇の端を上げてほほえむ。

「思いだしたわ!」レディ・オットリーヌは勝ち誇ったように言った。「どうしてボウズという名前に聞きおぼえがあったのか。わたしはあなたのお父さまがオックスフォードのシェルドニアン・シアターで講演なさるのを聞いたことがあるの。お父さまはお話がとても上手で、才能のある優れた建築家だったわ」彼女はあたりを見まわした。「確か、グレゴリー・ホルトはお父さまの生徒だったわよね?」

「ええ」サリーはジャックの視線が自分に注がれているのを感じ、うしろめたいことはなにもないのに顔が赤くなるのを感じた。

「よろしければ、オットーおばさま」ジャックは言った。「サリーと少しテラスを散歩したいのですが」

レディ・オットリーヌはほほえんだ。「どうぞ。ミス・ボウズを連れておいきなさい」彼女はジャックを見あげた。「あなたはわたしが思っていたよりも常識があるようね。あなたの婚約者が気に入ったわ。彼女があなたを好きになってくれたのはまさに奇跡よ」

サリーはジャックの視線を避けた。ジャックが腕を差しだすと、サリーは触れたら火傷《やけど》をするとでも思っているかのように、恐る恐るその手に腕を置いた。ジャックに触れたら、なにもかも忘れて彼に身を任せてしまいそうで怖かった。

「いったいなにを言ったんだ?」ドアを抜けて暗くなったテラスに出るなり、ジャックはたずねた。

「大おばはわたしのことよりもきみのことが好きなようだ」

「わたしはおばさまの質問に正直にお答えしただけ」サリーは言った。ジャックが信じられないという顔をしているのを見て、つづける。「わたしをよく思っていないあなたは驚かれるかもしれないけれど、ミスター・ケストレル、大おばさまは人を見る目がおありで、わたしを好きになってくださったの」

サリーはジャックに辛辣《しんらつ》な言葉を浴びせられるのを予期したが、彼は黙っていた。彼をちらりと見ると、その顔にはいぶかしげな表情が浮かんでいた。

ふたりはテラスに沿って歩き、堀の水が葦《あし》に囲まれた大きな湖に注ぐ場所に出た。

「グレゴリー・ホルトに少し前に警告された」ジャックはしばらくしてから言った。「自分はきみの兄代わりなので、わたしがきみを傷つけるようなことをしたら殺すと言われたよ」

サリーは驚いたような目でジャックを見た。グレッグの干渉をジャックが怒っているのかおもしろがっているのか、よくわからなかった。

「彼には関係のないことだわ」彼女は言った。「わたしは大人よ。自分の行動には自分で責任が持てる

もの」

「わたしもそう思った」ジャックは言った。そして、間を置いてからつづけた。「彼はきみを愛している」

彼の声には奇妙な響きがあった。

「ええ」サリーはしばらくしてから言った。「そうだと思うわ」

「結婚を申しこまれたことは？」

「それこそ、あなたには関係のないことだわ」サリーは言った。

ジャックは笑って、彼の腕に置かれたサリーの手の上に手を重ねた。

「いや、わたしには大いに関係がある。わたしはきみの婚約者だ」

「仮の婚約者でしょう」サリーは言った。「明日までの」

「これはわたしの推測だが、彼はきみに求婚して断られたんじゃないのか？」ジャックは言った。「なぜだ？」

「あなたにそんなことまで話さなければならないの？」サリーはうんざりしたようにため息をもらした。「申し訳ありませんけれど、あなたのことはあまり好きではないんです、ミスター・ケストレル。あなたとはもうお話ししたくありません」

「そう言わずに」ジャックは言った。「わたしは知りたいんだ」

サリーはジャックの手を振り払うと、テラスの端に立ち、暗くなった庭を眺めた。トピアリーと呼ばれる装飾的な形に刈りこまれた植木の輪郭が、濃紺の夏の夜空に浮かびあがっていた。サリーはジャックを強く意識していた。ジャックは彼女の後ろでじ

っと待っていた。

「彼のプロポーズを断ったのは、不釣り合いだと思ったからよ」しばらくしてから、サリーは言った。

「身分違いだとでも？」ジャックは信じられないというように言った。「でも、きみは男爵の娘だ」

「わたしは愛情のことを言っているの」サリーは言った。「なんでも地位やお金を基準に考えるのはよくないわ、ミスター・ケストレル」

「わたしはそんな哲学的な答えが聞きたいんじゃない、ミス・ボウズ」

「そう」サリーは言った。彼女は苔《こけ》に覆われ、ひんやりとしたテラスの石の壁を指でなぞった。「グレッグのことは好きよ」彼女はそう言いながら、わたしはなぜジャック・ケストレルに説明しようとしているのだろうと思った。わたしの動機はお金以外のなにものでもないと思っているような人に。「彼とは古い知り合いだけれど、彼は一度もわたしを裏切ったことがないわ。彼の愛情を利用するようなことはしたくないの」

サリーはふたたび、ジャックに皮肉を言われるのを覚悟したが、今度もまた彼は黙っていた。暗くて、彼の表情を読みとることはできなかった。

「きみがわたしと婚約しているあいだは」ジャックはしばらくしてから言った。「彼とはいっさい関《かか》わらないように」

サリーは首を横に振った。「あなたに指図されるおぼえはないわ、ミスター・ケストレル。わたしたちはほんとうに婚約しているわけではないし、あなたはわたしに指図する権利はないわ」

サリーはジャックが怒りに顔をゆがめるのを見て、

一歩後ずさった。「きみが口で言うようにグレッグを高く買っているなら、彼のプロポーズを受け入れたほうがいい」

「あなたが彼に決闘を申しこめるように?」

「そうだ」

サリーはいらだたしげに手すりを指でたたいた。

「あなたたちはふたりとも手に負えないわ。大おばさまはあなたがスティーブンのいとこと決闘するのをよく思われないんじゃないかしら」

「そうだろうな」ジャックは認めた。彼は考え深げな表情でサリーを見た。「きみがバーティーを相続人から排除しないように大おばを説得しようとしてくれたことに感謝している」

「あなたはお金には困っていないでしょう」サリーは言った。

「でも、バーティーは違う。特に、きみの妹にきみが望むような暮らしをさせるとなると、金はいくらあってもたりないだろう」

サリーは肩をすくめた。わたしはレディ・オットリーヌが偽りの婚約をしたもうひとりの甥の息子に財産を譲るべきではないと思ってああ言っただけなのに。ジャックはわたしがコニーのためにバーティーを弁護するようなことを言ったと思いこんでいる。ジャックはそこまでわたしを信頼していないのだ。

「明日」サリーは言った。「ほかにいい考えがないのなら、グレトナ・グリーンに行くべきだわ。わたしの妹からあなたのいとこを守るのが手遅れにならないうちに」

「大おばは、わたしがきみになにを話すだろうと言っていたんだ?」ラベンダーの香りのする花壇に向

かってテラスを進みながら、ジャックはたずねた。

「大おばさまはあなたの過去について世間があれこれ言うのを気にしないようにとおっしゃったのよ」サリーはそう言って、ほほえんだ。「わたしがほんとうにあなたの婚約者だと思われて、わたしを安心させようとしておっしゃったんだわ」

「それで、きみはわたしが世間でなんと言われているのか知っているのか?」

「もちろん」サリーは言った。「あなたとマーレ・ジェームソンの駆け落ちの件を知らない人はいないわ。わたしを安心させる必要などないのに。わたしはあなたの今夜ひと晩かぎりの婚約者にすぎないんですもの」彼女は湖から吹いてくる風に身震いした。気にしていないとどんなに口で言っても、マーレに、ジャックが愛したことのあるただひとりの女性に激しい嫉妬を感じているのは事実だった。「なかに戻りましょう」サリーは言った。

ジャックはほほえんだ。「待ってくれ」彼は言った。「きみと婚約していられるのが今夜ひと晩かぎりなら、今のうちに大いに楽しみたい」彼は手を伸ばしてサリーの手首をつかむと、自分のほうに引きよせた。ジャックはコロンと新鮮な夜の空気のにおいがして、サリーは切なさに胸を締めつけられた。

彼女はジャックの白いシャツの胸元に手を置いて、押し返した。「ミスター・ケストレル、あなたは忘れているかもしれないけれど、さっきも言ったように、わたしはあなたが好きではないの。もちろん、あなたがわたしを好きではないこともわかっているわ。あんなことがあったあとで、わたしがあなたの誘いに応じると考えるなんて、あなたはよほど傲慢《ごうまん》

なのね」ジャックは手を上げ、サリーの顔にかかった髪を払いのけた。彼に触れられただけで肌がぞくぞくし、サリーはそんな自分の反応を隠そうとして顔をそむけた。

「客間に戻るのは……」ジャックは言った。「もう少ししてからでいい。わたしたちがほんとうに婚約していると思わせるには、きみは月明かりの下でキスをされたような顔をしていなければいけないな、ミス・ボウズ。激しく言い争ったような顔ではなくてね」

サリーはとまどった。もしジャックにキスをされたら、抵抗できる自信がなかった。こんなに嫌っている男性にこれほど激しい欲望を感じることがほんとうにあるのだろうか？　彼女はふたたび思った。

自分自身を裏切っているような気がしたが、それでも、彼女はジャックが欲しかった。

「キスをされたふりをすれば――」サリーは言いかけたが、ジャックは彼女の髪に手を差し入れて、顔を上向かせた。

「いや」ジャックはそう言って、サリーにゆっくりと顔を近づけた。「現実に勝るものはない」

それは突然婚約者になるように言われたときのキスとは違っていた。ジャックは強引で、きみはわたしのものだと言わんばかりに彼女の唇を奪った。しかし、今度のキスは彼女の気持ちをそそろうとするかのようなやさしいキスだった。ジャックは唇を巧みに動かし、サリーに唇を開き、キスを返すようにうながした。サリーは体が熱くなり、膝の力が抜けるのを感じた。気がつくと、ジャックの両肩に手を

まわし、彼を引きよせてキスを返していた。ジャックはすぐにサリーの体に腕をまわしてキスを深め、ふたりのあいだにたちまち激しい情熱の炎が燃えあがった。ジャックがサリーを離したとき、ふたりは肩で激しく息をしていた。

「ジャック……」テラスの向こうからシャーリーの声が聞こえてきた。「オットーおばさまがいいかげん戻ってきなさいって。サリーとベジークがしたいそうよ」

ジャックは小声で毒づいた。「これではまるで子守りに監視されているみたいだ。きみはなかに戻って、大おばさまのご機嫌を取るといい」

「喜んで」サリーは言って、ドレスの乱れを直した。「あなたの大おばさまと過ごすのはとても楽しいわ」深呼吸をして、気持ちを落ち着かせる。情熱の余韻で、まだ手が震えていた。

「オットーおばさまからあまり巻きあげないでくれよ」ジャックは言った。「きみがそうしたい誘惑に駆られるのはわかっているが、たりない分はわたしが埋め合わせる」

ジャックの言葉にサリーは深く傷ついた。ジャックはサリーが彼から欲深いぺてん師だと思われていることを忘れそうになるたびに、いちいちそれを思い知らせる。

「巻きあげられるだけ巻きあげるつもりよ」サリーは大胆に言った。「ほかにわたしになにを期待するというの、ミスター・ケストレル?」

「なにも」ジャックは言った。

サリーはドアに手をかけて立ち止まった。「ところで、ミスター・ケストレル」彼女はよそよそしい

口調で言った。「部屋はあなたの部屋とできるだけ離してもらいましたから。ドアにつけられた名札もはずしました。真夜中にだれかが忍びこんできたら、頭におまるを投げつけるのでどうかそのつもりで。わたしが二百ポンドを受けとっていようといまいと、そんなことは関係ないわ。おわかりになった？」

「もちろん」ジャックは言った。「おやすみ、ミス・ボウズ」

7

ジャックは翌朝早く目覚めた。サリーが廊下を奥に行った部屋にいると思うと、悶々《もんもん》としてよく眠れなかった。ふたりの距離がこれほど遠く感じられたことはなかった。だが、それ以上にジャックを悩ませていたのは、ベッドの隣にサリーがいない寂しさだった。彼女のぬくもりや香りが恋しかった。彼を信頼しきっているかのように身をすりよせて眠るサリーを見ていると、心が落ち着き、癒《いや》された。こんな気持ちになったのは生まれて初めてだ。そのことがまたジャックをいらだたせた。

今さら後悔しても遅いが、昨夜庭に出たときに、サリーを怒らせるようなことを言わなければよかった。なぜグレゴリー・ホルトの求婚を断ったのかという彼女の話はいかにももっともらしく、もう少しで信じてしまいそうになった。ところが、そのあとでサリーにキスをしたとき、ジャックはふたたび、彼女を自分のものにしたい、この腕に抱き締めたいという強い衝動に駆られた。できることなら、彼女を信じたかった。ジャックはサリーを信じるべきかどうか迷っている自分にいらだち、自分を虜《とりこ》にし、簡単に自制心を失わせることのできるサリーに腹が立った。

マーレとのことがあってから、ジャックは女性を警戒し、決して心を開かないようにしてきた。それはこれからも変わらない。サリーをこのまま自分のものにしておくつもりだが、彼女には決して隙《すき》を見せてはならない。彼女はチャーチワードが言うような金目当ての性悪女なのだから。

ジャックはスティーブンのために丁寧にアイロンがかけられた新聞を手に取って、図書室に向かった。静かな朝で、早朝の日差しが絨毯《じゅうたん》にまだら模様の光を投げかけている。飼い犬のラブラドールの一頭がひなたぼっこをしていて、ジャックが横を通りすぎると、むくっと頭を上げたが、彼が椅子に座ると、鼻を鳴らしてふたたび絨毯の上に寝そべった。客間では召使いたちが大量の朝食の準備していたが、レディ・オットリーヌが現れるまでだれも朝食を食べることは許されなかった。レディ・オットリーヌはまだベッドにいて、おそらくホットチョコレートとトーストを楽しんでいるころだろう。大おばのよう

によく食べるわりには、棒のように痩《や》せ細っていられる人間がほかにいるのだろうか。ジャックは首をひねった。彼女はラブラドール並に食欲が旺盛《おうせい》だ。大おばがことあるごとに自分がか弱い老人であることを強調するのは、自分の意思を押しとおすための巧妙な作戦なのではないかとジャックは疑いはじめていた。実際、その作戦はうまくいっている。五十年後のサリーも大おばと同じようになっているのではないだろうか？　年老いてもなお美しく、気丈で、若い世代を恐れさせているにちがいない。ジャックはほほえんでいる自分に気づいて、はっとした。今朝はどうかしている。ジャックはマーレとでさえも、そこまで長い将来を考えたことはなかった。

わたしはいったいいつからサリーを生涯の伴侶《はんりょ》として見るようになったのだろう？　彼女は偽りの婚約者を演じているにすぎない。だが、厄介なことに、家族はサリーを気に入り、あの気むずかし屋で有名な大おばでさえ彼女を好きになってしまった。サリーはグレゴリー・ホルトの忠誠心、いや、いまいましい愛情をも得ている。彼女を兄代わりとして守ろうというのだ。実際には、まったくべつの関係を望んでいるのに。サリーはホルトの愛情につけこむようなことはできないと話していたが、それは、もっと大物の、いずれ公爵になるような男を狙《ねら》っている口実にすぎない。この偽りの婚約を破棄したときに、サリーがわたしを婚約不履行で訴えるかどうかが見物だ。そのときこそ、彼女は本性を現すだろう。

きっとそうなるはずだとジャックは思った。それがボウズ姉妹の常套《じょうとう》手段だ。

それでも、まだ疑問が残った。

ジャックはほかのことに注意を向けるために、新聞を広げて記事に目を通した。

仕事上のつき合いのあるロバート・ペルテリーが単葉飛行機で一・五キロの飛行を成功させたことを伝える記事があった。ペルテリーの仕事を経済面で支援したことのあるジャックは、そのニュースに感銘を受けた。ほかは、来月ロンドンのホワイト・シティ・スタジアムで開催されるオリンピックの最後の準備に追われる街の様子を伝える記事でほぼ埋め尽くされていた。三面の隅に、ホロウェー刑務所に収監された婦人参政権論者の窮状をつづったそれほど同情的とは言えない記事があった。

〈刑務所では時間が過ぎるのが恐ろしく長く感じられる。日の光を見ることはなく……毎日が単調で、退屈だ。運動場に出るのでさえ億劫《おっくう》になるが、外の空気を吸いたいという欲求は強く……〉

ほかにも、家具運搬用の大型トラックに身を隠して下院に侵入しようとして逮捕された婦人参政権論者の名前があげられていた。ジャックはリストにざっと目を通し、ペトロネラ・ボウズの名前を見て、がぜん興味を引かれた。サリーといっしょに食事をしたとき、彼女はもうひとりの妹のネルが食べ物や薬を買う金にも困っていると話していたのを思いだした。つねに収監の恐怖におびえ、罰金の支払いを迫られていると……。

朝食の準備ができたことを知らせる銅鑼《どら》が鳴った。ジャックは最後まで記事を読み、新聞を置いて図書室から出ていった。ほかの客人はすでに朝食室にい

るようだ。部屋に近づくにつれ、人の話し声に混じって、大おばが豆料理のキチュリーが欲しい、ちゃんといれたコーヒーはないのかと文句を言う声が聞こえてきた。

「おはよう」ジャックが現れると、レディ・オットリーヌは鋭い口調で言った。「また遅刻よ」ジャックから慎《つつ》ましく頭を下げたサリーに視線を移す。

「さぞかしよく眠れたんでしょうね？」

「おかげさまで」ジャックは嘘《うそ》をついた。シャーリーとスティーブンにほほえみかけ、グレッグにもなんとか礼儀正しくうなずいた。それから、サリーのところに行って手を取り、手の甲にキスをした。サリーはかすかに頬を染め、伏し目がちにちらりとジャックの顔を見た。驚いたことに、彼女ははにかんでいるように見えた。ジャックの防衛本能が働き、いつもの辛辣《しんらつ》な彼が戻ってきた。だまされるな。彼女は相当な役者だ。これも演技にちがいない。「おはよう、愛《いと》しい人」ジャックが親しげに言うと、サリーではなく、レディ・オットリーヌが満足そうにほほえんだ。

サリーは地味な青いブラウスにスカートをはいていた。ジャックと同じようによく眠れなかったのだとしても、それは少しも顔に表れていなかった。彼女はさわやかで、ジャックの目には最高に美しく見えた。

「ミス・ボウズがどうしてもはずせない約束があるのであなたと今日発《た》つと言うのよ」レディ・オットリーヌの顔から笑みが消え、不満そうな表情になった。「気に入らないわ。わたしは断じて許しませんよ。今夜はわたしの誕生日を祝う晩餐《ばんさん》会があるんで

すからね。甥《おい》もその息子も婚約者も出席しないなんて、こんな悲しいことがありますか。あなたの父親とバフィーも来ないようだけれど、欠席はわたしへの敬意の欠如と見なします。そんな人に公爵になる資格はありません」

そのとき、玄関のドアをたたく音がして、ジャックは答えずにすんだ。朝食の準備を監督していた執事のパターソンがかすかに眉をひそめ、お仕着せを整えてあわてて出ていく。朝のこの時間帯に訪問客があることはめったになかった。十時前、家族がまだ朝食の席に着いている時間に訪問するのは、非常に不作法なこととされていた。

玄関ホールが騒がしくなり、執事が驚いたように挨拶《あいさつ》をする声と、耳障りな女性の声が聞こえてきた。ジャックはシャーリーを見て眉を上げた。彼女は席を立ち、急いで玄関に向かった。スティーブンもすぐにあとを追った。

「あなたも行ったほうがいいわ、ジャック」レディ・オットリーヌはそう言って、不機嫌そうにライムのマーマレードにナイフを突き刺した。「わたしに遠慮してお行儀よくテーブルに残る必要はありませんよ」

「コニーの声が聞こえたような気がするわ」サリーは急にそわそわしだし、ナプキンを置いて言った。「失礼します、レディ・オットリーヌ」

ジャックはサリーのあとについて玄関ホールに向かった。いつものようにめかしこんだ、いとこのバーティー・バセットが大理石の床を横切ってジャックのほうにやってきた。彼の隣には派手に着飾った金髪の女性がいた。全身をさくらんぼ色で固め、つ

ばの広い帽子が人形のように整った顔を縁取ってい る。彼女は大量の荷物を運ばされている気の毒な従僕のひとりを怒鳴りつけた。

「ちょっと気をつけてちょうだい、まったくぐずなんだから。そんなふうに持っちゃだめ！　帽子がつぶれちゃうでしょう！　それから、ダックスフントのハーマンに気をつけてね。車に酔ったみたいだから……」

「コニー！」サリーは言ったが、その声はしだいに小さくなっていった。「ここでなにをしているの？今までどこにいたの？」彼女はジャックをちらりと見た。「わたしたちはてっきり――」

「サリー！」コニーは高価な香水のにおいをぷんぷんさせて姉のほうにやってきた。「こんなところで会えるなんて思わなかったわ。昨日クラブに行ったら、マティがあなたはミスター・ケストレルと出かけたって言うから」コニーは完璧《かんぺき》な形に整えられた眉をつりあげた。「ふたりは知り合いじゃないのに、おかしいと思ったのよ」彼女は唇をとがらせながら言った。「わたしたちが結婚したことを早く知らせたくてわざわざ行ったのに、いないんですもの！」

「それは申し訳ないことをしたわね」サリーは丁寧に言った。

コニーは軽く手を振った。「かまわないわ。代わりにネルに会えたから。彼女はわたしたちの結婚をとても喜んでくれたもの」コニーは眉を寄せた。「ネルはちょうどクラブに来ていたのよ。あなたにお金を送ってもらったお礼を言いに来たんじゃないかしら」

ジャックははっとしてサリーを見た。一瞬ふたり

の目が合い、気まずい空気が流れた。サリーはすぐに目をそらし、素知らぬ顔をしてブラウスの袖口《そでぐち》をいじっていたが、またすぐにちらりと彼を見た。彼女は気まずさを絵に描《か》いたような表情をしていた。ジャックは怒りがやわらぐのを感じた。これで二百ポンドの行き先がわかった。サリーが二百ポンドを必要としていた理由も。彼の直感は間違っていなかったのだ。ジャックはすぐにでもサリーと話がしたかったが、あいにく、コニーは話をやめる気がなさそうだった。

「ネルにはびっくりしちゃったわ」コニーはそこにいる全員を無視して話しつづけ、姉をますます気まずくさせた。「みすぼらしい格好をして、あんなに痩せ細って。でも、わたしがミセス・バセットになったから、彼女を助けてあげられるわ。人に施しを与えられる地位になるのって、とてもいいものね……なんなの、バーティー？」彼女はいらだたしげに夫に言った。

「話の腰を折って申し訳ないが」バーティーは恐る恐る言った。「いとこのシャーロット・ハリントンとご主人のスティーブンを紹介したいんだ。それから、いとこのジャック・ケストレル――」

「ミスター・ケストレル！」コニーはシャーリーとスティーブンを完全に無視して、ジャックに手を差しだした。彼女の指にはジャックが今まで見たこともないような大きなダイヤモンドが輝いていた。コニーはジャックに愛想よくほほえみかけたが、ジャックは興ざめしただけだった。彼女の化粧をした小さな顔からサリーの顔に視線を移し、血がつながっていながら、これほど似ていない姉妹もいるのかと

驚いた。コニーはジャックが想像していたとおりのおしゃべりでわがままな女性だった。こんな女に引っかかるとは……。バーティーがここまで愚かだとは思わなかった。

「はじめまして、ミセス・バセット」ジャックが言うと、コニーは得意そうな顔をした。

「コニー」サリーが口をはさんだ。「ここでなにをしているの？　ここはミセス・ハリントンのお屋敷よ。みなさん、ファミリー・パーティーのためにいらしているの」

「オットリーヌ大おばさまの誕生日だ」ジャックはそう言って、バーティーのほうを向いた。「もちろん、忘れるはずはないよな、バーティー？　きみの花嫁に会えて、おばさまもさぞかし喜ばれるだろう」いとこの顔が真っ青になるのを見て、ジャックは意地悪な喜びをおぼえた。

「あの、オットリーヌおばさまが来ているなんて思いもしなかったよ」バーティーはむせるように言った。「その、ぼくたちはシャーリーに会いに来たんだ。シャーリーにぼくたちのことを認めてくれるように両親を説得してもらおうと思って」彼は横目でちらりとジャックを見た。「まさか、きみも来ているとは思わなかったよ、ジャック」

「そうだろうな」ジャックは言った。「わたしが来ていると知っていたら、ここには来なかったんじゃないのか？　この一週間、きみの父上に頼まれて、きみを捜していたんだ」

バーティーははっと息をのんだ。「もう手遅れだ」彼は言った。「ぼくたちは署名をすませている。ぼくたちは昨日結婚したんだ」

コニーはスキップするような足取りでサリーに近づいて、彼女の鼻先に手を突きだして見せた。「わたしのダイヤモンドを見て！　すばらしいと思わない？」

「ええ、とてもすてきね」サリーは言った。「あなたたちは駆け落ちして結婚をするためにグレトナ・グリーンに行ったのだとばかり思っていたわ」

「とんでもない！」コニーは鼻にしわを寄せた。「こそこそ結婚するなんて絶対にいやよ！　わたしたちは特別結婚許可証を手に入れたの。バーティーが数週間前に買ってくれたのよ」コニーはサリーの腕をつかんで、媚《こ》びるようにほほえんだ。「お姉さまをだますようなことをしてごめんなさい。でも、バーティーと結婚するにはこうするしかなかったの。お姉さまに正直に話したら、きっと反対したでしょう。お姉さまは生真面目《きまじめ》だから」

ジャックはふたたびサリーを見た。サリーの顔は青ざめ、表情はこわばっていた。「そうね」彼女は言った。「わたしのことをいつも疎ましく思っていたんでしょう、コニー？」サリーはふたたびジャックの目を見たが、彼女の目には勝ち誇ったような表情は見られなかった。自分の主張が正しかったことが証明され、もっと得意げな表情をしてもいいのに、サリーは傷つき、後悔しているようにさえ見えた。ジャックは姉の気持ちにまるで気づいていないコニーに激しい怒りをおぼえた。

「しかたがないわ。生まれ持った性格は変わりようがないから」コニーはそう言って、うれしそうにほほえんだ。「あなたは真面目で話にならないから、バーティーと組んでひと芝居打ったのよ」

バーティーは真っ赤になった。「いや」あわてて反論する。「そんなんじゃないんだ！　ちょっと現金を工面しようとしただけだ」

ジャックはいとこのほうを向いた。

「じつにみごとな芝居だった」ジャックが冷ややかに言うと、バーティーは縮みあがった。「きみはじつの父親を強請《ゆす》ってもう少しで墓場送りにしそうになり、ミス・ボウズにひどく心配をかけた」

「結婚する金が欲しかっただけさ」バーティーは哀れを誘うような声で言った。「パパは絶対に許してくれないとわかっていたから、コニーと考えたんだ」

「金の切れ目が縁の切れ目にならなければいいがね」ジャックは辛辣な口調で言った。

「パパには小遣いを止められるだろうな」バーティーは憂鬱《ゆううつ》そうな口調で言った。「でも、相続人限定の法律のおかげで、ぼくを相続人からはずすことはできない」

「それに、お父さまは弱っていて――」コニーは言いかけたが、バーティーににらまれて口をつぐんだ。

コニー・ボウズといえども、義理の父が死ぬのを待っていると言うのははばかられたのだろう。ジャックはそう思った。

「ほんとうにごめんなさい。なんと言ってお詫《わ》びしたらいいのか……」サリーは、ぞっとしたような顔をしてこれまでのやりとりを見ていたシャーリーとスティーブンに言った。ジャックはサリーが妹の態度を詫びているのか、妹の存在自体を申し訳ないと思っているのかまではわからなかった。

シャーリーは首を横に振って、サリーを慰めるよ

うに彼女の手をぎゅっと握り締めた。そして、いかにも女主人らしく毅然《きぜん》と前に進みでて、新しい客人に朝食を勧め、部屋に案内すると申しでた。

「今朝ロンドンを発ったのなら、早くに出発したのでしょう。さぞかしおなかが空《す》いた……」

「わたしたちは昨夜《ゆうべ》はオックスフォードに泊まったの」コニーは得意げに言った。「ランドルフ・ホテルによ。さすがに最高級ホテルだけのことはあったわ」

「ひと月もしないうちに彼女に破産させられるぞ」ジャックはいとこに小声で言った。

朝食室から、そこでなにをしているの、とレディ・オットリーヌが怒って言う声が聞こえてきて、会話は中断された。コニーは床から小さなかばんを取りあげると、サリーの腕に押しつけた。なかから、信じられないほど小さく、不機嫌な顔をした犬が顔をのぞかせた。

「あなたのほうがわたしよりもずっと犬の扱いに慣れているでしょう」コニーは言った。「この子を厨房《ちゅうぼう》に連れていって、なにか食べさせてくれない？　それから、あなたもここにいるなら、わたしにメイドをつけるように言ってもらえないかしら？　わたしひとりではなにもできないわ」彼女は表情をぱっと輝かせた。「もちろん、あなたがやってくれるなら、それでもいいけれど」

ジャックは頭にかっと血が上るのを感じた。「問題外だ」彼は言った。犬の入ったかばんをつかみ、執事に渡す。執事はぞっとしたような顔をした。

「ラブラドールに近づけないようにしてくれ」ジャックは言った。「うさぎだと思われたら大変だ」彼

はサリーの手を取った。

「きみのお姉さんはわたしの婚約者としてここに招かれているんだ、ミセス・バセット」彼は言った。

「だから、自分のことは自分でするように」彼はサリーの手を自分の腕にかけさせて、朝食室に連れていった。後ろから、コニーの怒ってわめく声がサイレンのように聞こえてきた。


朝食が終わるころには、サリーは頭痛に悩まされていた。コニーは結婚式のことや、ミセス・バーテイー・バセットになれたことがどれだけすばらしいか、息をつく間もなくぺらぺら話しつづけた。そのあいだ、レディ・オットリーヌは不気味な沈黙を保ちつづけ、はしゃぐコニーの顔からバーティーの顔に、それからまたコニーに鋭いまなざしを向けた。


朝食が終わったとき、彼女はバーティーと話がしたいと言い、コニーがいっしょに客間についていこうとすると、冷ややかな声で言った。「ふたりきりにさせてちょうだい！」

コニーがふてくされた顔をすると、シャーリーはすかさず部屋に案内すると言って彼女を二階に連れていったものの、色づかいが野暮ったいとけちをつける彼女の声が階下にいるサリーのところまで聞こえてきた。

「どうして話してくれなかったんだ？」ジャックはサリーの耳元で言った。「きみと妹さんはまるで似ていない」

「コニーは昔はああじゃなかったのよ」サリーは言って、ため息をついた。「ジョン・ペティファーとのことがある前までは、とてもいい子だったの」彼

女はジャックを見た。「ミスター・ケストレル、わたしはあなたに何度もそう言おうとしたけれど、あなたはまともに取り合ってくれなかったわ」

「これはまいったな」ジャックは言った。「きみと話し合わなければならないことがたくさんありそうだ、ミス・ボウズ」彼はドアのほうを手で示した。

「しばらく散歩しないか？」

「あなたとはなにも話したくないわ」サリーは冷ややかな口調で言った。彼女はとにかくひとりになりたかった。コニーの顔を見ずにすむならどこでもよかった。それでも、わたしはコニーに感謝すべきなのかもしれない。サリーはぼんやり思った。妹が恥ずかしげもなくぺらぺらしゃべってくれたおかげで、わたしがジャックに話したことがすべて事実だと証明された。それでも、サリーは深く傷つき、とても喜ぶ気にはなれなかった。

ジャックはサリーの手を自分の腕にかけさせて、テラスに導いた。「残念だが」彼はゆっくりと言った。「きみとすぐに話をしなければならない」

ふたりは屋敷から遠く離れるまでなにも話さなかった。黙って堀を渡り、植物園に入っていった。松やセコイアの巨木が枝を広げて木陰を作り、松葉の香りがふたりを包みこんだ。暖かく、静かだったが、サリーは穏やかな気分にはとてもなれなかった。こうしている今も、コニーはレディ・オットリーヌが心臓発作を起こしかねないようなことを言っているにちがいない。そして、ジャックは見るからに不機嫌そうだった。

「きみには――」ジャックは穏やかな声で言った。「わたしに説明する義務がある」

サリーはジャックのそのひと言に怒りを爆発させた。「あなたのほうこそ、わたしに謝る義務があるんじゃない！」

ジャックはうなずいた。「それは認める」彼は素直に言った。両手をズボンのポケットに突っこみ、サリーのほうを向く。

サリーは心臓の鼓動が速くなるのを感じた。

「まず」彼は言った。「なぜ妹のネルのために二百ポンドが必要だと話してくれなかったのか、そのわけを知りたい。きみは自分の貞節を売ったかのようにふるまって……」

「わたしはそんなふうにふるまったおぼえはないわ」サリーはさえぎった。謝罪もせずに、自分の誤解を彼女のせいにしたジャックが許せなかった。

「あなたが勝手にそう思っただけよ。あなたは最初からわたしをお金目当ての計算高い女だと思っていたんでしょう。何度も誤解を解こうとしたけれど、あなたはわたしの話を少しも聞こうとしなかったじゃない」

ジャックは片手で髪をかきあげた。「きみがほんとうのことを言ってくれたら、助けてやることもできたんだ」

「あのときは、とてもあなたに助けを求められるような雰囲気ではなかったわ」サリーは言った。「あの日の朝、わたしたちが激しく口論したのを忘れてしまったの、ミスター・ケストレル？　だいいち、わたしはあなたのことをほとんどなにも知らなかったのよ。二日前に会ったばかりの男性に借金を申しこんだりできないわ」

「二日前に会ったばかりの男ときみはベッドをとも

にした」ジャックは言った。目を細め、サリーをじっと見つめる。「きみはわたしに借金を頼む代わりに、処女を金で売るような計算高い女だと思わせたんだ」

サリーは肩をすくめて、気にしていないようなふりをした。「お金を出すと言ったのはあなたよ」

「それで、受けとったのか？」

「受けとっても受けとらなくても、あなたのわたしに対する見方は変わらないと思ったの」

ジャックはいらだたしげに頭を振った。「ネルはどうして二百ポンド必要だったんだ？」

サリーはジャックに表情を見られないように顔をそむけた。今の今まで自分を疑っていたジャックに、素直に自分の気持ちを打ち明ける気にはなれなかった。

「ネルは食べるものや住むところにも困り、なによりも、薬を買うお金が必要だったの」彼女は言った。「罰金の支払いがかさんで生活費にも事欠き、刑務所に入れられた友だちの子供たちの面倒も見なければならなかった。子供たちがみんな熱病にかかって――」サリーは声を詰まらせ、両手で顔を覆ったが、すぐに手を離して、挑戦的な目でジャックを見た。「それが理由よ」

「それで、ロンドンを発つ直前に彼女に直接金を送ったんだな？」ジャックはたずねた。

「わたしは……」サリーはためらったが、今さら嘘を言ったところでどうにもならないと思った。「ええ、そうよ」

ジャックは小声で毒づいた。「どうしてわからなかったんだ！　わたしはきみがアルフレッドに封筒

を渡すのをこの目で見た。でも、きみにたずねたら、きみは否定した。わたしはてっきり……」彼は肩をすくめた。「支払いの期限が迫った借金に充てたのかと……」

「ネルは借金の支払いを迫られていたわ。さっきも言ったように、彼女の子供たちは病気で、飢えかかっているの」

「きみはまた」ジャックは言った。「妹を助けてやったわけだ」

サリーは答えなかった。彼女はいつもネルとコニーを助けてきた。

沈黙があった。「それにコニーも」ジャックは言った。「駆け落ちを仕組んだのはコニーとバーティーで、きみではない」

「そうね」サリーは言った。「バーティーまで関《かか》わっているとは思わなかったわ」

「きみを疑って悪かった」ジャックは言った。

喉に言葉が引っかかったような言い方だったが、どんな形であれジャックから謝罪を引きだせたのは大きな成果だ。いずれ心の傷が癒《い》えたら、彼を許せるようになるだろう。

「ありがとう」サリーは礼儀正しく言った。

「チャベネージとペティファーの件で証拠は確かだと思った」ジャックはつづけた。「裁判の記録を読んだんだ」

「チャベネージ家がお金で解決しようとしたのは事実よ。でも、わたしは決して受けとらなかったわ」

サリーは言った。「あなたがどこから情報を得たのか知らないけれど、それは事実とは違うわ、ミスター・ケストレル。ジョン・ペティファーの件では、

コニーはほんとうに彼を愛していたの。あなたは信じられないでしょうけれどね。今のコニーを見たら、わたしもそうかもしれないわ。でもコニーがほんとうに愛していたのは彼ひとりなの。彼はコニーをさんざん利用したあげくに捨てた。そのときは、彼を婚約不履行で訴え、彼がどんなにひどい男か世間に知らしめるべきだと思ったの。お金で解決しようなんて考えてもみなかったわ」

「判事もきみたちを支持した」ジャックは言った。

「ええ。でも、それはむなしい勝利でしかなかったわ。結果的に、コニーの評判をおとしめることになってしまった」サリーは言った。「それから、コニーは変わったわ。前から多少浮ついたところはあったけれど、それは彼女が無邪気だったからでもあるの。でも今は……」サリーはため息をついた。「男性をだまし、平気で利用するようになってしまった」

ジャックは苦々しい口調で言った。「ずる賢い女にはこれまで何人も会ってきたが、きみの妹はそのなかでもかなりたちが悪い。きみがそこまでしてやることはない」

サリーは驚いた目でジャックを見た。ジャックは憮然《ぶぜん》とした表情で、唇を真一文字に結んでいた。ジャックが怒るのも無理はないとサリーは思った。彼はずっとコニーは財産目当てでバーティーと結婚しようとしていると思っていたのだ。それが正しかったことが証明された。コニーは財産と爵位を手に入れるだけのために、愛してもいないバーティーと結婚した。彼はコニーの野心を満たすための手段でしかないのだ。

「少なくともグレトナ・グリーンまで行かずにすんだわ」サリーはそう言って、ため息をついた。「やはり、手遅れになってしまったけれど」彼女はかすかに頭を振った。「コニーになにを言ってもむだよ。彼女はいつも自分のしたいようにしてきたの」

「そして」ジャックは言った。「ふたりは結婚した……」

「これで、わたしたちが婚約しているふりをする必要はなくなったわね」サリーは言った。これでふたりの関係は終わりだ。別れは彼女が思っていたよりも早くやってきた。「わたしはロンドンに戻るわ」彼女はそう言って、ジャックを見た。「ご迷惑でなければ、近くの駅まで送ってくださらないかしら、ミスター・ケストレル？　せめてそれくらいのことはしてくださってもいいでしょう？」


ジャックはすぐには答えなかった。「そう簡単にきみを帰らせるつもりはない」彼は言った。

サリーは混乱して、まじまじとジャックを見つめた。「それはどういう意味なの？」彼女は問いつめた。

「その言葉どおりだ」ジャックは腹が立つほど傲慢《ごうまん》な口調で言った。「きみにはわたしの婚約者としてここにいてもらう」

サリーはジャックの理不尽な要求に激しい怒りをおぼえた。「あなたはもうこれ以上わたしになにかを要求できる立場にはないわ、ミスター・ケストレル」

「きみが怒るのも無理はないが――」ジャックは認めたが、サリーは彼に最後まで言わせるつもりはなかった。今ここで、積もりに積もった怒りをぶちま

けずにはいられなかった。

「自分の非を認めるのね？」サリーはそう言って、腰に両手を当てた。「あなたの罪状は、わたしを無理やりこんなところまで引っ張ってきて、結局むだ足に終わってしまったこと。わたしが妹と共謀して、あなたの家族からお金を強請りとろうとしていると不当にわたしを非難して侮辱したこと。そのうえ、わたしと婚約したと嘘を言ったこと。わたしが怒るのも無理はないと思っているのね？　それはありがとうございます！」

「きみを疑って悪かったと言っただろう」ジャックは言った。癪《しやく》に障ることに、ジャックは突然怒りだしたサリーに困惑するどころか、むしろ、おもしろがっているように見えた。サリーは突然気づいた。ジャックはいまだにわたしを説得できると思いこんでいるのだ。彼は自信満々だ。彼がこんなに魅力的でなければどんなによかっただろうとサリーは思った。でも、意志を強く持たなければ。サリーは二度とジャックの魅力に屈するつもりはなかった。彼が自分に特別な感情を抱いていないとわかった今ならなおさらだ。

「まだほかにもあるわ」彼女は言って、怒りに目を光らせた。「あなたはわたしの言葉よりも自分の直感を信じた。それに、あなたの言う〝証拠〟っていったいなんなの？　弁護士の捏造《ねつぞう》？　あなたはわたしに弁解の機会すら与えてくれなかったわ！」

「そうだ」ジャックはゆっくりと言った。「きみの言うとおりだ」

サリーはふたたびかっとなった。彼女の口調はしだいに熱くなっていった。「あなたはひどく失礼で、

わたしのカジノを破産させようとして、店をつぶすと脅した。そして、わたしを誘惑し——」

「サリー……」ジャックは彼女のほうに手を伸ばした。手押し車を押して木のあいだをやってきた庭師の見習いの少年が、〝誘惑〟という言葉を耳にした瞬間、くるりと向きを変えて引き返していった。

「今度は気が変わって、わたしを手放さないと決めたのね」サリーは言った。「あなたには我慢がならないわ！」

「わたしときみの経験の違いを考えると、紳士としてふたりのあいだに起きたことに責任を持たなければならない」ジャックは言った。「だから、きみには婚約者のままでいてもらう」

「とんでもないわ！」サリーは怒ったように言った。「わたしへの疑いが晴れたからといって、なにもあなたが責任を取る必要はないのよ。わたしは自分がなにをしているかちゃんとわかっていたわ。たとえわたしが——」情熱的な場面がふいに頭に浮かび、サリーは恥ずかしさのあまり口をつぐんだ。

「たとえ、処女だったとしても」ジャックは静かに言った。「それはおたがいにわかっている」彼はサリーの手を取って、木の陰に連れていった。ジャックの手は温かく、執拗《しつよう》だった。サリーは彼への抵抗心が薄らいでいくのを感じ、必死に抗《あらが》った。ジャックはすぐそばに立っていて、すがすがしいコロンの香りがした。サリーは軽いめまいをおぼえた。

「わたしは……こんなことを……」サリーはなんとか落ち着きを取り戻した。「こんなことを話すために来たんじゃないわ」彼女は言った。「わたしが言いたいのは、コニーとバーティーが結婚してしまっ

た今、わたしたちがもう婚約しているふりをする必要はないということよ。さっきも言ったように、わたしはロンドンに帰るわ」

「きみをロンドンに帰すことはできない」ジャックは申し訳なさそうに言った。「きみにはわたしといっしょにここに残ってほしいんだ」

サリーはまじまじとジャックを見つめた。「わたしにここに残ってほしいですって？　いったいあなたはなにが言いたいのかしら、ミスター・ケストレル？」

「きみに結婚を申しこんでいるんだ」ジャックは怒ったようにズボンのポケットに両手を突っこんだ。「きみの愚かな妹が、結婚しているというだけの理由で、姉のきみを差し置いて偉そうにふるまうのは許せない」

サリーは意に反して、笑いだした。「そんなばげた理由で結婚するなんてどうかしているわ、ミスター・ケストレル。コニーがたとえ、ロンドンのあらゆる客間にわたしより先に入っていこうとしても、彼女ならきっとそうするでしょうけれど、わたしはなんとかやっていけるわ」彼女は首を横に振った。「わたしが今まで聞いたなかで最低のプロポーズね」

「さぞかし大勢の男から求婚されたんだろうな」ジャックはすっかり不機嫌になっていた。

「あなたのプロポーズが最低だとわかるくらいには！」

「グレゴリー・ホルトはもっとましなことを言ったのか？」

「グレッグは女性ならだれでもうれしくなるような言葉を言ってくれたわ」サリーは認めた。「それで

も、わたしは彼の求婚を受け入れる気にはなれなかった。あなたも同じよ、ミスター・ケストレル。そんな理由で結婚するなんてばかげているわ」

「わたしたちが婚約を取りやめたと言ったら、大おばはひどくがっかりするだろうな」ジャックは言った。

サリーは眉を上げた。彼女は結婚する最高にばかげた理由についての議論を楽しみはじめているのに気づいた。「それもばかげた理由だわ」彼女は言った。「あなたの大おばさまは好きだけれど、大おばさまを喜ばせるだけのためにあなたと結婚するつもりはないもの」

「今出ていったら、きみを婚約不履行で訴える」

サリーは悲しそうに言った。「そのほうがずっとあなたらしいわ、ミスター・ケストレル」

ジャックはサリーにほほえみかけた。「きみは気づいているのか?」さりげなくたずねる。「きみはわたしと距離を置きたいときには、決まってミスター・ケストレルと呼ぶ」

サリーはジャックの親密な口調にどきりとした。

「距離を置くのは当然よ」彼女は言った。「あなたのことをよく知らないんですもの」

「それこそばかげている」ジャックは体を起こした。「きみはわたしの家族に会っているし、きみはわたしとベッドをともにした」

「それも結婚する理由にはならないわ」

ジャックはサリーの手を取って、引きよせた。

「サリー」彼は言った。「あの二日間、わたしたちは情熱にわれを忘れて愛し合った。わたしにはきみときみの評判を守る義務が――」

「ばかげているわ!」サリーはジャックの言葉に欲望をかきたてられ、それを静めようとして強い口調でさえぎった。「わたしは自分の行動には自分で責任が持てるわ」彼女は深く息を吸いこんだ。「あなたが自分でそう言ったのよ、ミスター・ケストレル。わたしは未亡人で、亡くなった夫とは離婚寸前までいっていた。そのうえ、いかがわしいナイトクラブを経営していて、醜聞には事欠かない。だからあなたはわたしを――」サリーは口をつぐんだ。

「だから、きみをベッドに誘った」ジャックは代わりに締めくくった。

ふたりがいなくなったかどうかを確かめるために、木のあいだからふたたび顔をのぞかせた庭師の少年は、喉を詰まらせたような声を発して、顔を引っこめた。

サリーは真っ赤になった。「わたしに経験があると思っていたんでしょう?」彼女はささやくように言った。

「もちろん。だが、そうではないことがわかった。だから――」

「いいえ」サリーはジャックが話し終える前に言った。「わたしたちのあいだになにがあったかだれも知らないわ。これから先も知ることはないでしょう。とりわけ、あなたの厳格な大おばさまは。たとえ、知られたとしても、もともとよくないわたしの評判がこれ以上傷つくことはないわ。世間の評判を気にしてプロポーズするなんて偽善の最たるものよ。わたしが貞節だということをあなたがわかってさえいれば、それでいいでしょう」

「結婚せずに子供を産んでも、評判が保てると思う

のか？」ジャックは静かにたずねた。

サリーは息をのんだ。その可能性を考えてみなかったわけではないが、まだそのことをジャックと話し合う気にはなれなかった。サリーは思わず歯ぎしりした。

「その可能性はないわ」彼女は言った。

「ほんとうにそう言えるのか？」ジャックは言った。「それとも、現実に目をそむけて、そうならないことを祈っているだけなのか？」

サリーはジャックを見た。彼女は子供が欲しかった。長いあいだ、子供を持つことを夢見てきた。仕事に打ちこむことで、子供のいない寂しさを紛らしてきたのだ。でも、こんな形で子供を持ちたくはなかった。サリーは幼いルーシー・ハリントンのことを考えた。彼女には愛情を注いでくれる両親としあわせな家庭がある。両親だけではない。彼女をたっぷり甘やかしてくれるやさしいおじもいる。サリーは父親になったジャックの姿を想像して、涙に喉を詰まらせた。彼はいい父親になるだろう。でも、サリーはその前に彼にいい夫になってほしかった。ジャックは今でもマーレを愛している。そんな彼がいい夫になれるとは思えなかった。

「あなたはこれで少なくとも五つは結婚するばかげた理由をあげてくれたわ」彼女は言った。

ジャックはため息をついた。「サリー――」

「だめよ」サリーは言った。「あなたはわたしを愛していないわ」

ジャックは反論しなかった。「わたしはきみが欲しい」彼は言った。「きみが必要なんだ。それだけでじゅうぶんだ」

「わたしにとってはじゅうぶんではないわ」サリーは頑固に言った。

「それでも、きみを行かせるつもりはない」

サリーは頭を振った。

「きみに求婚する」

「まるで脅迫するみたいな言い方ね」サリーは不満そうに言った。「ジャック、よく考えてみて。あなたが今まで愛したことがあるのはただひとりの女性よ。おそらく、今でも彼女を愛しているんだわ。彼女はすでに亡くなって、あるのは美しい思い出ばかり。幽霊とくらべられるわたしがどんな気持ちかわかる？　わたしは一度不幸な結婚をし、二度と失敗はしたくないと思っているの。情熱が冷めたら、いずれそうなるのは目に見えているけれど、わたしたちのあいだにはなにも残らないわ」

「わかった」ジャックは言った。彼はサリーの手を握る力をゆるめたが、彼女の手を握ったまま後ろに下がった。彼の目には挑戦的な光が宿っていた。

あの夜、ブルーパロットのカジノで勝ちつづけていたときの彼の目も今と同じように輝いていたのをサリーは思いだした。彼女は不安そうなまなざしで彼を見た。

「この週末、きみに求婚する機会を与えてほしい」ジャックは言った。「すぐに断らないでくれ。きみの気持ちを変えさせるために二日間だけ時間が欲しい。返事は月曜日に」

「たった二日！」サリーは信じられないというように言った。「たった二日でわたしの同意を得られると思っているの？」

「そうだ」ジャックは言った。彼はほほえんではい

なかった。サリーは彼の真剣なまなざしに魂を揺さぶられた。

「それでもわたしがいやだと言ったら？」サリーはたずねた。「そのときには潔く負けを認めて、引きさがるのね？」

「もちろん」サリーの手を握るジャックの手は違った答えを伝えていた。

「嘘だわ」サリーは責めるように言った。

ジャックは笑った。「わかった、認めよう。それでも、わたしはきみを説得しつづけるだろう。サリー、きみへの情熱でこの身は今も熱く燃えあがっているんだ。でも、決して無理強いしないと誓う」彼はサリーの片方の手を上げて、指先にキスをした。

「約束する」

ふたりはその日一日いっしょに過ごした。公園に乗馬に出かけ、ピクニックを楽しんだ。召使いも、付き添い人《シャペロン》も連れずにふたりだけで出かけるのは不道徳なこととされていたが、レディ・オットリーヌでさえも大目に見てくれた。ふたりは公園の樫《かし》の大木の下に毛布を広げ、コールドハム、鶏肉《とり》のパイ、クリームをたっぷりのせた苺《いちご》のペーストリーをおなかいっぱい食べ、シャンパンで流しこんだ。サリーはシャンパンと暖かい陽気のせいで眠くなり、木もれ日の差す毛布の上に寝そべって、頭上で躍る木の葉の影を見つめた。

「こうしてまたイギリスの夏を味わえてよかった」ジャックは言った。ジャックはサリーの横に寝そべり、組んだ両手の上に頭をのせて、彼女と同じように空に浮かびあがる木の輪郭を見あげていた。「イ

ギリスの夏がどんなものだったかほとんど忘れかけていたよ。南フランスの暑さを経験したあとでは、一段とさわやかで涼しく感じられる」

「イギリスを離れたときになにがあったのか話して」サリーは眠たそうな声で言った。頭を横に向け、ジャックの顔を見つめる。彼の表情は穏やかだったが、寝そべった長身に緊張が走るのがわかった。ジャックが少しでも過去の話をしてくれないのなら、ふたりに未来はないように思えた。心に秘密を抱えた男性と結婚することはできない。

「イギリスを出たとき、わたしは二十一だった」しばらくしてから、ジャックは言った。唇に悲しそうな笑みが浮かぶ。「マーレとのことがあるまで、自分は男らしい男だと思っていた。ところが、父に放《ほう》りだされてすっかり自信を失い、どうしたらいいのかわからなくなってしまった。必死に弱さを隠して、強がっていただけなんだ」

「お父さまに家を追いだされるとは思っていなかったのね?」サリーは言った。

「ああ」ジャックはもぞもぞ体を動かした。「家族をひどくがっかりさせてしまった。でも、当時のわたしは若くて傲慢で、なんでも手に入ると思っていた。自分には輝かしい未来があり、家族の支えがあり、マーレも……」彼は声をとぎれさせた。「だが、わたしはすべてを失ってしまった。マーレは死んで、わたしの評判は地に堕《お》ち、特権も輝かしい未来も一瞬にして消え失《う》せた」

サリーはジャックの顔がもっとよく見えるように体を動かした。ジャックの瞳は暗く翳《かげ》り、どこか遠くを見るような目をしていた。

「軍隊に入隊したんでしょう?」サリーはきいた。

「ボーア戦争に行った」ジャックは言った。「名誉の戦死を遂げ、父に少しでも誇らしく思ってほしかった。だが、結局生き延びてしまった。死にたいときにかぎって死ねないものだ」

ジャックは淡々とした声で言ったが、その表情は暗く、険しかった。サリーはジャックに同情し、胸を痛めた。気がつくと、彼の手のなかに手を滑らせ、彼が長い指で彼女の手を強く握り返すのを感じた。サリーはそれだけで心が落ち着き、ジャックの心に手が届きさえすれば、彼の心を冷たく閉ざしている氷を溶かすことができるような気がした。

「人生は皮肉なものね」サリーがそう言うと、ジャックはほほえんだ。

「まさしくそうだ。戦争が終わったあと、これからも生きていかなければならないことに気づいた。それには働かなければならない。それで、飛行機のビジネスを始めた。あとは、きみも知ってのとおりだ。去年の暮れにイギリスに戻ってきた」

「それまで一度も家には戻らなかったの?」サリーはたずねた。ジャックがうなずくと、サリーは言った。「でも、シャーリーはきっとあなたに会いたかったはずよ! あなたは赤ちゃんのころのルーシーも見ていないし、お母さまが亡くなったときにも……」

サリーの手を握るジャックの手に力が入り、彼女は痛みに顔をしかめた。だが、彼はすぐに彼女の手を離した。「過去を帳消しにするだけの成功を収めるまではどうしても帰ることができなかった」

サリーはかすかに首を振り、この複雑な男性を悩

ませているものの正体を突き止めようとした。ジャックにはまだわたしに話していないことがあるような気がしてならなかった。彼が過去と折り合いをつけるまでには、長く苦しい心の葛藤《かっとう》があったのだろう。彼はいまだに自分自身を許していない。サリーはそう感じた。

「みんなあなたを大歓迎してくれたでしょう」サリーは言った。「シャーリーとルーシーはあなたが大好きだし、レディ・オットリーヌも口ではきびしいことを言っても、ほんとうはあなたをじつの息子のように大切に思っているんだわ」

「みんな、放蕩《ほうとう》息子のように扱ってくれている」ジャックの声にはわずかに自嘲《じちょう》するような響きがあった。

「自分はみんなに温かく迎えられる資格はないと思っているのね?」サリーは言った。

ジャックはうなずいたものの、なにも答えなかった。だから、サリーは身を乗りだして彼にキスをした。自分にできる唯一の方法で彼を慰めたかった。

ジャックはしばらくサリーの下でじっとしていたが、突然、唇を動かし、もっと深いキスができるように、片手を上げて彼女の頭の後ろをつかんだ。そして、彼女をふたたび毛布の上に横たわらせると、片方の肘を突いて体を起こし、彼女の顔をのぞきこんだ。彼の目は欲望に輝き、サリーはそれに反応して興奮に体が熱くなるのを感じた。

「ジャック」サリーはささやいた。

ジャックは表情を曇らせた。「こんな求婚のしかたは考えていなかった」

「かまわないわ」サリーは大胆に言った。「あなた

が欲しいの」

それはサリーの本心ではなかった。彼女がジャックを愛しているように、ジャックにも自分を愛してほしかった。ふたりのあいだにある疑いや過去の悲しみをきれいに拭《ぬぐ》い去ってほしかった。けれども、ジャックに与えることができるのが、めくるめく官能の喜びなら、それでもかまわなかった。

「あなたといると、生きているという実感を味わえるの」サリーは言った。「わたしはそれが欲しいの、ジャック。生きている実感が欲しいのよ」

ジャックはすぐにサリーの上に覆いかぶさり、彼女の髪に片方の手を差し入れて深いキスをした。舌を差し入れ、彼女のすべてを味わい尽くそうとするかのように唇を貪《むさぼ》る。サリーの体はジャックとひとつになるのが待ちきれないかのように熱く燃えあがっていた。まるで、さっき飲んだシャンパンが血管を流れているような気がした。閉じたまぶたの裏で光が躍り、夏の日差しが肌に熱く感じられた。ジャックの髪は温かくなめらかで、サリーの指のあいだをすり抜けていった。ジャックが体を動かすのを感じたつぎの瞬間、彼の手はサリーの片方の胸のふくらみを覆い、乗馬服の上から先端をじらすように愛撫《あいぶ》した。サリーは身をよじって、ジャックの手にふくらみを押しつけた。服を着ているのがもどかしく感じられてならなかった。すると、期待に応《こた》えるかのように、ジャックは彼女の乗馬服の上着のボタンをはずし、その下のシュミーズの紐《ひも》をほどきはじめた。熱くほてった肌に夏の風が心地よく、サリーは喜びにあえいだ。

そのあと、ジャックが突然立ちあがり、かがんで

サリーを腕に抱きあげた。緑の幕に覆われたかのように急に周囲が暗くなり、サリーは頭がくらくらした。

「どうしたの――」サリーは言いかけたが、ジャックはふたたび魂までとろけさせるような熱いキスで彼女の唇を封じた。そして、やさしくサリーを立ちあがらせると、温かくざらざらした木の幹に彼女の背中をそっと押しつけた。サリーはジャックがなにをするつもりかに気づいて、はっと声をあげそうになったが、またしてもキスで唇をふさがれた。彼はいったん唇を離すと、サリーの鎖骨の上のくぼみや、敏感な首の付け根に唇を這《は》わせた。サリーは身をのけぞらせ、両方の手のひらにざらざらした木の幹が当たるのを感じた。彼はサリーの上着の前を開けて手を差し入れ、シルクのシュミーズの上から彼女の胸のふくらみに触れた。そして、先端が硬くなるのを手のひらに感じると、シュミーズも引き下ろした。サリーの肩から上着が滑り落ち、彼女は上半身裸になった。

「よかった」ジャックはささやいた。「きみはコルセットを着けていないんだな」

「こんなの不公平だわ」サリーは弱々しく抗議した。「わたしは半分服を脱いでいるのに、あなたはまだちゃんと服を着たままよ」

「これでいいんだ」ジャックは言った。ふたたびサリーの唇にキスをして抗議の言葉を封じ、貪るように彼女の唇を味わう。彼の両手に体を撫《な》でられ、サリーは膝の力が抜け、立っていられなくなって木の幹にもたれた。ジャックはサリーを支えるように、彼女の体に自分の体を押しつけた。彼が突然唇を離

すと、サリーは大きくふらついた。火がついたように全身が熱くなり、心には激しい欲望が渦巻いていた。

ジャックはサリーから少し体を離し、彼女の乗馬服のスカートの裾《すそ》を持ちあげて腕にかけた。サリーはスカートの下にはブルーマーしか着けていなかった。しかも、その下着は簡単に前が開くようになっていた。ジャックはサリーの体を持ちあげると、彼女の背中を木の幹に押しつけ、そっと身を沈めた。サリーは耐えがたいまでの緊張と喜びに思わず叫んだ。

「しいっ、静かに」ジャックはいたずらっぽく言うと、サリーを軽く突いた。「庭師に聞かれたくないだろう」

ジャックがサリーの胸のふくらみに頭を近づけ、少しずつ彼女の奥に欲望の証《あかし》を押し入れると、彼女はすすり泣くような声をもらした。ジャックに満たされるのが待ちきれず、激しく身をよじる。それでも、ジャックはサリーの胸の先端に軽く歯を立ててじらしつづけ、なかなか喜びを与えようとはしなかった。ようやく、彼が奥深くまで自らをうずめ、何度も何度も突いてくると、サリーは喜びの波にのまれ、またくぐもった叫び声をあげて彼の腕のなかでぐったりした。

ようやく呼吸が落ち着き、気がつくと、サリーはふたたび木の下に敷いた毛布の上に横たわっていた。体には心地よい虚脱感が残っている。ジャックは、彼女の体に両腕をまわしてやさしく抱き締めていてくれた。息づかいが聞こえるほど彼のそばにいるのは大きな喜びだったけれど、それでもサリーの心は

孤独だった。どんなに体が満たされても、彼女の心はジャックの愛を求めていた。それが、決して得られないものだとわかってはいても。

その夜の晩餐会はレディ・オットリーヌの誕生日を祝う食事会だった。家族だけのささやかな集まりなので、全員で淡いピンクや黄色の薔薇《ばら》の花で美しく飾られた円いテーブルを囲んだ。メインの料理の雉《きじ》肉には雉の尾の羽根が飾られていて、それを見たコニーはくすくす笑いだした。レディ・オットリーヌも髪に羽根飾りを着けていたからだ。

「向こうにも盛りを過ぎた鳥がいるわ」彼女はサリーにささやいた。

食事のあとにはダンスをした。ジャックは礼儀正しくふるまい、婚約者らしく片時もサリーのそばを離れず、彼女にだけ注意を注いだ。ジャックがどんなに紳士的にふるまっても、サリーはその手に触れられただけで公園でのことを思いだし、今夜ジャックは部屋に来てくれるだろうかと期待に胸を熱くした。

コニーはミセス・バーティー・バセットになったことで有頂天になり、サリーには心やさしいシャーリーでさえ、わが物顔にふるまう彼女にうんざりしているのがわかった。コニーは紫色の華やかなシルクのドレスを着て、人目もはばからずバーティーにしなだれかかっている。そしてジャックが予想していたように、自分は結婚しているので姉よりも優先されるべきだと声高に主張した。レディ・オットリーヌは名づけ子とその新婚の妻に冷ややかにではあるが、礼儀正しく挨拶をした。サリーはレディ・オ

ットリーヌがコニーに取るにたりない年寄りの親戚《しんせき》と思わせながら、鋭いまなざしで彼女を観察しているのに気づいた。

その夜遅くダンスが終わり、サリーが部屋に戻ろうとすると、コニーが追いかけてきて、真珠貝のたばこのホルダーにまた一本たばこを差した。

「ミスター・ケストレルって、とってもハンサムだわ」コニーはそう言って、優雅なしぐさでたばこを吸い、軽やかな足取りで階段を上ってサリーの横に立った。「それに、ものすごくお金持ちなのね。あなたが結婚したくなる気持ちもわかるわ」彼女はため息をついた。「でも、あなたが注目の的になるなんて許せない。みんなの注目を浴びるのはこのわたしよ」

「心配することはないわ」サリーは言った。借りた靴がきつくて足が痛み、いらだちがさらに増した。「あなたはこんなに短いあいだに、みんなに強い印象を与えているわ。それに」彼女はつけ加えた。「今週末のパーティーは、レディ・オットリーヌのお誕生日を祝うために開かれるの。わたしたちのうちのどちらも彼女を出し抜いて注目を浴びることはできないわ」

コニーの顔がぱっと明るくなった。「パーティーから聞いたばかりなんだけれど、彼はあのお婆《ばあ》さんの相続人なんですって！　どうしてそんな大切なことを今までわたしに内緒にしていたのかしら？　おかげで丸一日むだにしてしまったわ。わかっていれば、せいぜいご機嫌を取っておいたのに。でも、まあ、いいわ」コニーはサリーの腕をつかみ、サリー

がシャーリーから借りたドレスの袖にたばこの灰を落とした。「あのお婆さんはどんな感じの人なの？　どうすれば気に入ってもらえるかしら？」

「それはわたしにはどうしようもないわ」サリーは言った。お金が目当てだということを少しも隠そうともしない妹の厚かましさに怒りをおぼえた。「レディ・オットリーヌはご自分で判断なさるでしょうからね」

コニーは怒りに顔をゆがめた。「いつからそんなに偉そうな態度をとるようになったの？　ミスター・ケストレルと婚約したからっていい気にならないで！　わたしはあなたが公爵夫人になるよりずっと早くレディになるんだから！」

彼女は階段の吹き抜けを見下ろした。ホールでジャックとスティーブン・ハリントンが立ち話をしていた。

「ジャックと結婚するあなたよりもバーティーと結婚したわたしのほうがずっとしあわせだわ」コニーはそわそわしながらたばこをいじった。「バーティーに絶対に言っちゃいけないって約束させられたんだけれど、あなたがなにも知らないのは……」

「なんなの？」サリーは半分うわの空でたずねた。ジャックが彼女を見あげてほほえむので、いつものように心臓が宙返りをした。

「ジャック・ケストレルは愛人を殺したのよ」コニーはそう言い、サリーの顔に驚きの色が浮かぶのを満足げに眺めた。「思ったとおりだわ！　あなたはなにも知らないはずだって、バーティーにも言ったのよ。そんなこと、新しい婚約者に言うはずがないもの」コニーは意地悪く言って、シルクのドレスの

裾を翻し、蛇のようにするりとサリーの横を通りすぎていった。

8

サリーはどうやって外に出たのかわからなかった。階段を駆け下り、驚いたような顔をして見ているジャックとスティーブンの前を通りすぎていったのはぼんやりおぼえている。ジャックはサリーのほうに手を伸ばして彼女の名前を呼んだが、彼女は彼を無視して玄関のドアを押し開けた。足早にテラスを横切り、堀の周囲に張りめぐらされた塀の上に両手を突いて、ひんやりした夜の空気を深く吸いこみ、めまいと吐き気を抑えようとした。

〝ジャックの過去については世間であれこれ言われ

ているけれど、いちいち気にする必要はないわ〃レディ・オットリーヌにそう言われたのはつい昨日のことだ。それでも、サリーは噂話《うわさ》にすぎないと軽く受け流すことはできなかった。ジャックは初めて愛した女性について話すのを頑《かたく》なに拒んだ。彼女が知っているのは、ジャックがマーレを愛していて、ふたりは駆け落ちし、マーレが銃で撃たれて死んだということだけだ。たとえ悲劇的な事故だったとしても、ジャックがマーレを殺したとはどうしても思えなかった。

ほんとうにそうだろうか？　サリーの背筋を冷たいものが伝い下りた。ええ、そうよ。ジャックにかぎってそんなことはありえない。ジャックを愛しているからそう思うのではない。彼の欠点が目に入らないほど、自分が恋に盲目になっているとは思わなかった。とはいえ、ジャックはときには残酷にもなれる。彼の愛人が死んだのも事実だ。でも、それ以外のことは……。

サリーの心の声がささやいた。それならどうしてあれほど世間を騒がす醜聞になったの？　だから、彼は外国に逃げたのよ。彼が口を閉ざしているのは……。

「サリー？」

サリーははっとして肩越しに振り向いた。ジャックがすぐ後ろに立っていた。夜風に吹かれて乱れた髪を無造作に片手で撫《な》でつける。サリーは彼のそのしぐさが好きになりはじめていた。ジャックは心配そうに彼女を見つめていた。サリーはそのときになって初めて、関節が白くなり、手のひらにざらざらした石がこすれて痛くなるまで塀を握り締めていた

ことに気づいた。

「サリー？」ジャックはふたたび言った。「どうしたんだ？　いったいなにがあったんだ？　コニーになにか言われたのか？」

「ええ」サリーは言った。ジャックに嘘《うそ》をつくつもりはなかった。ふたりのあいだに恐ろしい怪物のように横たわっている秘密を、もはや見て見ぬふりをすることはできなかった。「ええ」サリーはもう一度言った。「コニーがパーティーから聞いたと――」彼女は口を閉じ、咳《せき》払いをした。「コニーがパーティーから、あなたがマーレ・ジェームソンを殺したと聞いたと言ったの」彼女は言った。「あなたが彼女を殺したと」

沈黙が訪れ、ふたりの後ろで噴水が静かに水をはねあげる音が聞こえた。白鳥が一羽、堀の水の上を滑るように通りすぎていった。眠っているのか、頭を羽のなかに隠している。

「きみは彼女の話を信じたのか？」ジャックは静かにたずねた。

サリーはジャックを見た。「マーレは死んだとあなたが言ったのよ」彼女はそれがまったく答えになっていないのを知りながら言った。

ジャックはサリーに一歩近づいた。「きみはわたしを信じていないんだな」きびしい声で言う。

「わからないわ！」サリーはくるりと振り向いてジャックを見た。彼女の心は今にも張り裂けそうになっていた。「あなたに人を殺すことができるなんて思いたくないわ。あなたにそんなことができるはずない！　たとえ偶発的な事故だったとしても、あなたが彼女を傷つけたとはどうしても思えないの。で

も、あなたはわたしになにも話してくれなかったわ、ジャック。マーレは死んだと言うだけで、ほんとうはなにがあったのか一度も話してくれなかった」

「わたしが黙っているから、わたしが彼女を殺したのかもしれないと思ったのか？」ジャックの冷ややかな口調にサリーは骨の髄まで凍りついた。

「そんなふうには思っていないわ！」サリーはとっさに言ったが、ジャックが彼女から顔をそむけると、ふたたび吐き気とめまいに襲われた。信じたくなかった。ジャックがマーレを殺したなどとはどうしても考えたくなかった。

「コニーの言うとおりだ」ジャックはズボンのポケットに両手を突っこんで、暗闇《くらやみ》をじっと見つめた。

「わたしがマーレを殺した」

「嘘よ」サリーは言ったが、その声はささやきにしかならなかった。驚きのあまり寒気がした。

「引き金を引いたのはわたしではないが」ジャックはサリーがなにも言わなかったかのようにつづけた。「わたしが殺したようなものだ。わたしのせいで彼女は死んだ。それから、ずっと罪を背負って生きている」彼はわずかにサリーのほうを向いたが、彼女が手を伸ばして彼の腕に触れようとすると、それが耐えられないかのように身を引いた。「すべてわたしの責任だ」ジャックは繰り返し、荒々しい口調で言った。「これで真実がわかっただろう」

「なにがあったの？」サリーの体は冷えきっていた。真実が知りたいと思っていたけれど、今はほんとうにそうなのかどうか、自分でもよくわからなかった。

「事故だったの？」

ジャックは腕組みをした。「わたしは若くて愚か

だったと前に話しただろう。わたしはマーレに夢中になり、彼女に夫から逃げて駆け落ちしようと言った。彼女がついていくと言ってくれたときには、自分がこの世でいちばんしあわせな男になったような気がしたよ。だが、マーレはしあわせではなかった。彼女はおびえていたんだ。夫に見つかったら、なにをされるかわからないと言って。わたしは……」彼はため息をついた。「わたしは彼女の不安を笑い飛ばした。ジェームソンは軟弱な男だった。わたしは若くて強く、傲慢《ごうまん》で、彼女を守れると高をくくっていた」

ジャックの表情は暗く、遠くを見るようなまなざしをしていた。

「ジェームソンがわたしたちに追いついたとき、彼は手に拳銃《けんじゅう》を持っていた。彼はわたしに決闘を挑むか、あるいは、わたしを殺すつもりだろうと思った。そう考えるのが当然だ。彼がマーレを殺すとは最後の最後まで思わなかった。彼は憎しみに燃えた目でわたしだけを見ていた。そのときには、さすがにわたしも怖くなった。ここで死ぬんだと思ったね。だが彼は、わたしではなく、マーレを撃った。わたしのせいだ。彼女が死んだのは、なにもかもわたしの責任だ」

「いいえ」サリーは言った。唇は動いたが、声にはならなかった。「あなたのせいじゃないわ」彼女はようやく言った。「あなたは引き金を引かなかった」

「引いたも同然だ」ジャックは言った。「駆け落ちしようとマーレに言ったのはわたしなんだ。彼女を守ると誓ったのに、結局、守ってやることができなかった」

「あなたといっしょに行くと決めたのは彼女よ」サリーは反論した。「彼女がそう決めたの。そして、引き金を引いたのはジェームソン。あなたが責任を感じることはないわ、ジャック」

ジャックの表情はうつろで、サリーは自分の言葉が彼の心に届くことはないだろうとあきらめた。彼はこの十年間ずっと自分を責めつづけ、罪の意識と悲しみを自分の胸にだけしまってひとり苦しんできた。サリーはようやく、ジャックの心を固く閉ざしてしまったものの正体がわかったような気がした。彼がなぜ人を愛することをやめてしまったのかも。彼女は絶望的な気持ちになった。彼の心を開かせることはできないのではないだろうか？

でも、やってみなければわからないわ。

「あなたはマーレを心から愛していたと言っていたわね」サリーは言い、こんなときでもジャックに深く愛された女性に嫉妬《しっと》をおぼえずにはいられない自分を恥じた。「あなたは彼女を愛し、彼女をしあわせにしたいと願った。ふたりで駆け落ちすれば、しあわせになれると思っていた。運命が違えば、ほんとうにそうなっていたかもしれないわ。それはだれにもわからない」彼女は夜空にくっきり浮かびあがる黒々とした木の輪郭を見つめた。「マイケル・ジェームソンは暴力的な夫だった。マーレを愛していたら、そんな夫から彼女を救いたいと思うのは当然だわ。だから、あなたは自分が正しいと思うことをした。彼女に駆け落ちしようと言い、彼女もそれに同意した。彼女があなたについていく道を選んだのよ」

ジャックはなにも言わなかったが、サリーは彼の

視線が自分の顔に注がれているのを感じた。

「そのあとどうなるかは、あなたたちにはわからなかった」サリーは言った。「マイケル・ジェームソンがどんな行動に出るかも。マーレの死は彼の責任よ、ジャック。あなたの責任ではないわ」

「きみはグレゴリー・ホルトについていかなかった」ジャックは言った。

「それとこれとは違うわ。わたしは彼を愛していなかった。もし、愛していたら、わたしもマーレがあなたについていったように、彼と駆け落ちする道を選んだと思うわ」彼女はジャックにほほえみかけたが、月明かりに照らされた彼の顔は硬くこわばったままだった。「あなたはまた人を愛せるようになるわ、ジャック」彼女は静かに言った。「マーレを愛していたときの気持ちとは違うものになるでしょうけれど。だからといって、マーレよりもその人を愛していないということにはならないわ」

サリーは深く息を吸いこんだ。ここからが重要だ。

「だから」彼女は言った。「あなたは結婚すべきではないわ、ジャック。ほんとうに愛せる人が見つかるまでは。わたしと結婚するのは大きな間違いだわ」

涙声になりそうで、サリーはそれ以上つづけられなかった。ジャックに初めて会ったとき、どうしてもっとしっかり心に防御の壁を張りめぐらせておかなかったのだろう？　わたしは愚かにも、学校を出たばかりの若い娘のように彼に恋をしてしまった。でも、今さら後悔しても始まらない。わたしがどんなにジャック・ケストレルを愛しても、彼がわたしの愛に応《こた》えてくれることはないだろう。たとえ、彼

の心の傷が癒《い》えたとしても、彼はだれかべつの女性を好きになるだろう。それがわからないほど、わたしは愚かではない。

「おやすみなさい、ジャック」サリーは言った。「わたしが言ったことをよく考えてみて。起きたことはあなたの責任ではないわ。忘れるのよ」

ジャックが名前を呼ぶのが聞こえたが、サリーは立ち止まらなかった。胸の奥に秘めた思いを打ち明けてしまいそうになる前に、屋敷に戻り、部屋でひとりになりたかった。愛しているとジャックに告げることはできない。自分のいちばんの弱みをさらけだすことはしたくない。

ジャックはサリーがいなくなったあともしばらく、暗くなったテラスに立っていた。かすかに彼女のつけていた香水のにおいがする。彼は突然むなしさに襲われた。女性との関係で途方に暮れ、自信を失ったのはこの十年でこれが初めてだった。マーレへの思いをあれほど多く語ったのも初めてだ。ジャックはこの十年間悲しみを胸の奥に閉じこめてきた。ところが、サリーはいつの間にか固く閉ざされた彼の心に入りこみ、もう少しで彼女にほんとうの気持ちを打ち明けてしまいそうになった。だが今は、自分のほんとうの気持ちさえわからなかった。

ほんの数日前までは、すべてが簡単なことのように思えた。ジャックはサリー・ボウズが欲しかった。彼女が欲しいと思う気持ちは今までにないほど強かったが、単なる欲望にすぎないと思っていた。欲望ならなんとかできる。彼はそう自分に言い聞かせた。今までだってそうしてきたじゃないか。恋愛感情を

交えたことはただの一度もなかった。

だが、サリーとベッドをともにしてから、ジャックは彼女が欲しいと思うのと同じくらい彼女を必要としていることに気づいた。それでもまだ、危険はないと思った。ジャックが初めて愛したマーレは、彼のなかで理想化され、美しい思い出となって彼の心のなかで生きていた。マーレ以上に愛せる女性が現れるとは思ってもみなかった。いや、サリーを愛しているのかどうかさえよくわからない。ジャックはマーレに抱いていたような思いをサリーには抱いていなかった。駆け落ちという状況に至ったにせよ、ジャックにとってはあれは無邪気な初恋だった。性急で、魔法にかかったようなものだった。サリーへの思いはもっと深いものだ。それを認めたくないがために、サリーに感じているのは欲望にすぎないと自らを欺いてきたのだ。だが、今ようやく、自分がどれだけ彼女を必要としているかがわかった。彼女と生涯をともにしたかった。彼女とともに年を取り、彼女に自分の子供を産んでほしかった。

彼女なしでは生きていけない。

ジャックは自分がなによりも恐れていたことを認めた。国のために命がけで戦い、数々の修羅場をくぐり抜けてきた男が、人を愛することを恐れ、その恐怖に立ち向かう勇気すらないのだ。

〝あなたは結婚すべきではないわ、ジャック。ほんとうに愛せる人が見つかるまでは。わたしと結婚するのは大きな間違いだわ〟

サリーの言葉が夜の空気に重く垂れこめているように思えた。愛してもいないグレゴリー・ホルトとの求婚を受け入れるのは、彼を利用することになる

からだと言った彼女の言葉はほんとうだったのだ。それなのに、わたしは彼女を疑い、金目当てだと侮辱した。それでも、彼女はわたしを助け、ふたたび同じあやまちを犯すのを食い止めようとしてくれている。サリーはわたしが彼女と結婚しても、だれかほかの女性を好きになるかもしれないと考えているのだ。

サリー以外の女性を愛することなどありえないのに……。

ジャックは小声で悪態をつき、ゆっくりと屋敷に向かって歩いていった。自分が導きだした結論が気に入らなかった。主導権を奪われたのが気に入らなかった。今やふたりの関係においてサリーが優位に立っている。サリーはわたしに強い影響力を持っている。わたしはサリーを愛することで、また自分を見失うのが怖かった。

死ぬほど怖かった。

サリーはよく眠れないまま日曜の朝を迎えた。彼女の心とは対照的に、よく晴れた気持ちのいい朝だった。一行は馬車で教会に出かけた。というのも、レディ・オットリーヌが自動車に乗っていくのを許すはずもなかったからだ。そしてさっそく、だれが優先されるべきかのむずかしい問題が持ちあがった。コニーがレディ・オットリーヌとシャーリーといっしょに最初の馬車に乗ると言いだしたのだ。当然、サリーの乗る場所はない。

「あなたは未亡人なのだから」コニーは姉に向かって言った。「一歩後ろに下がるのに慣れてもらわないと困るわ」

「わたしは未婚ですよ、ミセス・バセット」レディ・オットリーヌは鋭い口調で言うと、きらきら輝いた目でコニーのふくれた小さな顔をじっと見つめた。「未亡人ですらないわ。それでも、一歩後ろに下がらなければならないなんて思ったことは一度だってありませんよ」

「あら、大おばさまは立場が違いますもの」コニーは無頓着《むとんちゃく》に言った。「大おばさまはなんといっても公爵令嬢ですからね」

「ミス・ボウズはあなたのお姉さまでしょう」レディ・オットリーヌは言った。「妹だというだけでどうしてあなたにそこまでよくしてやるのかわたしには理解できませんけれど、お姉さまにさんざん世話になっておきながら、これっぽっちも敬意を示さないなんて」彼女は馬車の自分の隣の席をぽんぽんとたたいて、サリーに座るように身振りで示した。

コニーといえどもレディ・オットリーヌには逆らえず、彼女はしぶしぶバーティーやスティーブンといっしょに二台目の馬車に乗った。そのあいだサリーとレディ・オットリーヌをにらみつけ、馬車に乗ってからは、村人たちに手を振って、大きなダイヤモンドの指輪を見せびらかした。

「サリー、よく彼女に我慢していられるわね」十五世紀に建てられた小さな教会の家族席に座りながら、シャーリーがささやいた。椅子が硬いと文句を言うコニーの声が教会の梁《はり》に響き渡り、気の毒なバーティーはクッションを探しに行った。「彼女がわたしの妹だったら、とっくの昔に絞め殺していたわ！」

「わかるわ」サリーはささやいた。「ごめんなさいね。結婚してからますますひどくなったみたい。自

分も偉くなったような気がしているのね」

シャーリーはばかにしたように言った。「バーティーと結婚しても玉の輿《こし》でもなんでもないのに！ジャックと違って。あなたが謝ることはないのよ、サリー。あなたはなにも悪くないんですもの。それに――」彼女はいたずらっぽい目でコニーをちらりと見た。「オットーおばさまがこのまま黙っているはずがないわ。今は静かになさっているけれど、なにか彼女をぎゃふんといわせることを企《たくら》んでいるはずよ！」

サリーは失礼なコニーのことを心配している余裕はなかった。それよりも、ジャックのことが気がかりだった。昨日、公園の木陰で分かち合った喜びは完全に消え失《う》せていた。ジャックは馬車でサリーの向かいの席に座っていたが、むっつり押し黙ったままだった。サリーはふたたび絶望的な気持ちになった。わたしは永久に彼の心を開かせることはできないのかもしれない。結局、わたしは彼のことをなにもわかっていなかった。シャーリーもジャックが不機嫌なのに気づいて、なんとかサリーを慰めようとした。

「男の人っていつもああなのよ」シャーリーは言った。「スティーブンもなにか問題を抱えていると、それが解決するまでわたしにはひと言も話してくれないの」彼女は目を見開いた。「結婚した当初は夫がなぜ黙っているのかわからなくて、それは不安になったものだけれど、今はすっかり慣れっこになったわ。ジャックも同じよ」

サリーはほほえんだが、それで不安が解消されたわけではなかった。ジャックが抱えている問題は箇

単に解決するようなものではない。サリーもまた彼と同じことを思い悩んで、ひと晩じゅう眠れぬ夜を過ごした。もう婚約者のふりをする必要もないだろう。昨夜、ジャックにほんとうに愛せる人が見つかるまで結婚すべきではないと言ったとき、すでにふたりの関係は終わったのだ。明日の朝ロンドンに戻ったら、ふたりはそれぞれべつの道を歩むことになるはずだ。

「グレッグ・ホルトが帰ってくれて助かったわ」聖歌隊の行列が礼拝の始まりを告げると、シャーリーはつづけた。「彼があんまりあなたのことを褒めるものだから、ジャックは機嫌が悪くなってしまったのよ」

牧師が幸福な結婚の利点を説いても、サリーはむなしくなるばかりだった。コニーは得意げにほほえみ、結婚指輪と婚約指輪がよく見えるように手を動かした。レディ・オットリーヌは澄ました顔で牧師の説教にうなずき、牧師が〝賢い妻は宝石よりも尊い〟という聖書の一節を引用したときには、ぞっとするような恐ろしい目でコニーをにらんだ。

昼食がすむと、ジャックはあわただしく席を立ち、スティーブンと農場の生け垣を作る作業を見に出かけてしまった。いっぽう、コニーとバーティー夫妻は近隣の村で売りに出ている土地を見に行った。コニーが隣人になるかもしれないと知ったシャーリーは真っ青になり、土地を売りに出している人に、コニーにだけは土地を売らないよう賄賂《わいろ》を渡してもいいとまで言った。それから彼女とサリーとレディ・オットリーヌは日傘を持ち、湖を見晴らすテラスで

午後のお茶を楽しんだ。

「ほんとうにいいものね」レディ・オットリーヌが湖のそばで遊んでいるルーシーを見て言った。「ダウントセイ・パークで子供が遊んでいる姿を見るのは。ジャックと結婚したら、妹さんのペトロネラに子供を連れてくるようにおっしゃい。ジャックはああ見えて、子供の相手がうまいのよ」

「わたしもこちらに来てから気づきました」サリーは言った。悲しみで胸が詰まった。

「ところで」レディ・オットリーヌはつづけた。「育児室を作る話はもうしたんでしょうね」

「オットーおばさまったら！」シャーリーは笑って言った。「サリーとジャックはまだ婚約したばかりなのよ」

「わたしはきいてみただけですよ」レディ・オットリーヌが穏やかな口調で言った。そして、シャーリーの顔をじっと見た。「サリーが妊娠したら、あなたも子供部屋を増やす気になるかもしれないわね、シャーロット」

シャーリーがまた笑った。「スティーブンとわたしはまだ結婚して四年にしかならないのよ、オットーおばさま。それに、もうルーシーがいるわ。あまり急《せ》かさないで」

「少なくとも三人は子供がいてもおかしくないわよ」レディ・オットリーヌが言った。「どうして遅らせているのか、わたしには理解できないわ」

「たぶん」シャーリーがジャムをたっぷり塗った干しぶどう入りのスコーンを頬張りながら言った。「ふたりの時間を楽しんでいるからだわ、おばさま」

レディ・オットリーヌがばかにしたように言った。

「ふたりでいるのがそんなに楽しいなら、今ごろもっと子供がいてもいいはずですよ！」

シャーリーはサリーと目が合うと、目を丸くしてみせた。サリーはティーカップの陰でこっそりほほえんだ。午後の日差しを浴びながらこうして座っているのはとても気持ちがよかった。ジャックとの婚約は偽りで、もうじきふたりは別れ、彼の子供を持つこともないのだということを忘れてしまいそうだ。シャーリーから借りた茶会服を着て、体を締めつけるコルセットから解放されたので、なおのこと快適だった。今日のような暑い日にはゆったりしたドレスは涼しく、サリーはすっかりくつろいで眠くなってきた。

「ジャックが田舎に地所を買えばいいと思っているの」レディ・オットリーヌはそう言って、観察力の鋭いまなざしでサリーを見た。「もちろんサフォークのサルティアとケストレル・コートはいずれ彼のものになるわ。でも、わたしはいつも言っているの。それを維持していけるだけの収入がないかぎり、男はあまり多くの地所を持つものではないと」

「まだそこまで話し合っていないんです」サリーは正直に言って、レディ・オットリーヌがこれ以上将来に関する質問をしないでくれることを願った。

レディ・オットリーヌは不満そうに言った。「まだなにも話していないみたいじゃないの。近ごろの若い人ときたら、まるで計画性がないんですからね！」

シャーリーがサリーを弁護しようと口を開いたそのときだった。湖のほうから突然悲鳴が聞こえた。三人はなにごとかといっせいに湖のほうを見た。子

守り係がわけのわからないことを叫びながら、水際を走っていた。ルーシーの姿はどこにも見えず、彼女がかぶっていたボンネットが水の上に浮かんでいるだけだった。

「ルーシー！」シャーリーはぞっとしたような声をあげた。椅子から腰を浮かせ、手に持っていたカップがテラスに落ち、カップががしゃんと割れる音がした。「桟橋から湖に落ちたんだわ！　どうしたらいいの？　わたし、泳げないの」

サリーは少しもためらわなかった。テラスを駆け下り、まっすぐ湖に向かう。父がテムズ川で溺《おぼ》れたのもこんな六月の暑い日だった。父は小舟を漕《こ》いでいてバランスを崩し、そのまま後ろ向きに倒れた。父が水に落ちていったときの光景がゆっくりとサリーの脳裏に映しだされた。サリーは父がすぐにでも水の上に顔を出し、舟まで泳いでくるものと思っていた。ところが、父はいっこうに姿を見せず、サリーは半狂乱になった。その後、生きている父の姿を見ることは二度となかった。

なにもせず、ただ待っていたのは間違いだった。サリーは父を死なせてしまったのは自分の責任だと自責の念に駆られ、それ以来水が怖くなった。でも、今はそんなことを言っている場合ではなかった。

上靴の薄い靴底に、日差しを浴びて熱くなった桟橋の木の板を感じた。子守り係は叫ぶのをやめ、屋敷のほうに向かって斜面を駆け上っていく。シャーリーは助けを呼ぶために厩《うまや》の角を曲がっていった。

サリーは桟橋の端まで走っていって、そのまま湖に飛びこんだ。湖は思っていたよりも深く、一瞬、頭に迫ってきて、このまま浮かびあがれなくなって

しまうのではないかという恐怖に襲われた。それでも、なんとか水面に顔を出し、あえぐように息をした。水は驚くほど冷たく、水草と泥でよどんでいた。美しいレースの茶会服が濡《ぬ》れて脚にまつわりつき、体が重く感じられた。

それでも、サリーは深く息を吸いこみ、なかに潜った。すると桟橋のそばにぐったりして浮かんでいるルーシーを見つけ、安堵《あんど》と同時に恐怖を感じた。そして急いで桟橋のそばまで泳いでいき、ルーシーの体をつかんで、彼女があまり水を飲んでいないことを、落ちたときに桟橋に頭をぶつけていないことを心から願った。服が濡れたせいで少女の体は重く、腕から滑り落ちそうになった。サリーは腕の痛みをこらえて、ルーシーを必死に抱きかかえた。

芝生には人が集まってきていた。馬丁のひとりは梯子《はしご》を持ち、もうひとりはロープを持っていた。ジャックがいちばん前にいて、走りながら上着を脱ぎ捨て、湖に飛びこんだ。彼はサリーの腕からルーシーを抱きとると、必死に手を伸ばしている馬丁に託した。

サリーは水のなかでなにかにドレスのスカートが引っかかり、それをはずそうともがいているうちに、よどんだ水を飲みこんでしまった。突然手足が鉛のように重くなり、肩がずきずき痛みだした。なにかにスカートをつかまれ、水の底に引っ張りこまれるような感覚をおぼえた。手足をばたばたさせ、馬丁が投げてよこしたロープをつかもうとしたが、取り損ない、ふたたび沈んだ。サリーは死の恐怖を味わった。父もきっとこんなふうにして、二度と水の上に浮かびあがることなく溺れたにちがいない。しか

し、その直後、ジャックの腕がサリーのウエストをつかんで、彼女を太陽の光の下に引きあげた。サリーはジャックの力を感じ、助かったと思った。ジャックはサリーを抱きあげて、濡れたスカートを引き裂き、そのあと、彼女を温かい桟橋の上に寝かせた。だれかが毛布で体をくるんでくれ、冷えきった体に日差しの暖かさが染みこんでくると、サリーはがたがた震えだした。

シャーリーが両腕でルーシーを抱きかかえ、毛布の上から凍えた体をさすっていた。ルーシーは大量の水を吐き、意識を取り戻した。サリーはほっとした。ルーシーは助かったのだ。レディ・オットリーヌが召使いにてきぱきと指図し、馬丁に村に医者を呼びに行かせ、メイドには風呂の用意をさせ、清潔なタオルと毛布を持ってくるように命じた。戻ってきたばかりのスティーブンは青ざめ、おろおろしながらも妻と娘を支えるようにして屋敷に戻っていった。

「さあ」ジャックはサリーを腕に抱きかかえた。「濡れた服を脱いで、温かい風呂に入ろう」

「助かったわ」サリーは歯をがちがち鳴らしながら言った。「あなたが来てくれなかったら、どうなっていたか。ルーシーを放してしまいそうでとても怖かったの。彼女はもう死んでいるかもしれないと思ったわ！」サリーは涙に声を詰まらせ、ジャックの温かい首筋に顔をうずめ、ほっとする彼の肌のにおいを吸いこんだ。彼女を抱き締める彼の腕の力は鋼のように強かったが、彼の唇はかぎりなくやさしく彼女の頬をかすめたような気がした。

「よくやった」ジャックはささやいた。「きみはル

ーシーの命を救ったんだ」

サリーはジャックにテラスに運ばれ、それから、家のなかに入り、まっすぐに階段を上って寝室に連れていかれるあいだ目を閉じていた。ジャックはあわててあとをついてきた召使いの鼻先でぴしゃりとドアを閉めた。

「濡れた服を脱ぐんだ」ジャックは命じ、サリーを浴室の黒と白のタイル張りの床の上にそっと下ろして、水道の蛇口をひねった。浴槽に勢いよく湯が流れだした。

サリーは赤くなった。「あなたの前で服を脱ぐことなんかできないわ！　代わりに、だれかメイドをよこして」

ジャックは首を横に振った。「みんな混乱していて、まったく役に立たない。わたしで我慢してもらおう。今から風呂に注《つ》ぎたすお湯を取ってくる。わたしが戻ってくるまでに、裸になって風呂に入っているように」

ずぶ濡れになった茶会服を着てがたがた震えているにもかかわらず、サリーの顔はますます赤くなった。ドアが閉まる音がして、ジャックが出ていったのがわかると、サリーはドレスのボタンやレースと格闘しはじめた。指がかじかみ、ボタンをはずそうとしても、うまくはずせなかった。数分もしないうちにジャックが戻ってきて、サリーがまだ半分も服を脱いでいないのに気づいた。ドレスからぽたぽた落ちた水滴が床の上に水たまりを作っていた。

「近いうちに」ジャックは考え深げに言った。「服を破かないで、きみの服を脱がせたいものだ」

彼はサリーが着ている濡れたドレスを引き裂いて、

床に落とした。

サリーはあっと声をあげた。「これはシャーリーのドレスなのよ！」

「いくらなんでももう着られないだろう」ジャックは言い返して、サリーを見た。「シュミーズも脱がせてほしいか？」

「いいえ！」サリーは言った。「あっちへ行って！」

ジャックはにやりとした。「寝室で待っている」

ジャックがいなくなると、サリーは濡れて肌に張りついた下着をなんとか脱ぎ捨て、いい香りのする湯に身を沈めてほっとため息をもらした。肩まで湯につかり、浴槽にもたれて目を閉じる。冷えた体はしだいに温まってきたが、恐怖から来る震えはなかなか治まらなかった。ふいに、死んで動かなくなった父の姿がまぶたの裏に浮かんだ。ようやく川から引きあげられたとき、父の顔は灰色になっていた。

サリーはルーシーの体の重みを思いだして、身震いした。あのとき、ルーシーを放してしまい、彼女を永遠に失ってしまうのではないかとおびえた。父のときと同じように……。

「サリー？」

サリーはジャックの声にはっとし、ずいぶん長いあいだ湯につかっていたことに気づいた。ジャックがバスルームに入ってきたときには湯はすっかり冷め、サリーはぶるぶる震えていた。ジャックは毒づいて、タオルをつかんで彼女を浴槽から抱きあげ、タオルで彼女の体を包んだまま寝室のベッドに連れていった。そのあと、彼は手にブランデーのグラスを持って戻ってきた。彼はサリーのそばに来ると、グラスを彼女の唇に持っていった。

「きみはまだ混乱しているんだ」彼は言った。「気づいてやるべきだった」

サリーは首を横に振った。「いいえ――」

「飲むんだ。そのあとで、話そう」

ブランデーは喉に焼けつくように熱く、サリーを過去から現実に引き戻してくれた。彼女はグラスを置き、自分の身を守ろうとするかのようにタオルをしっかり体に巻きつけ、羽根布団をつかんであごまで引っ張りあげた。

「ごめんなさい」彼女は言った。「自分で思っていたよりもショックが大きかったみたい。父のことを思いだしたのよ。父は川で溺れて亡くなったの」

ジャックはふたたび毒づいた。「知らなかった。すまない」

「わたしが話していないんですもの、知らなくて当然よ」サリーはそう言って、羽根布団に潜った。寒気が治まり、冷えきった体がしだいに温まってくるのを感じた。「ずいぶん前の話よ。父とわたしは川で小舟に乗っていたの。父がさおで舟を漕いでいて、バランスを崩して川に落ちたわ。すぐに浮かびあがってくるだろうと思って父を待っていたのだけれど、いつまでたっても浮かんでこなかった。なにか恐ろしいことが起きたにちがいないと気づいたときには、すでに手遅れになっていたわ」

「なにがあったのかもっと詳しく話してくれ」ジャックは言った。ベッドの端に腰を下ろし、羽根布団の下に手を入れ、手探りでサリーの手を捜して、安心させるように握り締めた。

「父が浮かんでこないのに気づいたとき、声をかぎりに叫んで助けを呼んだわ」サリーは言った。「ほ

かの舟がやってきて、父を捜すのを手伝ってくれたけど、手遅れだった。警察が川から父の遺体を引きあげたのは夕方になってからだったわ。父は川に落ちたときに、小舟の角に頭をぶつけてそのまま、石のように沈んでいったらしいの」サリーはぶるっと身を震わせた。「それから水が怖くなったわ」

「それでも、きみはためらわずに水に飛びこんでルーシーを助けたじゃないか」ジャックは言って、サリーの手を握る手に力を込めた。

「二度と同じあやまちは繰り返すまいと思ったの」サリーは言った。「父が死んだのはわたしのせいだと思って、そのあと、いざというときに備えて、泳ぎをおぼえたのよ」

ジャックはじっと押し黙っていた。「お父さんが亡くなったのはきみのせいだと言ったが、それはどういう意味なんだ?」しばらくしてから、彼はたずねた。

サリーはジャックの手から手を離し、羽根布団の端をいじった。彼女は彼から目をそらした。

「わたしがあのときもっと早く助けを呼んでいたら、父は助かったかもしれないわ」彼女は言った。

「そうすれば、ネルとコニーに不自由な思いをさせることはなかった。そう言いたいのかい?」ジャックは言った。「どうしてきみがそこまで彼女たちの面倒を見ようとするのか、不思議に思っていたんだ」

サリーはジャックの洞察力の鋭さに驚いた。父の死に責任を感じ、いまだに罪悪感を抱いていることをジャックに話さなかったのは、彼に弱みを見せたくなかったからだ。

「長女として当然の義務だわ」サリーはそう言ってごまかした。

「きみがあのふたりを必死に守ろうとしているのはそれだけの理由からではない」ジャックは言った。

サリーは彼の表情のなにかが変わったのに気づいた。

「きみはお父さんの死になんの責任もないのに、罪悪感を感じ、自分を責めている」彼は突然立ちあがった。そして、窓のところに歩いていくと、振り向いてサリーを見た。「昨夜《ゆうべ》、きみはこのわたしに、自分にはなんの責任もないことで自分を責めるべきではないと言った」彼はさりげなく言った。

「それとこれとは違うわ」サリーは言った。

ジャックはほほえんだ。「そうかな？　不思議なものだ。自分の欠点には気づかないのに、他人の欠点はよく見える。考えてみてごらん」彼の顔にさらに笑みが広がった。「少なくとも、きみはもうコニーの心配をする必要はない。これからはそれはバーティーの責任だ」

ジャックはサリーのところに戻ってきて、腰をかがめて彼女にキスをした。やさしいキスで、いつものような情熱をかきたてるような荒々しさはなかった。

「サリー・ボウズ」ジャックはサリーの唇にささやいた。「過去の亡霊にとらわれていてはいけない。きみのようにやさしく、すばらしい女性には亡霊も寄りつかないよ」

ジャックのやさしいキスがサリーの防御の壁を完全に突き崩した。突然恐怖が取り払われ、目の前がぱっと明るくなった。ジャックがいてくれたら、もう怖いものはなにもない。サリーはジャックをそば

「ちゃんとノックしたわよ！」シャーリーが言った。

「あなたにはたしなみというものがないの？」レディ・オットリーヌはそう言ってずかずか寝室に入ってくると、ジャックの濡れたシャツを彼に突きだした。

「残念ながら、オットリーヌおばさま」ジャックは言った。「わたしにはたしなみのかけらもありません」

これには、さすがのレディ・オットリーヌも返す言葉を失った。「わたしは育児室の準備をするようにとは言いましたけれど」そう言って、恐ろしい目つきでサリーをにらむ。「すぐに始めなさいと言ったおぼえはありませんよ。主教さまを訪ねて、すぐに特別結婚許可証を出してもらわないといけないわね！」


に引きよせ、両手を彼の肩にまわした。そのときになって初めて、彼がまだ濡れたシャツを着たままなのに気づいた。自分のことは二の次にして、わたしを介抱してくれたのだ。

「風邪をひくわ！」サリーがそう言って体を離すと、ジャックはにやりとして、素早く頭からシャツを脱ぎ捨て、ベッドのサリーの横に滑りこんだ。

指先で触れたジャックの肌は温かく、力強さにあふれていた。サリーは彼のにおいとたくましさにうっとりし、彼をもっと近くに感じたくてやさしくキスを返した。最初はそっと舌をからませるだけだったが、やがて大胆になり、キスはどんどん深くなっていった。ふたりともおたがいに夢中で、ドアの外が騒がしくなり、シャーリーがくぐもった叫び声をあげるまで気づかなかった。

「そのことですが」ジャックはシャツを着ながら、うれしそうに言った。「それは大おばさまではなく、サリーが決めることです」彼は腰をかがめて、サリーの唇に最後にもう一度キスをした。「またあとで。今は休んだほうがいい」彼は間を置き、サリーの顔に顔を近づける。「昨夜きみはああ言ったが」彼は低い声で言った。「もう一度考え直してほしい、サリー。わたしのプロポーズを断らないでくれ」

「出ていきなさい！」レディ・オットリーヌはジャックを部屋から追いだすと、ぴしゃりとドアを閉めた。

シャーリーがくすくす笑って、ベッドの端に腰を下ろした。「あなたにお礼を言いに来たの、サリー。ルーシーを助けたときに、どこも怪我《けが》をしていないといいけれど」彼女は言った。「でも、見たところ、とても元気そうで安心したわ」

「それよりも」サリーはあわてて言った。「ルーシーはだいじょうぶなの？」

「ええ」シャーリーは言った。「お医者さまも大したことはないだろうとおっしゃっていたわ。今は眠っていて、スティーブンが付き添ってくれているの」彼女はサリーを見た。「サリー、あなたがいなかったら、どうなっていたかと思うと……」彼女は身を震わせた。「考えるのも恐ろしいわ。あなたが泳ぎができてほんとうによかった」彼女は額にしわを寄せた。「ひとつだけわからないことがあるの」両手を振って、気まずそうな身振りをする。「わたしたちが部屋に入ってきたとき、あなたとジャックは……その……」

「キスをしていたのよ」サリーは代わりに言った。

「そうよ！」シャーリーが言った。「そして、いっしょにベッドに入っていた――」

「そうね」サリーは言った。「とにかく……」

「わたし……」シャーリーが赤くなった。「金曜日にあなたがここに来たとき、婚約は大おばの目を欺くためのお芝居だと思っていたから、混乱してしまって……」彼女の声はしだいに小さくなっていった。

「そうなの」サリーはシャーリーもレディ・オットリーヌの目を欺く計画に加担していたことをすっかり忘れていた。「心配かけてごめんなさい、シャーリー。正直に言うと、あなたのお兄さまに熱心に求婚されているの。でも――」

シャーリーにいきなり抱きつかれ、サリーはなにも言えなくなってしまった。

「なんてすてきなの！」シャーリーはあえぐように言った。「やはり、わたしの思ったとおりだわ！ジャックはあなたを愛しているんじゃないかと思っていたのよ。グレッグ・ホルトがあなたに関心を寄せているのを、ジャックはなんとも思っていないようなふりをしていたけれど、わたしは最初からわかっていたの。ふたりはきっと結婚するって」

サリーはシャーリーからそっと体を離した。「まだイエスとは言っていないの」彼女は釘《くぎ》を刺した。

シャーリーは滑稽《こっけい》なほどがっかりした顔をした。「でも、プロポーズを受けてくれるんでしょう？ねえ、そうだと言って、サリー！」

「わからないわ」サリーは正直に言った。「あなたはジャックがわたしを愛していると思っているようだけれど、シャーリー……」彼女は手を上げて、反論しようとするシャーリーを制した。「わたしは彼

はまだマーレ・ジェームソンを愛していると思っているの。それはこれからもずっと変わらないんじゃないかしら」

シャーリーがめずらしく黙りこんだ。

「ジャックがマーレと駆け落ちしたとき、わたしはまだ十六歳だったわ」シャーリーは考え深げに言った。「お兄さまが彼女に夢中だったのは事実よ」彼女はサリーの表情を見て、かすかに頭を振った。

「ごめんなさい、サリー。でも、あなたが言うように、これは重要なことだと思ったから。当時のジャックの気持ちはわからないけれど、あれは熱病にかかったみたいな恋だったんじゃないかしら。大人になった今はそう思えるの。ジャックは彼女を理想化し、残酷な夫から救いだしたいと思った。でも、それはとても幼い愛だわ。マーレが生きていたとしたら、はたしてふたりの関係がつづいていたかどうか……。でもね……」彼女はためらった。「ジャックがあなたを思う気持ちがマーレへの気持ちより劣るとは思わないわ。ただ、愛し方が違うだけよ」

いきなりドアが開いて、コニーが部屋に入ってきた。彼女の後ろに、恐ろしい顔をしたレディ・オットリーヌが立っているのが見えた。バーティーは困り果てたような顔をしている。

「なにも今じゃなくても――」バーティーが言いかけたが、コニーは夫を無視し、香水のにおいをぷんぷんさせて気取った足取りで姉に近づいてきた。

「サリーお姉さま!」大げさに言う。「今戻ってきたところなの。なにがあったか聞いたわ。ほんとうにぞっとするわね! わたしはいなくてよかった。わたしは水が嫌いだし、おろしたての上等な青いシ

ルクのドレスを台なしにしたくないもの！」彼女はシャーリーのほうを向いた。「子供は無事だったの？」

シャーリーは完全に言葉を失い、代わりに、レディ・オットリーヌがつかつかと部屋に入ってきて、侵入者と向かい合った。「残念ね、ミセス・バセット」彼女は冷ややかに言った。「あなたがシャーロットとスティーブンの娘の名前をおぼえていて、ほんとうに彼女のことを心配してくれたのなら、わたしも考え直したのだけれど」

「お言葉ですけれど！」コニーは興奮して早口で言った。「わたしはお姉さまのことが心配で——」

「そんなこと、これっぽっちも思っていないくせに！」レディ・オットリーヌはぴしゃりと言った。

彼女はコニーから、ベルベットの壁掛けに張りついて目立たないようにしているパーティーに視線を移した。「悲しいことだけれど、パーティーがなぜあなたと結婚したのか、これでよくわかったわ、ミセス・バセット」彼女は言った。「あなたは話をして楽しい相手ではないわね。きっと、意地が悪くて頭が空っぽのお人形さんの顔を一生見ていたかったんでしょう。でも、わたしはまっぴらですよ。ふたりともすぐにこの家から出ていきなさい。そして、わたしの三十キロ四方には今後いっさい近寄らないように。わたしが言いたいのはそれだけです」彼女はそう言うと、入ってきたときと同じように昂然《こうぜん》と頭を上げ、つかつかと部屋から出ていった。

「なんなの？」コニーは怒りで頬を真っ赤にして言った。「いったいなにさまのつもりなのかしら！」

「彼女はぼくに財産を遺《のこ》してくれるはずだった人だ

よ」バーティーはがっかりしながら言った。彼はコニーの腕をつかんだ。「さあ、行こう。早くここを出たほうがいい。またランドルフ・ホテルに泊まるというのはどうだろう？」

9

サリーがロンドンに戻ったときには雨が降っていた。大粒の夏の雨が丸石を敷きつめた乾いた通りに打ちつけ、あたりには埃《ほこり》っぽいにおいが立ちこめていた。サリーは車で送っていくと言うジャックの申し出を断って、汽車でロンドンに戻ってきた。ひとりになって考える時間が欲しかったのだ。ジャックには今夜、真紅の広間、クリムゾン・サロンのお披露目がすんだあとにプロポーズの返事をすると伝えてあった。ジャックと知り合ったのが今からちょうど一週間前のことだとはとても思えなかった。結

婚という人生の重大な決断を下すには、あまりにも期間が短すぎる。たとえ、ジャックの求婚を断ったとしても、もう今までのようには生きていけないだろう。ジャックはわたしの前に突然現れて、人生をがらりと変えてしまった。

ブループロット・クラブはいつもと変わらず、静かで落ち着いていた。ダンはサリーが留守のあいだに起きたことを報告し、お披露目の準備は整っていると請け合った。サリーは夜に備えて余裕を持って着替えられるように、時計に目をやりながら、机の上に積みあげられた書類や手紙に目を通した。夕方の五時ごろのことだった。そろそろ部屋に行って着替えようかと考えていると、ドアをノックする音がして、グレッグ・ホルトがなかに入ってきた。

「きみに話があるんだが、サリー？」彼はそう言って、ドアを閉めた。

サリーはほほえんだ。「どうぞ。また会えてうれしいわ、グレッグ。今夜のクリムゾン・サロンのお披露目には来てくださるんでしょう？」

グレッグはうなずき、落ち着かなそうにあごをさすった。「じつは……ネルを連れてこようかと思ったんだが……」

サリーは驚きのあまり、もう少しでインクの壺《つぼ》をひっくり返しそうになった。「ネル？　わたしの妹の？」

「そうだ」グレッグは答えて、かすかににやりとした。目に気まずそうな色が浮かぶ。「ロンドンに戻ってから彼女を訪ねた」

「ブレークロック・ストリートはさぞかし大騒ぎになったでしょうね」サリーは冷やかすように言った。

「ああ」グレッグは顔をしかめた。「できるだけ早く、彼女と子供たちをあそこから移すつもりだ。田舎に行ったほうが子供たちのためにいいし、ネルの顔色も少しはよくなるだろう。あそこは彼女と子供たちが住むような場所では――」サリーの表情を見て、彼はふいに口をつぐんだ。「なにがそんなにおかしいんだ?」少しむっとしたように言う。

サリーは笑っていた。「グレッグ、なんて素早いの! あなたは世話好きな人だとずっと前から思っていたわ」

「きみはわたしに世話を焼かれるのを望んでいなかった」グレッグは残念そうに言った。「だが、ネルは違う。彼女のことは昔から知っているしね。突然こうなったわけではない」

「そうね」サリーは言って、鋭いまなざしでグレッグを見た。「でも、ネルは簡単にはいかないわ。彼女は今までだれにも頼らずにひとりで生きてきたのよ」

「それはわかっている」グレッグは言った。「わかっているとも。ネルがわたしを好意的に見てくれるように粘り強く説得をつづけるつもりだ」

「あなたが女性が参政権を持つことを支持しているかぎり、なんの問題もないと思うわ」サリーはそう言って、ほほえんだ。

「努力してみよう」グレッグは言った。「ところで、コニーは参政権を得ることになるんじゃ……」

「ええ」サリーは言った。「でも、それを言うなら、バーティーのような人が国の将来を決める権利を持っているのもどうかと思うわ」

「確かに」グレッグは認めた。「わたしも同感だ。

わたしが帰ったあと、ふたりはどんな様子だったんだい？」

「みんなに我慢の限界を味わわせたわ」サリーは言った。「でも、レディ・オットリーヌがコニーにぴしゃりと言ってくださったおかげで、ふたりは早々にランドルフ・ホテルに引きあげていったの」

「あまり心配していないようだね」グレッグは言った。「今までのきみなら、自分のせいだと自分自身を責めただろうに」

サリーはペンをいじった。「わたしもそう思うわ。でも、ジャックがもうコニーとネルの面倒を見る責任はないと気づかせてくれたの」

「わたしはずっと前からそう言っていたじゃないか」グレッグは少し恨みがましく言った。

「わかっているわ」サリーは目をそらした。「ごめんなさい、グレッグ」彼女はほほえんだ。「わたしの許可を求めに来たのなら、喜んで祝福するわ。グレッグ、あなたとネルにはしあわせになってほしいの」

グレッグはかすかにほほえんだが、彼の目からすぐに笑みが消えた。「きみにも同じことが言えればいいのだが」彼は言った。「シャーリーから聞いたが、彼と結婚を？」

サリーはため息をついた。「グレッグ、もうすんだ話よ」

「きみは、きみを愛することのできない男と結婚するのか？」グレッグはそう言って、首を振った。

「きみはもっとしあわせになってしかるべきだ」

「ジャックにはまだ返事をしていない――」サリーは言いかけたが、グレッグは目顔で彼女を黙らせた。

「きみはもう決めている、サリー。自分でもわかっているはずだ。きみは人生で最初の大きなあやまちを犯そうとしている」

「二度目よ」サリーはそう言って、ジャックと過ごした最初の夜を思いだした。

グレッグは笑わなかった。「きみにまだ話していないことがあるんだ。言うべきかどうか……」彼は咳《せき》払いをした。「サリー……」

「ジャックの過去のことなら」サリーはいらだたしげに言った。「知りたくないわ。結婚してから、ことあるごとにだれかがやってきては、夫のことで知っておいたほうがいいことがあると耳打ちされて一生を過ごすなんてまっぴらよ。噂《うわさ》好きの人はどこにでもいるものだわ」

「そういうことじゃないんだ」グレッグは言った。

サリーは眉を上げた。「それなら、なんなの？」

「どうかわかってほしい。わたしはきみのためを思って——」グレッグは言いかけたが、サリーはきっぱりと首を横に振った。

「あなたはわたしを不安にさせているだけよ。それで？」

「わたしたちがダウントセイ・パークにいたとき」グレッグは言った。「わたしの代理人がある匿名の投資家の代理人を名乗る人物から接触を受けた。ブルーパロットの株を買いとりたいと言うんだ」

サリーはうなじがぞくっとするのを感じた。

「どうしてクラブの株を欲しがったりするのかしら？」彼女はたずねた。

「わたしにもわからない」グレッグは言った。「だが、相手はひどく熱心だった。わたしが投資した額

の倍の値で買いとると言ってきたそうだ。もちろん、わたしはいかなる状況でも手放すつもりはないと代理人のモンゴメリーにちゃんと言ってある。それで、彼に匿名の投資家がだれなのか調べさせたんだが、今のところわかっているのは、代理人はチャーチワードという人物で、ケストレル家の弁護士をしているということだけだ。彼はほかの投資家にも接触していて、彼らは持ち株をすべて手放したそうだ。残念ながら」

サリーは今度は体を流れる血が凍りつく思いがした。ペンをいじって気持ちを集中させようとしたが、インクで手を汚してしまっただけだった。

「みんなあなたのように義理堅くはないということね、グレッグ」サリーは軽い調子で言った。「それで、あなたはミスター・チャーチワードの顧客であるる匿名の投資家がブルーパロットを支配しようとしていると考えているのね?」彼女はペンを置いた。「その人物がすでにほかの投資家の株をすべて買いとっているのなら、ブルーパロットはすでに彼のものということになるわ。あなたとわたしの分を合わせても、四十パーセントにしかならないのよ」

グレッグはうなずいた。「もちろん、チャーチワードはジャック・ケストレルだけでなく、ほかの顧客の代理人も務めている」

「わかっているわ」サリーはうなずいた。彼女は顔を上げて、グレッグの目を見た。「でも、あなたも裏で糸を引いているのがジャックだと気づいているはずよ。ブルーパロットを買いたいと思う人がほかにだれかいるかしら?」

グレッグはかぶりを振った。「わからない。だが、

ジャックがクラブを欲しがる理由が思いつかない。まさか……」

そのまさかだわ。

サリーはジャックに初めて会った夜のことを思いだした。つい一週間前のことだが、ずいぶん前のことのように感じられる。あれから、じつにいろいろなことがあった。わたしはジャックを理解しているつもりになっていただけで、結局はなにもわかっていなかったのだ。わたしがジャックのなにを知っているというのだろう？　わかっているのは、わたしがどんなに愛しても、彼は決してわたしを愛してはくれないということだけだ。

うかつにも、ジャックが初めてクラブに現れたとき、サリーはジャックがクラブの経営者ではあるがその立場は不安定で、投資家に依存していると話してしまった。店を買いとりたい、あるいは、復讐《ふくしゅう》を狙《ねら》っている男には、これ以上に有益な情報はないだろう。

「モンゴメリーはわたしたちがダウントセイ・パークにいるあいだに申し出があったと言っているのね？」サリーは念を押した。

「金曜日だ」グレッグは言った。

金曜日。サリーがジャックと初めて愛を交わした二日後だ。その日、ジャックはブルーパロットにやってきて、彼女がコニーと共謀して彼のおじからお金を強請《ゆす》りとろうとしていると激しく非難した。

「あなたが昨日ロンドンから戻ってきたとき、チャーチワードの依頼人は、まだあなたの株を買いとることに興味を示していたの？」サリーはたずねた。

「チャーチワードから売るように強く言われたとモンゴメリーは言っている。残念だ、サリー」

〝今夜会おう〟ジャックはオックスフォードの駅までサリーを見送りに来たとき、そう言って、彼女の唇に短く激しいキスをした。今夜、国王列席のもと、新しく生まれ変わったクリムゾン・サロンのお披露目が行われ、ジャックはわたしの婚約者というだけではなく、ブルーパロットの筆頭株主として登場することになるのだ。グレッグが株を売っていたら、ジャックはすべてを手中に収めていただろう。サリーがこの七年間がむしゃらに働いて得たものがすべてジャックのものになってしまうのだ。彼はわたしの体と心を奪い、今度は店までも奪いとろうとしている。わたしはすべてを失うことになるのだ。ジャックにとって、これ以上の復讐はないだろう。

それでも、サリーの直感はジャックはそんなことをするような人ではないと強く訴えていた。疑い深いもうひとりの彼女が、ジャックは非情にもなれる、あなたは彼のことをなにも知らないでしょうとささやいても、ジャックへの信頼が揺らぐことはなかった。ジャックはこんな形でわたしを傷つけるようなことはしない。サリーはそう信じた。

「信じられないわ」彼女はささやいた。

グレッグは哀れむような目でサリーを見ていた。彼はわたしが事実を認めようとしないのは、ジャックに裏切られたという現実を受け入れられないからだと思っているにちがいない。

「もう残念だなんて言わないで」グレッグが口を開こうとすると、サリーは言った。彼は肩をすくめただけで、黙っていた。

「ジャックはそんなことをするような人ではないわ」サリーは言ったが、グレッグにそう言っている

のか、自分に言い聞かせているだけなのか、自分でもよくわからなかった。

「今夜なにがあっても」グレッグはそう言って、立ちあがった。「わたしはきみの味方だ、サリー」

グレッグは出ていった。彼がメアリーにさよならを言い、ドアが閉まる音がした。そのあと、サリーはしばらくじっと椅子に座っていた。頭に悪夢のような光景がつぎつぎに浮かび、ジャックを信じる気持ちと疑う気持ちが激しくせめぎ合っていた。しまいには、自分でもなにを信じたらいいのかわからなくなった。

「マティ！　マティ！」サリーがあわてて寝室に飛びこんでいくと、ミセス・マトソンは暖炉の前の椅子に座って静かに編み物をしていた。

「さあさあ、急いでください！」マティが編み物を脇《わき》に置いて、ぎくしゃくした動作で立ちあがった。

「いったいどうなさったのかと思っていたんですよ、ミス・サリー。陛下は一時間半後にいらっしゃるんじゃありませんでしたか？」

サリーはいらだたしげに時計を見た。「そうよ！どうしてだれも知らせに来てくれなかったの？」

「お邪魔したくなかったからですよ」マティはそう言って、唇をすぼめた。「この前わたしが部屋に入っていったときになにがあったか――」彼女はふいに口をつぐんで、サリーの顔をじっと見つめた。

「あらまあ、泣いていらしたんですね。めったに泣いたことなんかないのに。いったいなにがあったんです？」

「なにもないわ」サリーは言った。「いいえ、大あ

りよ」サリーは手の甲で急いで両頰を拭《ぬぐ》った。「ああ、マティ。だれかがブルーパロットを買いとろうとしているの。どうやらそれがミスター・ケストレルらしいのよ。彼はわたしに復讐しようとしているんだわ！　彼にすべてを奪われてしまう。わたしが苦労して築きあげてきたものをすべて。そんなの耐えられないわ！」

「ミスター・ケストレルにクラブを奪われるのが耐えられないのですか、それとも、あの方に裏切られたことが耐えられないのですか？」マティが鋭くたずねた。

「両方よ！」サリーは言った。「彼なんか好きにならなければよかった。どんな人かよく知りもしないのに！　彼に裏切られたかもしれないと思うと、胸が張り裂けそうだわ」

マティがサリーの冷たくなった両手を両手で包みこんだ。「お待ちになってください。まだあの方がそんなことをなさったかどうかわからないじゃありませんか。直接おききになるまでは、なにもわかりませんよ」

「そうだけれど」サリーは言った。「陛下やほかのお客さまの前でそんなことはきけないわ。ああ！」

サリーは髪に手をやり、ピンをはずした。「わたしはなんてばかだったのかしら！」

「人を好きになるのは止められませんよ」マティは慰めるように言い、たんすから銀色に輝くドレスを取りだした。彼女がドレスを腕にかけると、銀色の布地が滝のように流れ落ちた。「わたしはマトソンに出会った瞬間、この人だと思いました」

「そうだったの？」サリーは言って、マティの顔を

まじまじと見た。初めて聞く話だった。

「結婚するまでに九年間待ちましたけれどね」マティは言った。「お金をためなければならなかったんです」彼女はサリーを見た。「九年と一週間……。時間なんて関係ありません。今、お風呂の用意をしますね、ミス・サリー。お風呂に入れば、気分もよくなるでしょう」

一時間後、イギリス人デザイナー、ワースの美しい銀色のドレスに身を包んだサリーはブルーパロットの階段を急いで下りていった。髪にはダイヤモンドのピンを挿し、涙の跡はきれいに拭い去られていた。

階段を下りると、ダンがすぐにやってきた。

「ちょっと問題が」彼は言った。

サリーはダンを見た。それでなくても緊張しているのに、ダンのひと言で胃がきりきり痛みだした。

「陛下がいらしています」ダンは言った。

「もう？」サリーはぞっとした。ホールにかけられた大理石の時計に目をやる。「予定ではあと三十分後にいらっしゃるんじゃなかったかしら？　いつも遅れていらっしゃるのに、どうして今夜にかぎって……。どうして知らせに来なかったの？」

「今お知らせにうかがおうとしていたんです」ダンは落ち着いた口調で言った。「五分前にいらしたばかりです……ミスター・ケストレルとごいっしょに」

サリーは激しく動揺した。ジャックはわたしに会いに来るよりも先に店に現れた。必死に抑えつけてきた恐怖や疑いがいっきによみがえってくる。ジャックはよりによって今夜、ブルーパロットを買いと

ったことを発表し、わたしからクラブを取りあげ、わたしの評判をずたずたにするつもりなのだろうか? いいえ、そんなはずはないわ。サリーは恐ろしい考えを頭から締めだし、なんとか気持ちを落ち着かせようとした。

「ふたりは今どこに?」彼女はたずねた。

「クリムゾン・サロンに。新しい賭博《とばく》台を最初に使いたいとおっしゃって、今、バカラをしておられます」

サリーは小声で毒づいた。「わかったわ」ジャックとエドワード国王はわたしが入念に立てた今夜の計画をぶち壊すつもりなのだ。サリーは最初に国王を迎え、客を歓迎する簡単な挨拶《あいさつ》をしたあと、新しいサロンのオープンを宣言して、シャンパンを配ってまわる予定だった。わたしの計画をめちゃめちゃにするには、ジャックとエドワード国王は早く着かなければならなかった。クラブには今や続々と客が詰めかけていた。女性たちは色とりどりの優雅なシルクのドレスを身にまとい、紳士は黒と白の夜会服で正装していた。国王がすでにお見えになっているとささやく声を聞いて、だれもがぞっとしたような顔をした。サリーは大理石の床に靴音を響かせて、クリムゾン・サロンに急いだ。

ダンがドアを開け、サリーは戸口で立ち止まった。一瞬、時間をさかのぼり、一週間前の夜、ジャックが彼女のカジノを破産させようとしていた夜に逆戻りしたような錯覚にとらわれた。今夜の彼はドレスコードを守り、黒の上下に真っ白なシャツを着て、きわめてハンサムに見えた。それ以外はサリーの目の前で繰り広げられている光景は一週間前の夜と寸

分も変わらなかった。ジャックは手足を投げだして椅子に座り、無造作にカードを持っていた。黒い巻き毛がひと房額にかかっているところまでまったく同じだ。彼は上着を脱いでいて、真っ白なシャツが日に焼けた肌に映えてまぶしかった。ジャックは傲《ごう》慢《まん》で危険で、いやになるほど魅力的だった。サリーは心臓が狂ったように打ちだすのを感じ、深く息を吸いこんで気持ちを静めようとした。

サリーがバカラのテーブルに近づいていくと、ジャックは顔を上げた。黒い瞳で貪《むさぼ》るようにサリーを見つめる。彼の注意はサリーにだけ注がれていた。サリーはほかの客が彼女のあとからささやき、押し合いへし合いしながらサロンに入ってくるのにぼんやりと気づいた。だれもが一様に緊張した空気を感じとった。なにかが起きようとしていることに気づいたのだ。

サリーがテーブルに近づいたとき、エドワード国王とジャックは立ちあがった。

「ようこそおいでくださいました、陛下」サリーは意志の力を最大限に働かせてジャックから目を離すと、国王に慎《つつ》ましくほほえみ、膝を折ってお辞儀をした。ダイヤモンドのシャンデリアの輝きに一瞬目が眩《くら》みそうになった。国王はすでに葉巻の煙をくゆらせ、シャンパンのグラスを手元に置いて、満面に笑みを浮かべていた。

「やあ、サリー」エドワード国王はサリーの手の甲に慇《いん》懃《ぎん》にキスをした。予定よりも早く現れて、サリーの計画を大混乱に陥れたことへの謝罪はなかった。当然だ。国王には好きなようにふるまう権利がある。

「今夜はまた一段と美しい」国王は言った。「そうは

思わんか、ケストレル?」

「じつにお美しいですね」ジャックは言った。

彼のまなざしにサリーは体が内側からとろけそうになるのを感じた。「申し訳ありません、陛下」彼女は言った。「お待たせしてしまいまして」

「かまわん」エドワード国王はにっこりほほえんだ。「ここにいるケストレルとバカラをやっておったところだ。彼はすでに勝っているぞ。五百ポンドも勝っておる」

サリーは顔をしかめた。「陛下がおっしゃられたように、ミスター・ケストレルはすばらしく運がいいようですわね」

ジャックは笑った。目がいたずらっぽく輝く。

「今夜の賞金をすべてあなたとの一夜に賭《か》けます、ミス・ボウズ」彼は一週間前と同じように言った。

部屋にざわめきが広がった。

サリーは深く息を吸いこんだ。「ミスター・ケストレル」そう言って、挑むようなまなざしでジャックの目を見る。「賭事《かけごと》の才能はおありになるのに、物おぼえはあまりよろしくないようですわね。前にも一度申しあげましたように、ブルーパロットはそのようなクラブではありませんし、わたしはそのような種類の女ではありません」彼女は眉を上げた。「それに、あなたはご自分のカジノに賭けていらっしゃるんですよ、ミスター・ケストレル。あなたはブルーパロットに支配権を行使できるだけの株を取得なさったんでしょう?」

ジャックは目を細めた。驚きをうまく隠しているとサリーは思った。彼が賭事が得意なのもうなずける。でも、さすがにわたしに自分の計画を知られて

いるとは思っていなかったようだ。この点でわたしは優位に立っている。ジャックはじっとサリーの目を見つめていた。サリーはほんの一瞬、彼の目に不安の色が、傷ついたといってもいいような色が浮かんだことに気づいた。彼はためらっている。傷ついたジャックを見るのは初めてだった。サリーは心を揺さぶられ、どうしたらいいのかわからなくなった。

部屋はしんと静まり返り、自分の息づかいが聞こえるほどだった。

「どういうことだね?」エドワード国王が鋭い口調でたずね、サリーとジャックは飛びあがった。サリーは国王がそこにいたことさえ忘れていた。「きみはブルーパロットを買ったのか、ケストレル?」

「ええ……まあ」ジャックは咳払いをした。「ミス・ボウズを驚かせるつもりだったんです」

「ほんとうに驚きましたわ」サリーは言った。

国王はふたりの顔を交互に見た。「いったいなんのために?」

ジャックは黙っていた。国王は眉間《みけん》にしわを寄せている。サロンに詰めかけた大勢の客は、シャンデリアの白くまばゆい光の下で、なにごとかと耳を澄ました。シャンパンを配るのに忙しくしていたウエイターでさえ、その場に凍りついたように動かなくなった。

「代わりに、わたしがお答えします、陛下」サリーは言った。彼女はジャックから一瞬たりとも目をそらさなかった。体が震えているのがわかった。サリーは大きな賭をしようとしていた。疑いを捨て、この公の場で、ジャックへの愛と信頼を明らかにするつもりだった。もし、ジャックがそれを逆手に取っ

てわたしを侮辱したら、わたしはすべてを失うことになる。「ミスター・ケストレルはわたしへの婚約のプレゼントとして、ブルーパロットを買ってくださったのだと思います」彼女は言った。「今夜わたしに株を渡してくださるつもりだったのでしょう」

ジャックの顔に、サリーの心の内をそのままそっくり映しだすかのように、愛や恐怖や疑いといったさまざまな感情がよぎった。だが、やがて、それらの感情は大きな喜びに一掃され、ジャックはいきなりサリーを両腕で抱き締め、彼女の唇に息もつけないような激しいキスをした。サリーは驚きと興奮にあえぐような息をした。

「サリー・ボウズ」ジャックはサリーの唇に唇を重ねたままささやいた。「きみのようにやさしく、寛大で、愛情深い女性はほかにはいない。わたしはきみに愛される資格のない男だが、きみを心の底から愛している……」

事の成り行きを興味津々で見守っていた国王が顔をほころばせ、突然拍手をしはじめた。あっけに取られて見ていたほかの客たちも、一瞬遅れて拍手に加わった。

サリーはジャックの腕から離れると、髪やドレスの乱れも直さずに、息を切らしながら言った。「これは計画にはなかったことですけれど、おかげさまでいいスタートが切れました。みなさん、どうぞお楽しみください」

客がつぎつぎにふたりを祝福しにやってきた。グレッグが人込みをかき分けるようにして近づいてくると、ジャックに握手を求めた。

「最初に言ってくれたら、わたしの分も喜んで手放

したのに」彼はそう言って、サリーにほほえみかけた。「明日にでもきみに譲るよ」

ジャックは申し訳なさそうな顔をした。「すまない」彼は言った。「わたしには秘密主義の悪い癖があるんだ。だが、サリーがきっと直してくれるだろう」

楽士が気をきかせて祝福のダンスの曲を演奏しはじめると、ジャックはサリーの手をつかんだ。

「お許しいただけますか、陛下？」彼は言った。

「もちろんだとも」エドワード国王はサリーにしっかりキスをした。「わたしの祝福から婚約者を連れていきたまえ、ケストレル。結婚式にはもちろん参列させてもらうぞ」サリーが内心ぞっとしたことに、国王はそうつけ加えた。「だが、今のところは大いに賭を楽しんで、シャンパンを飲もうではないか！」

その夜ブルーパロットを訪れた客は、今夜の出来事は今年の社交シーズンいちばんのニュースだということで意見が一致した。国王はバカラに勝ち、大量のシャンパンがふるまわれ、ダンスは朝までつづけられた。最後の大物独身と言われたジャック・ケストレルは婚約者に夢中で、一瞬たりとも彼女のそばを離れようとしなかった。こんな光景はめったに見られるものではない、と。

「確かに、きみの推測どおりだ」ジャックは言った。夜が明けようとするころ、彼とサリーはブルーパロットの庭の薔薇《ばら》のあずまやにふたりきりで座っていた。あたりには朝露に濡《ぬ》れた芝生のすがすがしい香りが漂い、早くも鳥のさえずりが聞こえた。ジャッ

クはサリーの手を握り締めたまま、決して離そうとしなかった。サリーがほんとうに自分のものになったことがいまだに信じられなかった。彼女をこんなにも愛しているのが信じられなかった。「ブルーパロットの株を買いとることを考えたときには、きみにクラブを贈るつもりではなかった」彼は言った。「わたしはきみへの幻滅と怒りから、きみからすべてを奪いとり、破滅させてやろうと考えたんだ。ほんとうにすまない、サリー」

サリーはジャックの肩に頭をもたせかけていた。彼女の髪が彼の頬をくすぐる。「いいのよ」彼女は静かに言った。「そういうことだろうと思ったわ。グレッグがわたしに警告しに来たとき、不安でたまらなかったけれど、あなたはそんなことをするような人ではないと直感したの。だから、わたしは勝負に出たのよ」

「きみはわたしをどれだけ信頼しているかを示してくれた」ジャックは言った。彼女の髪に顔を向け、その香りを吸いこむ。「きみはわたしよりもよほど勇敢だ。臆病《おくびょう》な自分が恥ずかしくなる」

「こういうことは――」サリーは言った。「そうたびたびあることではないわ」

「きみを愛している」ジャックは言った。サリーの体に腕をまわし、さらにそばに引きよせる。サリーが自分の体の一部のような気がした。「初めて会ったときからきみを愛していたんだ。でも、それに気づかなかった。マーレ以外の女性を愛することはできないとずっと思いこんでいて」

「あなたの気持ちはわかるわ」サリーは言った。「彼女は初恋の女性だったんですもの」

「まるで熱病にかかったみたいだった」ジャックは言った。「彼女に出会った瞬間、わたしは完全に心を奪われてしまった。もちろん彼女を愛していたが、それ以上に、恋をすることに恋していたのかもしれない。でも、きみには……」間を置いて、サリーにキスをする。「きみにはもっと多くのものを感じる。愛や相手を受け入れ、許すことの大切さ。きみといると穏やかな気持ちになれるし、将来のことを考えると、期待に胸がふくらむ」彼は口を閉じた。「うまく言えない。わたしは言葉にするのが苦手なんだ」彼はぶっきらぼうに言った。「でも、自分でも信じられないくらいきみを愛している」

「それを証明してみせて」サリーはそう言って、ジャックのほうに無邪気に顔を上向かせた。それがどれだけジャックを刺激しているか知りもせずに。

「あなたさえよければ」

驚くべきことに、ジャックは一瞬ためらった。ロンドン一の放蕩《ほうとう》者として知られるジャック・ケストレルが婚約者と愛し合うのをためらうなどありえないことだった。彼は新たに発見した世界のすべてにためらいを感じていた。彼の将来はサリーの手に握られているのだ。

「きみがほんとうにいいのなら――」ジャックが最後まで言い終わらないうちに、サリーは突然彼の首に手をまわして、彼の唇を自分の唇に引きよせた。サリーは甘く刺激的な味がして、ジャックは頭がくらくらするのを感じた。だが、ふたりのあいだにあるのは欲望だけではなかった。愛とやさしさ、そして、思いやりがあった。それらがすべて彼のものになるのだ。

「ねえ」唇を離すと、サリーは言った。「結婚式の日取りが決まったら、あなたの大おばさまはわたしたちにお行儀よくふるまうようにきびしくおっしゃるはずよ。今のうちに思いきりはめをはずしておいたほうがいいんじゃないかしら」ジャックがサリーの手をつかんで急いでクラブに戻ろうとすると、彼女は引きとめた。「いいえ」ささやくように言う。「なかにはまだ人がたくさんいるわ。わたしについてきて……」

サリーは銀色の衣《きぬ》をまとった水の精のように、ジャックの手を引いて、彼を緑の生い茂る庭の奥へと連れていった。植木を刈りこんで造られたアーチをくぐると、周囲を生け垣に囲まれた、池と小さな塔のある庭が出現した。夜明けの光が池の水に反射してきらきら輝き、あたりにはかぐわしい薔薇の香りが満ちていた。サリーはジャックの手を離し、塔のなかに入っていって、薔薇の花の色と同じ、赤と黄色の重そうな敷物を持ってすぐに戻ってきた。彼女はそれを生け垣の陰の芝生の上に敷いた。

「これでいいわ」サリーはいたずらっぽくほほえんだ。「正直に言うと」目を伏せてつづける。「この前のことがきっかけで、外が好きになったの」

ジャックは喉がからからに渇くのを感じた。「ここで？」

サリーは物問いたげな目でジャックを見た。「あなたは評判ほどでもないのね、ミスター・ケストレル」

ジャックは一歩でサリーに近づき、彼女を腕に抱きよせて、彼女の唇を唇で覆った。「さあ、それはどうかな」

「これはワースのドレスなのよ」ジャックが唇を離すと、サリーは言った。声がかすかに震えていた。

ジャックは笑った。「愛《いと》しい人、ドレスなら二十着でも買ってあげるよ」

ジャックのシャツのボタンをはずすのに忙《せわ》しなくしていたサリーの指が一瞬止まった。「ほんとうに？」

「もちろん」ジャックはサリーにシャツを脱がされると、彼女を敷物の自分の隣に座らせた。「きみはわたしの懐具合をまったく気にしていなかったようだね。財産目当てじゃないかときみを疑ったのはほんとうに悪かった。わたしはこれでもかなりの資産家なんだ」

「まあ、うれしいわ」サリーは言った。両手をジャックの裸の胸に滑らせ、気を散らせるように円を描く。彼の鎖骨に唇を押しあてると、体に震えが走るのがわかった。ジャックは話に意識を集中させようとしたが、手遅れだった。

「結婚したあとも仕事をつづけたいんだろう？」かすれた声で言う。「わたしは妻が仕事を持つことに異論はない」

「あなたならきっとそう言ってくれると思ったわ」

サリーはそう言って、ジャックの胸にキスの雨を降らせた。「そうでなければ、クラブの株をわたしにプレゼントしてくれるはずがないもの」

「だが、田舎に家を持ちたい――」

「ここよりも広くて、刺激的な庭が造れるところがいいわ」サリーは言った。彼女の指は今やジャックのズボンのウエストにかかっていた。そして不満そうにささやく。「わたしがひとりで進めなければな

らないの？」

「いや」ジャックはそう言って、サリーの体を下にした。銀色のドレスを着て、敷物の上に髪を広げて見あげている彼女はこの世のものとは思えないほど美しかった。ジャックはサリーの肩からドレスを脱がせた。「これがたまらなく好きなんだ」

サリーの肌は夜明けの光を浴びて、クリームのように白く輝いていた。ジャックは頭を下げてサリーの額にそっと口づけ、唇で頬をなぞって、首筋や、耳の下の敏感な部分に鼻をすりよせた。そして、ドレスを足元まで引き下ろすと、サリーは息をのんで体を震わせた。敷物の上に置かれたドレスが銀色の水たまりのように見えた。

「今度は破らなかった」ジャックは言った。コルセットの上からサリーの胸のふくらみを撫《な》で、やわらかいサテンのブルーマーに手を入れる。ブルーマーには切れこみが入っていて、彼女がまったくの無防備であることがわかった。「これは……」感心したように言う。「上はコルセットで完全武装しているのに、下は……」彼はサリーの腿の内側をそっとさすりあげ、それから、腿のあいだに指を滑らせて親密に愛撫《あいぶ》した。サリーは小さくあえいで、ジャックの手に自らを押しつけるように背中をそらした。

「ジャック……」かすれた声で彼の名前を呼ぶ。

「もう少しの辛抱だ」ジャックはサリーの唇にたっぷりキスをした。コルセットと切れこみの入ったブルーマーの組み合わせには大いにそそられた。これは将来ゆっくり時間をかけて探求する必要がありそうだ。しかし、今はこれを脱がせるのが先だ。ジャックはサリーの全身をあますところなく味わい尽く

したかった。彼女が惜しみなく自らを捧《ささ》げてくれるはずだから。

「この紐《ひも》をほどかないと」彼はささやいた。

ジャックは運と腕力と意志の力でなんとか正気を失わずにサリーの下着を脱がせ、自分も服を脱ぎ捨てた。欲望の証《あかし》は硬く張りつめていたが、急ぐつもりはなかった。ジャックはサリーの白く輝く美しい体に自分の体を重ね、両手と唇を使って彼女を崇《あが》め、胸のふくらみや、なだらかに起伏するおなかにキスで焼き印を押した。舌の先でくびれたウエストの線をなぞると、サリーはふたたびあえいで、背中を大きく弓なりにそらした。ジャックはうめいて、サリーを自分の下に引き入れた。彼女は熱く、甘く、夏と薔薇の香りがして、頭がくらくらした。サリーはいつになく大胆になり、ジャックのキスと愛撫に彼と同じような激しさで応《こた》えた。ジャックは胸に愛があふれ、心の隅を覆っていた暗闇《くらやみ》に光が差すのを感じた。

「きみを愛している」彼はささやいた。「これからもずっと」

情熱のくすぶるジャックの黒い瞳にきらりと涙が光った。彼は指先で軽くサリーの頬をなぞった。サリーがジャックにしがみついて、彼の体を引きよせると、彼は欲望を抑えて彼女にやさしくキスをし、そっと身を沈めた。ところが、サリーにきつく締めつけられるのを感じて、火がついたように全身が熱くなり、サリーの甘く情熱的なしぐさと、自分自身のめまいのするような欲望以外はなにも感じられなくなった。こんなことは初めての経験だった。ジャックは自分が与えられるものをすべて彼女に与え、

やがて、ふたりは同時に目の眩むような断崖《だんがい》を上りつめていった。そのあと、ジャックは静かに横たわったまま、サリーを二度と離すまいとするかのように両腕でしっかり抱き締めた。

「サリー？」

サリーはジャックの声に眠い目を開けた。彼の腕に抱き締められ、裸のまま敷物に横たわっているのにそのとき初めて気づいた。ふたりの体の上に、ピンクと黄色の薔薇の花びらが落ちていた。肌寒い朝の空気にサリーはぶるっと震えて、ジャックに身をすりよせた。それに応えて、ジャックはサリーの体にまわした腕に力を込めた。

「サリー？」ジャックはもう一度彼女の名前を呼んだ。

「なに？」サリーはあまりにしあわせで満ちたりていて、なにも考えずにこのままじっとしていたかった。でも、あいにく、ジャックがそうさせてくれなかった。

「気づいているんだろう？」ジャックの息がサリーの髪にかかった。「きみはまだわたしを愛していると言っていない」

サリーは思わず笑いだした。ジャックにひと目会った瞬間恋に落ちたのに、そのことをまだ話していなかったなんて。

「そうね……」サリーは考えこむように言って、ジャックの胸に指でそっと円を描いた。「あなたのことはとても好きよ、ジャック。あなたといると楽しいし、あなたにはすばらしいご家族がいるわ。でも、そんなことはどうでもいいの。わたしがいちばん興

奮しているのは、あなたがものすごくお金持ちだということ——」

ジャックにいきなりキスをされ、サリーはくぐもった叫び声をあげた。

「生意気な娘だ！」ジャックはふざけたように言ったが、驚くべきことに、その声には不安が感じられた。ロンドンの最後の放蕩者と言われるジャック・ケストレルが、わたしが彼を愛していないのではないかと思って、不安になっている。彼は自分がわたしを愛しているのと同じだけ、わたしも彼を愛してあげないと耐えられないのだ。サリーはジャックがそこまで自分を必要としてくれているのだと気づいて、胸を締めつけられた。

「ああ、ジャック」サリーは言った。「わたしがどれだけあなたを愛しているか」間を置いてからつづける。「あなたとは知り合って間もないけれど、ずっとあなたを愛していたような気がするわ」

ジャックは満足げな声をもらして、サリーをさらに強く抱き締めた。マーレ・ジェームソンや、父や、ふたりにつきまとっていた過去の亡霊のことがちらりとサリーの頭をよぎった。サリーは花が太陽に向かって花開くように心を開き、後悔や嫉妬《しっと》や罪の意識がようやく薄らいでいくのを感じた。それから、ジャックに顔を向けてキスをし、やがて、ふたりはおたがいの腕のなかでふたたび情熱にわれを忘れた。

エピローグ

ふたりは一カ月後、ダウントセイ・パークの教会で結婚した。シャーリーとネルが花嫁の付き添い人を務め、ルーシーはそれはかわいらしいフラワーチャイルドになった。国王、女王両陛下が主賓として式に招かれ、レディ・オットリーヌをいたく感激させた。グレゴリー・ホルトは花婿の付き添い人を務めた。

コニーとバーティーは式には参列しなかった。ふたりはスコットランドに長期間にわたる新婚旅行に出かけていた。コニーは姉に宛《あ》てた手紙に祝福の言葉を忘れ、代わりに、スコットランドは大嫌いだと書いてきた。雨ばかり降っていて、ようやく雨が上がったかと思えば、今度は蚊に刺され、バーティーは釣りや狩猟ばかりしていて、死ぬほど退屈だと。

結婚披露宴がすんだあと、サリーとジャックとレディ・オットリーヌは、玄関ホールに飾られた、ケストレル公爵夫人サリーの肖像画の下に立った。レディ・オットリーヌはサリーの手を両手で握り締めた。

「いつの日か」彼女はしわがれた声で言った。「あなたはわたしの母の跡を継いで、公爵夫人になるのよ。母が生きていたら、あなたを気に入ったでしょうね」

サリーは公爵夫人の微笑をたたえた魅力的な緑の瞳を見あげて、レディ・オットリーヌの言うとおり

かもしれないと思った。

ジャックはサリーの腰にまわした腕に力を込めた。「彼女はすばらしい公爵夫人になりますよ」そう予言するジャックの目には、サリーへの愛があふれていた。

レディ・オットリーヌはほほえんだ。「それから、あなたのことだけれど、ジャック」彼女は言った。「ようやく戻ってきてくれてうれしいわ」

ジャックは反対側の壁の、妻の公爵夫人の肖像画と向かい合うように飾られた、ケストレル公爵、ジャスティンの肖像画を見あげた。

「ロンドンの最後の放蕩《ほうとう》者がとうとうつかまりました」ジャックはそう言って、抗《あらが》いがたいほど魅力的な笑みを浮かべた。「彼はここに戻り、この結末に大いに満足していますよ」

とってときの、ときめきを。
ハーレクイン

最後の放蕩者
2008年11月5日発行

著　　者	ニコラ・コーニック
訳　　者	石川園枝（いしかわ　そのえ）
発 行 人	ベリンダ・ホブス
発 行 所	株式会社ハーレクイン 東京都千代田区内神田 1-14-6 電話 03-3292-8091（営業） 03-3292-8457（読者サービス係）
印刷・製本	凸版印刷株式会社 東京都板橋区志村 1-11-1

ISBN978-4-596-32342-2 C0297

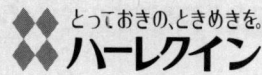

リン・グレアムの魅力のすべてがここに!
名作〈華麗なる転身〉豪華装丁でリバイバル!

2冊連続刊行!

ひたむきに生きる異父姉妹。
その運命は傲慢な紳士たちに絡めとられた。

『華麗なる転身 I』HLE-5

「アラビアの花嫁」(初版:R-1857)
「危険すぎる契約」(初版:R-1865)
「愛なきハネムーン」(初版:R-1873)

11月20日 発売

身も心も虜にして彼女を捨てる——
あの日から、それだけが彼の望みだった。

『華麗なる転身 II』HLE-6

「邪悪な天使」(初版:PS-29)

12月20日 発売

●ハーレクイン・リミテッド・エディション

クリスマスのロマンスをリプリント
クリスマス・ロマンス・ベリーベスト 2冊

ヒストリカル・ロマンスの名手マーガレット・ムーア
短編集でしか読むことのできなかった名作を厳選した貴重な一冊

マーガレット・ムーア
『胸騒ぎのクリスマス』XVB-4

「聖夜の誓い」(初版:X-14)
「谷に響くキャロル」(初版:X-18)
「十二日目の夜に」(初版:HS-54)

11月20日 発売

ベティ・ニールズとキャロル・モーティマーのクリスマス
聖夜のパートナーがあなた? 確かに都合は良いけれど——

『夢に見たイブの日』XVB-5

「クリスマスは愛のとき」(初版:I-1720) キャロル・モーティマー
「冬の恋物語」(初版:I-1713) ベティ・ニールズ

12月20日 発売

●クリスマス・ロマンス・ベリーベスト

不動の人気を誇るリン・グレアムの3部作がスタート!

息を飲むほどハンサムで非情な大富豪の親友3人が真実の恋を見つける新ミニシリーズ
リン・グレアム作〈非情な恋人〉

第1話『熱砂の花嫁』

5年前にシークを騙した美女。復讐のための再会のつもりが……。

★第2話はギリシア人実業家、第3話はイタリア人実業家がヒーローです。お見逃しなく!

●ハーレクイン・ロマンス　R-2335　**11月20日発売**

人気爆発! ジュリア・ジェイムズのイタリア人ヒーロー

富豪に魔法をかけられて美しく変身!? 夢のようなシンデレラ・ストーリー。

『ヴィーナスの目覚め』

●ハーレクイン・ロマンス　R-2336　**11月20日発売**

ハーレクイン・ニローリ・ルールズ、ついに最終話!

愛する国のための結婚。その相手は悲しい過去を持つ他国のシーク。

ペニー・ジョーダン作『誘惑のパフューム』

●ハーレクイン・ニローリ・ルールズ　HNR-8　**11月20日発売**

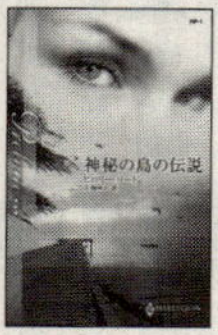

ビバリー・バートンの人気シリーズ〈狼たちの休息〉第25話

互いに行方不明の人物を探す男女は、命がけの旅に身を投じるうち……。

『神秘の島の伝説』

●ハーレクイン・プレリュード　HP-1　**11月20日発売**

アラビアの王国を舞台にした人気ミニシリーズ〈アラビアン・ロマンス〉関連作

エルデハリア王国の独身主義のプリンスが選んだ結婚に愛はあるのか?

スーザン・マレリー作『砂漠に降る雪』

●ハーレクイン・プレリュード　HP-3　**11月20日発売**

11月20日の新刊発

愛の激しさを知る　ハーレクイン・ロ

クリスマスに再会
熱砂の花嫁（非情な恋人Ⅰ）
ヴィーナスの目覚め
くちなしは誘惑の香り
ボスと愛人契約
うたかたの結婚（熱きシークたちⅡ）
買われた恋　キャサリン・スペンサー／片山真紀 訳　R-2340
至福への招待状　アニー・ウエスト／小泉まや 訳　R-2341

多彩なラブストーリーをお届けする　ハーレクイン・プレリュード

神秘の島の伝説（狼たちの休息XXV）	ビバリー・バートン／片桐ゆか 訳	HP-1
いくつもの夜と昼を	マリーン・ラブレース／木内重子 訳	HP-2
砂漠に降る雪	スーザン・マレリー／渡辺千穂子 訳	HP-3
幻の恋人	ジュール・マクブライド／霜月　桂 訳	HP-4

人気作家の名作ミニシリーズ　ハーレクイン・プレゼンツ 作家シリーズ

華麗なる貴公子たちⅢ　伯爵のウエディング	ルーシー・ゴードン／古川倫子 訳	P-334
ウエディング・オークションⅡ		P-335
きみは僕の宝物	マーナ・マッケンジー／雨宮幸子 訳	
買われたシンデレラ	マーナ・マッケンジー／山田沙羅 訳	

お好きなテーマで読める　ハーレクイン・リクエスト

脅迫された花嫁（地中海の恋人）	ジャクリーン・バード／漆原　麗 訳	HR-200
あの夜をもう一度（恋人には秘密）	キム・ローレンス／三好陽子 訳	HR-201
伯爵の恋人（シンデレラに憧れて）	ミランダ・リー／吉本ミキ 訳	HR-202
恋に落ちたドクター（恋人はドクター）	ジーナ・ウィルキンズ／小倉　祥 訳	HR-203

ハーレクイン・ニローリ・ルールズ＆エクストラ＆ハーレクイン・リミテッド・エディション＆クリスマス・ロマンス・ベリーベスト

誘惑のパフューム	ペニー・ジョーダン／田村たつ子 訳	HNR-8
情熱が眠る場所へⅡ	エリザベス・ローウェル／泉　智子 訳	HTPX-4
華麗なる転身Ⅰ	リン・グレアム／漆原　麗 訳	HLE-5
胸騒ぎのクリスマス	マーガレット・ムーア／麻生ミキ 訳	XVB-4

HQ comics　コミック売場でお求めください　11月1日発売　好評発売中

誤解が招いた愛（王宮への招待）	東里桐子 著／レベッカ・ウインターズ	CM-81
無邪気なプリンセス（失われた王冠Ⅰ）	岡田純子 著／レイ・モーガン	CM-82
魔法の鏡にささやいて	岡本慶子 著／ソフィー・ウエストン	CM-83
五分で恋に落ちて	高山　繭 著／ルーシー・ゴードン	CM-84
あなたを忘れたい	桐島るか 著／ダイアナ・パーマー	CM-85
やさしい涙	はしもと　榊 著／アビゲイル・ゴードン	CM-86

※HQ comicsの刊行作品は変更になることがあります。

クーポンを集めてキャンペーンに参加しよう！

「10枚集めて応募しよう！」キャンペーン用クーポン　10枚　2008 11月刊行

マークは、今月のおすすめ

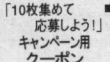